20岁，
给我一个欧洲

张清◎著

广东旅游出版社
GUANGDONG TRAVEL & TOURISM PRESS
悦读书·悦旅行·悦享人生

中国·广州

图书在版编目（CIP）数据

20 岁，给我一个欧洲 / 张清著．— 广州：广东旅游出版社，2017.1
ISBN 978-7-5570-0445-3

Ⅰ．①2… Ⅱ．①张… Ⅲ．①游记－作品集－中国－当代 Ⅳ．① I267.4

中国版本图书馆 CIP 数据核字 (2016) 第 186892 号

出 版 人：刘志松
策划编辑：张晶晶
责任编辑：张晶晶　贾占闯
内文设计：何汝清
封面设计：回归线视觉传达
责任技编：刘振华
责任校对：李瑞苑

Ershisui Geiwo Yige Ouzhou

广东旅游出版社出版发行
（广州市越秀区环市东路 338 号银政大厦西楼 12 楼　邮编：510180）
邮购电话：020-87348243
广东旅游出版社图书网
www.tourpress.cn
佛山市浩文彩色印刷有限公司
（佛山市南海区狮山科技工业园 A 区）
787 毫米 ×1092 毫米　16 开　13 印张　150 千字
2017 年 1 月第 1 版第 1 次印刷
定价：35.00 元

印尼的米南加保族有一个古老的传统，就是每个男孩在成年后都要离开自己的出生地，踏上寻找人生经验的旅途，到外面的世界体验生活的艰辛，锻炼一个人的意志和力量，让男孩在未知世界中成长成熟，最终蜕变成真正的男人。这种行为被称作"跑江湖"或者"远行"。

一个人远行，在头疼脑热时，不会有父母无微不至的照顾；在孤苦无依时，不会有亲朋好友真诚温暖的关怀。在异域他乡，可能有很多奇遇，令人神往，令人惊喜；也可能遭遇厄运，令人恐惧，甚至绝望。虽然刺激，却也危险；虽然自由，却也迷茫；虽然潇洒，却也孤寂。

一个人远行，可以接触不同的文化、不同的生活、不同的人，帮助你远离狭隘、放下成见，感受到最原始、最真实、最底层的生活原貌。虽然很艰辛，却最容易成长。不管途中遭遇什么，你都必须勇敢面对，自己想办法解决，然后在经历种种磨难之后，还能找到继续往前走的勇气和信心。每一次这样的远行结束后，你将拥有健壮的体魄、广阔的阅历和成熟的心智。

一个人远行，可以更好地认识自己、认识世界。著名旅行家张金鹏说："旅行可以把自己狠狠甩在陌生之地，然后在孤独与自由中，再把自己找回来。"《环游世界 365 天》扉页上有一句话："世界是一本书，如果你不去旅行，你就只看到了第一页。"我大学时曾经有幸游历大江南北几十个城市，看到不一样的人文遗址，体验到不一样的人情风俗，回过头来再看大学生活，惊觉是如此狭窄而幼稚，读书学习只是人生的成长方式之一，但不一定是最有效、最真实的。

也许你未曾想过一个人远行，也许你正有此打算。那么，张清的这本书，将让你感受到一个人远行是什么样的。品读作者朴实而清新的文字，如同自己在远行，与作者身临其境，享受那份潇洒、惬意、自由，忍受那份孤独、迷茫、绝望，在合书之后，甚至有自己出去走一遭的冲动，完成远行这个自由而孤独的梦。

张清，不知是不是因为从小画画，经常一个人呆着的缘故，话不多，表情也不是很丰富，喜欢安静地观察，但并非故作深沉。我第一次见他是在 2009 年暑假，那时我还是人大在读研究生。一个高中同学给我打电话说，以前初中英语老师的儿子想到北京见见世面，方便的话帮忙照顾一下。就这样我们有缘相识。

当时我忙于参加北京大学生创业大赛，整天带着同伴往外跑，对他谈不上什么照顾，但是我对这个小我 8 岁的中学生印象很深刻，才高二就毅然远离父母、闯荡他乡，别说这样不太安全，也没几个娇生惯养的 90 后会这样折腾自己，而在他看来，这一切都是如此自然。后来我才知道，他早在初中时就一个人远离家乡去外省画画。我所不及也！

他有两件事情给我留下深刻的印象。其中一件事情是，他每到一个地方游玩，不是像一般游客那样，要么在景点前拍个剪刀手照片，要么去找地方特色小吃大快朵颐，而是喜欢跟当地人攀谈，试着了解他们的生活；或者认真地观察当地的历史建筑，发现一些别人不感兴趣的东西。

另外一件事情是，有一次他问我大学生怎么学习的，平时闲暇时间都做什么，还好奇地问我创业大赛是什么回事，可不可以参加我们的比赛，或者在旁边看看我们怎么做、帮帮忙也可以。后来他还去听我们开会决策。我当时就感觉：这样一个性格安静、不张扬，充满好奇心、喜欢探索、喜欢学习，做事有头有尾的小孩，将来肯定会有不俗的成就！

2010 年高考，他以全校第三名的成绩考上了华南理工大学建筑系。不错的学校，不错的专业。关键是，他喜欢。他一直梦想做一名建筑师。高考结束后，他没有像别的高中毕业生那样，疯玩人生中最漫长的暑假，而是在老家办培训班，自己招生，自己授课，一个暑假就赚了 5000 块钱。他喜欢折腾，喜欢挑战。前几年他父亲下岗后开始自己创业，他也独自创业，一心想为家里减轻负担，一家人的共同努力下，家里经济条件日渐好转。

这次他去欧洲旅行，我本来说可以让我分布在欧洲各国的同学照顾一下的，但是他硬要自己闯荡，不靠任何亲人熟人——这些事其实我一直想做，但却一直没有做成，大学时代少了这么些美好的体验，现在想来有丝丝遗憾。

在自由的大学生活中，当很多大学生都在玩"魔兽"、玩"DOTA"、玩"三国"的时候，张清选择靠自己的劳动挣生活费，选择一个人到陌生的国度穷游，这是需要勇气和志气的。他能做到这一点我已经深感佩服，没想到他还想把这次远行见闻写成书出版。我当然很支持，还主动提出帮他请大学著名教授或者社会上的名人朋友写序，然后给他介绍好一点的出版社出版。

没想到他居然不感冒！几个月后，他告诉我：拙作写完了，出版社找好了，先给你看一下，如蒙不弃，请你给我写序。我说，你让我写序，你不怕书卖不出去吗？咱应该请个名家写序，这样对书的经济效益和社会效益都有好处。他却说，书只为表达真体验、寻求认同感而作，非为卖钱，不为争名。我再一次自愧不如！

我花了整整一天一夜的时间读完这本书。不知是不是源于作者本人学建筑的缘故，他没有考虑所谓的可读性而故作跌宕起伏的杜撰，但是他对所遇见之人的描述，对所遭遇之事的处置，彼时彼刻的思考甚至反省，尤其是对一些事物的描述细致入微，让人有身临其境之感。随着作者行走的步履和思考，细细品读这些恬淡、朴实、清新的文字，真是一种享受。

读者朋友，如果你刚翻到这里，不管你愿不愿意或者有没时间读完这本书，都先跟我一起品一品《你欠大学一次远行》这本书的精彩之处吧：

想出去旅行，有时候不必做计划，正如作者所言，"把心准备好了，就可以出发了。即使找不到路，只要方向对了，都不必担心，另一条路会有另一番风景在等候，另一群陌生人在等候，能遇见的东西，都是缘分，遇不到的，请不要自言遗憾，因为他们已被另一番风景替代。"途中风景自有其美，不必拘泥于目的地。所以魏晋王子猷"雪夜访戴"却不至，还留下"乘兴而来，兴尽而返"的千古美言！

随着作者的思绪，我仿佛在跟他一起旅行，一起感受异域他乡的别样世界，甚至有时候感觉正在走着的是我而不是他。比如当作者写到："我在路边就地坐下，看着周围的小别墅，越来越不舍了，嘴角又不知不觉扬起了笑，要是时光可以挤出一大滴松脂把整个世界凝固成琥珀就好了。"我就在想，如果在彼时彼地享受那边美景的人是我，那该多好。

当作者记叙其在意大利的窘境，说自己"走在滚烫的沥青路上，举目无人，只有汽车咆哮而去。路上有被汽车轧死的蛇和刺猬，路边是被人随意丢弃的白色垃圾，草丛里传来类似响尾蛇那种'嘶嘶'的怪声。工厂和商店是关门的，著名的 IKEA 卖场也如倒闭了似的狼狈不堪。经过一排住宅的时候，几条狗冲着我狂吠，抬眼望去，只有白色的窗帘在随风飘荡，没有人，也看不到狗，跟电影《传染病》中的情景有几分相似"。这些细致入微的描述，令我全身都瘆得慌，前几天还在看《行尸走肉》，对这种恐怖的环境印象极为深刻。

作者遇到很多好心人的帮助，有中国人、欧洲人、韩国人、越南人，有乡间安详的老人，有路边的流浪汉，有天真无邪的小孩，他们或者提供食物，或者提供住处，或者指路带路，甚至还有给钱的。在陌路中的种种善良，让作者感觉到"生命里遇到这样的人是何等荣幸，他们不在乎自己过得怎么样，不在乎自己的处境如何，听从自己善良内心的呼唤，只觉得不帮你就会很难受，比忍受自己生活的艰辛还要难受。如果你生活里有这样的人，请珍重，他们不需要你的任何回报，而我们自己则需要记住他们，然后默默努力，成为他们"。善良需要呵护和传递。每个人都多贡献一点正能量，都敢于守护内心的善，我们的世界就不会狰狞得令人窒息。

令我更钦佩的，是作者高贵的价值观，他看到一个中年人孩子般地在玩遥控飞机时，体会到生活的激情与浪漫其实跟年龄无关。接受了别人的赠予，他会想着要送回一幅画，不能白拿人家的东西，他甚至认为："我猛然发现这次旅行有些变了味，原以为能让自己通过劳动来换取食宿，回到那个以物易物的年代……我甚至很希望通过这次旅行去探讨一个'没

5

有钱我能活多久'的命题。"作者的自责，并非出于所谓的自尊，而是一种对个体价值的思考，一种生命本然的坚强！

作者这次欧洲远行，除了看遍异国他乡的人情风俗、良辰美景之外，最感动的是"浓浓的人情味"。在他看来，"风景再美的地方，如果没有了人与人之间的那种相互理解和最起码的人情味，我只愿瞎着眼离开罢了"。在意大利不太愉快的遭遇，使他决定尽快离开。而他在比利时一个叫布鲁日的地方，被一个老头收留的经历，他说："我进入了童话般的世界里，给我一份恐惧，一份感动，一份珍贵的记忆。这是多么奇妙的事情。"那种梦幻的感觉，着实令人神往。

作者在卢森堡一个乐园里乞讨，当有人给他扔钢镚儿的时候，他说："可能没有任何一个人，甚至没有任何一个乞讨的人能理解我内心的兴奋……我曾经设想着这辈子能够尝试世界上所有合乎道德准则的职业，那又会是什么样感觉呢？或许只有这样，才能更好地理解这个社会，理解人。"我曾经在大学摆过地摊、在地铁卖唱过，这些体验让我更深刻地理解人生、理解人性、理解生活。那段日子，至今还记忆犹新。

人生就是一个人的远行。在我们还年轻的时候，只要想一个人远行，就背上简单的行囊上路吧！给自己一次纯粹的漫游流浪，不一定要很多钱，不一定要详细的路线，不用在意从哪儿开始，也别在意在哪儿停步，随心所至、随缘而止，走到哪儿算哪儿。当然，一个人远行必须要有坚强的意志和健康的身体，在可能遭遇寒冷、饥饿、迷茫、无助、孤独的日子里，仍要满怀对未知前程的渴望，在风雨飘摇中继续前行！然而，旅途中赏心悦目的风景、不期而遇的贵人……一切都必将成为我们人生旅途中最美丽的风景，让我们的生命丰满而真实。

是为序。

张清的好朋友　梓木漂海

　　凭借着路上 180 段的录音日记，其实，这本书在 2012 年大部分已经写好了，但是在很长的一段时间里，我时常不知道为什么要写这么长的东西，那份写书的激情已经消磨殆尽了，突然一切都显得没有了意义。

　　用不了多久，大家也都会忘记那个跑到欧洲流浪的少年。我们每个人都只是时间长河里的一粟，我身上发生的事情就更微不足道了。

　　可是，我们都应该有梦想的，不是吗？

　　真希望我那股为了远行的梦想，冲破重重阻碍跑到欧洲受苦的傻劲，能够激励同样满怀梦想的你，哪怕只是一段时间也足够了。为此，我咬咬牙，还是把这本书写完出版了吧，至于有没有意义，我想，这向来都不是作者决定的。

　　我也不止一次地思考生活的意义，有时候真觉得除了血浓于水的亲情之外，就没有什么理由去呼吸了。又是一个笨重的哲学问题——我为什么而活呢？无解啊！曾经为过一个体面的分数而努力，也为过所谓的梦想，可是过后冷不防地问起自己：然后呢？所有的梦想都一一实现或者没实现，然后呢？又能怎样。我总也答不上来，是啊，又能怎样呢？

　　我们都只是时间的玩偶，尽兴了，就成功了。但我们始终都不应停止去思考生活，你想要什么样的生活呢？

　　时隔近一年，每当我回忆起那段艰苦的岁月，会有一种什么也抓不住的伤感。在这个世界上，谁都不会孑然一身，却难免一个人走过一段很长的路，我庆幸自己没有选择一条普普通通的路。

　　说实话，我很怀念那条漫长的路，吃不饱睡不好，但至少，没有顾虑，可以放肆地生活，每一天都截然不同，就好像每天都生活在不同的电影里，自封主角，去流浪，去经历不一样的事，不管悲剧喜剧，都是一种享受。

　　如果你不喜欢现在的生活，不妨去改变吧，一个人去远行，去一个遥远而陌生的地方，寻找另一种生活的可能，别怕孤独侵蚀你，语言不通更好，你将彻底告别原来千篇一律的生活，相信每一天都是崭新的。

　　愿读者朋友们有一个无悔的青春！

　　　　　　　　　PS：我的新浪微博——@清小清同学

　　　　　　　　　　　　　　　　　　　　　　　小清

Contents 目录

Contents 目录

Contents
目 录

Karlsruhe

Contents 目录

致亲爱的司机们：
　　其实你们不知道，那一程，你们不仅让我走得更远，也让我不再形单影只。
　　谢谢你们停下了车，更谢谢你们的陪伴！

　　（搭了41辆车，只留下部分司机的照片，因为刚开始搭车的时候不敢拿相机对着司机，嘻嘻⋯⋯）

欠大学一次远行。

晨光一泻而下，
正好落在高敞大厅里，
机场大厅暖意融融，
各色人种来来往往的，
让我感到梦一般的迷离，
有点儿不真实。

Chapter 01
连空气都有些不一样了

The 1st Story

001

第一次踏上异国

　　晚上十一点，我终于坐上了去法兰克福的飞机，窗外的夜神情深邃，看着我，让我的心情更复杂了。我在机尾占了两个座位，半躺着，盖上毯子，很久才睡着。

　　在飞机上认识了坐我前排的两个中国人，一位是在德国做生意的宁阿姨，另一位是去德国探望孙子和两个儿子的老太太，她们也是在机场认识的，一路上都比较聊得来，也就结伴而行。

　　下了飞机，我们三人同行，找到了非欧盟国家的入境窗口。很多亚洲人在排队，大厅里弥漫着普通话、日本话、韩国话，还有粤语，热热闹闹的，感觉好奇妙。

　　很快就到老太太了，她走到窗口前，不知那位大叔形状的工作人员对她说了什么，她竟支支吾吾地一句话也蹦不出来，回头看着我们两个："我听不懂，你们谁帮我翻译一下。"

　　谁知站我前面的宁阿姨也不会英文，我就去当翻译了，第一次，有点不好意思，微笑着等大叔发问。

　　"她来德国的目的是什么？"

　　我解释说她的两个儿子在德国工作，她来探望孙子和儿子。

　　"她计划在德国住多久？"

　　我问老太太。"三个月。"

　　"她说三个月。"

　　"有订回程的机票吗？"

"有的，订单打印出来了，在这里。"老太太拿出订单，有少许紧张。

我接过一看，无语了，全是中文。我拿给那位大叔看，他眉头一皱，看到是中文也就不去为难自己的脑袋了，我就给他解释清楚。

"啪。"盖了个章，老太太通关了。

这些问题都像在浪费时间，这些东西在中国弄签证的时候都已经解决掉了的吧。心想，在德国办事也跟中国一样吧，免不了走个过场。

我正想退回去排队，大叔把我叫住了，说让我先来，然后就问："你打算去哪里。"我就实话实说："我是大学生，想在德国和法国旅行，参观一下这里的建筑。"

"你计划什么时候回国？"

"9月1日从法兰克福飞往上海。"

"有买回程的机票吗？"

"有的，电子票。"

"啪！"这声音清脆悦耳，好想让他给我脸上也来一个。大叔冲我笑笑："旅途愉快！"我入境了。

老太太知道我行李就一个包，对我说："正好你帮我拿一下行李吧，我行李多。"

"好啊。"我正迷茫不知道去哪里。

半个小时后，她们的行李蹒跚而至。

宁阿姨拿了行李跟接她的丈夫先走了，我就陪老太太去找她儿子，没有找到，我们在大厅坐下。

晨光一泻而下，正好落在高敞大厅里，机场大厅暖意融融，各色人种来来往往的，让我感到梦一般的迷离，有点儿不真实。

The 2nd Story
002

爸、妈，你们不要担心

等待的时间总是显得漫长，我迫不及待地装上德国的 SIM 卡，然后给妈妈打了个电话，报个平安，话语有些激动："接通费有点贵，聊久一点吧……今后如果我一两天没给你打电话千万不要担心。我一定好得很。哈哈！"

我是独生子，从小就是家里的宝贝。事实上，自从我踏出家门，他们连续一周天天失眠，妈妈更是在夜里惊醒了很多次。听着都很心痛，但是又没有办法，只能一个劲地去安慰，基本上都坚持每天上一次 QQ 报个平安，说明身在何处。然后咬咬牙，继续往下走……

这也是很多行走他乡的人担心的吧。我们不是一个人活在这个世界，我们有家人，有责任，沉甸甸的，一辈子的。

我有时候真的不知道自己怎么有勇气就这样出去了，就这样把什么都放下了。回忆起来有后怕，又是一连串"如果"在脑海爆炸似的涌现，如果我被坏人囚禁了，如果我被陷害入狱了，如果我被杀了，如果……

如果这样的事情真的发生了，我一定会对当初的决定追悔莫及吧。

现在想想觉得自己还是很幸运，没有发生什么，甚至对自己这一程都很满意，还津津乐道的，对一切都相见恨晚。但这都是后话了，倘若这些"如果"发生了，我就是不孝的罪人了。

《无间道》有句台词："出来混，总要还的。"我真的不知道自己能这样走多远，或许，再也不走了……

这次出行就像是一根弹簧的爆发，我就是那根弹簧，被一个无名的力压着，好久好久，但我没有因此而失去弹性，它给我多大的力，我就用多大努力去抗争。直到这个力不小心懈怠了，我用力跃起……

"This is once in a life！"这是我路上对司机们常说的话，我恐怕再也没有勇气这样走了。

那个成为旅行家的梦想背上亲情与责任，如同折翼的白天鹅，虽然依旧美丽，但也许飞不起来了吧。

毕竟，我们不是孑然一身地活在这个世界。

The 3rd Story

第一辆车，一路向北

跟妈妈报过平安后，又帮老奶奶打了她儿子的电话，原来是飞机来早了。

她的两个儿子不久便找到了我们。"你们现在去哪里啊？"我问，内心依旧没有方向，不知往哪儿走。

"杜塞尔多夫。"

我一脸茫然，没听说过的名字。

"在法兰克福北部，开车过去两个半小时，经过科隆，莱茵河也经过那里。"

终于听到一个熟悉的地名和一条熟悉的河流了，有点犹豫要不要搭这辆车。

　　我本来的计划是逛逛法兰克福后往南去斯图加特的。但是这机场应该在郊外，也蛮难搭便车到市区的，况且所谓计划也是随便想想而已，在飞机上就改了很多回了，总是举棋不定。我根本不了解德国各个城市，对德国的情况几乎一无所知。我到下了飞机的时候都不确定我将会去哪里，茫然……

　　北部就北部吧，也许还能先去荷兰，就决定跟他们走了。

　　我们一行四人，我，老太太，她的两个儿子。不一会儿车就开上高速了，终于领略到德国高速公路不限速的神奇了，车子很快，也很稳。

　　晨光明媚，绿色的原野被蒙上一层金粉，远处矮矮的山峦勾勒出层层弧线，连麦田也是球面状的，一大片一大片，小小的别墅零星撒落在远处的田野里，那是农民的家。

　　路，仿佛也掌握了这节奏，忽上忽下。深灰色的沥青上，有看起来很新鲜的白色油漆，在阳光里嫩黄嫩黄的，此情此景给人一种很明信片的感觉，充满了"在路上"的浪漫。好想把脑袋伸出去，尽情地呼吸。

　　他们一边开车一边讲一些德国的事情，比如猪肉、牛肉比国内的划算啦，德国水龙头的水可以直接饮用啦之类的。

　　他的两个儿子1997年的时候高中毕业就到了德国，跟一个亲戚一起住，刚来的时候德语都不会讲，后来慢慢也算有了自己的事业吧。

　　在他们的眼中这边的生活很平静，而且还有点过于平静和单调，每个人只要有份工作就不愁吃穿的了，办事效率也很高，很适合养老，但不适合年轻人拼搏，想发财在这边比较困难，因为这边资本主义垄断很普遍，你要进入某个行业成立一个公司的话很难存活下来的。

　　当然，这是他们的观点，后来在法兰克福碰到了三位在这边做会计的中国人，他们却持有截然相反的观点，他们觉得这边做个事业还是比较容易的，而且他们身边自己开公司的朋友也都做得很成功。

　　不同的人对于同一事情的看法有时会大相径庭，都应该听取，不应该偏信。

　　这让我想起了弄签证的时候，有的网友说我很难拿到签证的，因为我是第一次出国，又是没有什么固定收入的大学生，而且申请一个月的时间太长，各方面都没有优势。

　　而我的德语老师就觉得很简单，在她眼中去德国旅游没有想象的那么复杂，德国人很好的，只要把该准备的材料准备好，一般都不会有什么问题的。

　　在我心里，事情是人做出来的，不是听出来的。

　　如果什么都不做就什么希望都没有，想做的事就应该趁着年轻去实现，太在意别人的话就只能待在家里哪也去不了。

　　我跟她两个儿子学到的最重要的句子是：Ich can ein bisschen Deutsch（我会一点点德语）。

这个在我今后跟德国司机交流的时候非常有用，有些司机虽然能说英语，但是他知道你会德语，哪怕只是一点点的话，整个距离就拉近了，他们都会笑着点头："Ah！"然后整个交谈就很放松，很亲切。

这个是我上车后常用的开场白，还蛮实用的。还有一个我在国内特意记的句子："Ich habe Deutsch gelernt feur eine yahr."（我学德语一年了。）我通常还会不好意思地附加一句："Aber nicht gut."（但不是很好。）

车要加油了，他们停在一个加油站，看不到服务员，司机自己加了油，出了小票，拿到便利店里面结账。效率很高，只需要两名店员在便利店里面收钱就行了。

在加油站出口的时候，看到一个搭便车的背包客在等车，一身冲锋衣显得很专业，伸着大拇指，地上放着一个大背包和一块写着目的地的牌。看到同僚了，有点激动，还来不及回望，车已经开进高速公路了。

心想我一路上应该会碰到很多这样的弟兄吧，然而一连好多天，我再也没有见到搭便车的人了。

大概两个半小时之后，就到了他们居住的城市——杜塞尔多夫，本来还很期待那句"有朋自远方来，不亦乐乎"的现实表现，心里琢磨着人家会不会把我邀请到家里，参观一下德国的房子，没准还能解决一顿午饭。

而正在打这些歪主意的时候，他们已经在讨论在哪里把我这个寄生虫放生了。

今后跟大城市里的中国人打交道都给我这样的感觉：他们似乎总觉得多一事不如少一事，骨子里面有一种不安全感，不会像德国人一样比较信任陌生人，比较喜欢跟陌生人聊天、交流。当然我并不是说德国人会完全信任陌生人，只是相对地，在我身上发生的。

话虽如此，还是很感谢他们母子，给了我一个阳光灿烂的开始，谢谢你们。

我说我有点想 pee。他们把我送到一个麦当劳店外，就此告别了。

The 4th Story

他们欢笑，他们抗议

送别老太太和她的儿子们，阳光依旧，和风微凉，我从书包里面拿出了一件蓝色风衣穿上，再次背起背包的那一刻，我情不自禁地露出了笑容，傻乎乎的，有一种梦想照进现实的感觉。

大概在杜塞尔多夫的街道上走了二十来分钟，看到不远处有个高耸的教堂，像我这种没有见过什么教堂建筑的土著型中国人自然想去看看。

隐隐听到了广播的声音，走过斑马线，看到教堂下站着蛮多人，有些还穿着黑色的制服。我是个典型的看客，迫不及待地走过去一睹究竟，其实心里期待的是个 party 什么的，没准还能一饱口福。

走近了才发现 Polizei 几个白色的字母，德语的意思是"警察"，警察们手里还扛着冲锋枪。整个地方被四五十个警察围了一圈。很多居民也在一旁围观。

教堂下面有个像是棚户区的地方，乱糟糟的，外面是各种涂鸦和标语，树上、墙上、地上……密密麻麻的估计有上百条。

有几个年轻人在"棚户区"外高声呐喊，听不懂意思，不过可以听出是些简短有力的口号。那些人身上布满文身，发型张扬，有一股桀骜不驯的气质。还有一个人双手被透明胶绑在身体上，正在努力挣扎。

警车的广播我一句也听不懂，顿时感觉德语学得太差了。围圈圈的警察在我旁边聊天，神色轻松，眉飞色舞的，不时传来乐呵呵的笑声，跟这广播混在一起真显得多少有些不合时宜。不得不感叹德国的警察好轻松，叉着腰聊聊天就下班了。

这气氛真的很像 party，只是没有吃的。

我看了五分钟，问旁边的老头："What's going on？"

他说今天警察要赶走那些住在教堂旁边的人，那些无家可归的人在这里安营扎寨一年了，而教堂表示支持流浪者，所以这件事也僵持了很久。

刚到德国就遇到这样的抗议事件，觉得很有意思。过于轻松的气氛，让我有点想凑上去摸摸警察的枪看是不是塑料的。

街角的一家咖啡店外有些木头的桌椅，反正我也不赶时间，就索性坐下继续"观赏"。时不时看到有人缩着双腿，被两个警察从"棚户区"里拎出来，一群同样打扮的人热烈鼓掌，欢笑，高呼，拥抱，迎接，似乎他们获得了某种精神上的胜利。一旁的警察也跟着乐了。

或许这就是德国人的幽默吧。本来这些小事在他们平静的社会中就是无关痛痒的，偶尔有这样的事情发生，也算是单调生活中难得的调味品了。

我很欣赏这种无需调解的理性与乐观，每个人都有表达自己观点的权利，即使政府或警察也没有权力去剥夺，这一点很难得。

警察没有去封抗议者的嘴，他们的权力只是驱赶和拆除，更无意去伤害任何人。而抗议者也清楚地知道驱赶他们是警察们的任务，他们必须离开了，没有必要拼命去挣扎。只是温柔地抗议也许能得到更多的支持者，欢笑着离开则是面对既定事实的态度。这是"Keep fighting"与"Let it be"的平衡点。

抗议和驱赶无非在表达两种不同的看法，代表了不同人群的心声，没有必要吵得口水横飞，更与流血牺牲无关。即使看法不一，警察和抗议者也能做到相互尊重，相互体谅，基本没有任何冲突，甚至不存在任何争吵，这让我很佩服。

整个在欧洲的旅行中，我也从未遇到过口角和打架，看似很普通的一件事情，做起来不一定简单。

忽然想起最近几年我都很少生气，很少急躁了，总觉得什么事情都是过眼云烟，我只是岁月长河里不起眼的一粒沙，更何况在我身上发生的事情呢，太过计较只会失去一个好的心情。人生苦短，于个人而言，最有意义的莫过于一个好心情。

我也不知这心境是好是坏，感觉自己像是一个九十高龄的老人，与世无争。

The 5th Story

当你不知道要去哪里，就不会迷路

作别教堂，我继续往河边走去。

房子是新鲜的，垃圾桶是新鲜的，红绿灯也是新鲜的……对我而言，周围是一个崭新的世界。显然，我还来不及适应这个事实，心潮澎湃，依旧。

不多久到了一个很多老房子的地方，老城到了。中午11点多，路上的行人很少，很多商店都没开门。德国人口真少，我想。后来才知道老城还在沉睡，尚待苏醒。

街道是正方形的石块铺成的，大概10厘米×10厘米的小石块，形成一条条弧线，深灰色的，凹凸不平，很漂亮。

街道两旁是很精美的橱窗，各种各样的商品摆放出照相馆的格调。茂盛的大树下，是小小的下沉型的广场，疏疏落落地坐着几个人，看书，听音乐，聊天……旁边的露天咖啡馆被打扫得干净整齐，每套深棕色的木头桌椅配上一把深绿色的遮阳伞，让桌上的小红花格外显眼。

往前走，到了一条小小的河边，上面躺着一艘破旧的帆船，凉风习习，太阳照射在身上并没有觉得很热，暖暖的，真不敢相信这是中午的太阳，一点脾气都没有。

我的嘴角还时常不听话地微微上翘。我在德国了，心里不断地默念。这个心情伴随了我好几天，好像一个刚搬进糖果屋的小孩，有点无法相信周围全是最爱的糖果，不用再舍不得任何一颗了，因为他将在这里住上好一段时间。

轻轻地呼吸，连空气都让我感觉很不一样，也许氧气的含量真的比中国的多那么一点点，温度比中国的低那么一点点，冰凉冰凉的，好像吸入了无数看不见的小冰块。

没有地图，也不知道哪里好玩，哪里有东西可看，就继续优哉游哉地往前走。顿时感觉身体是自由的，心也是自由的。

回忆以前的旅游经历，觉得逊色很多，竟有些懊悔了。每去一个地方，总要弄份地图，安排好每天的景点，找好住的地方，如期到达，找住处，洗个头，出门，找景点，拍照，累了，吃，迷路，回旅馆，洗洗，睡，起床，洗个头，出门……

当你不知道自己去哪里的时候，你就不会迷路。

你甚至不需要知道自己在哪里。没有目的地，地图也显得滑稽无用。

有时候，真正束缚我们的，是那向往已久的目的地。它是杀手，扼杀你旅行的单纯，让你一步一步地妥协。

想想这个世界上的人，很多也是被自己的目标俘虏，去做一些自己不想做的事情，不开心。为了目标，牺牲了活着的过程，这期间浪费的不是时间，而是生命。

我喜欢旅途中那种不期而至的意外，无论悲剧喜剧，都让我感慨激动。而这一点，在没有计划的旅途中，往往能达到最大的出现率。

如果想让生活充满意外，无论悲剧喜剧，那是不是只需要没有目的去生活？

The 6th Story

世界上最肮脏的，莫过于自尊心

往前走，景观豁然开阔，一条明亮浅绿的大河展现在我眼前，风也有些小小的激动了，拍打我的衣角，以为我没发现这美景。

莱茵河大约有60米宽，河水清澈，微微泛绿，看着都能感受它的冰凉。河中的船不多，洁白耀眼，有的是观光船，有的是运东西的货船。通常插着德国和荷兰的旗帜，听当地人说这里离荷兰很近，很多货船从这里往返于荷兰与德国。

有一艘很漂亮的船深深地把我迷住了，它静静地停靠在岸边，入口的地方摆放着棵小树，旁边是几盆绿意盎然的盆景，这是一个船上餐厅。甲板上整齐地摆放着两排桌椅，深棕色的桌椅，暖黄色的坐垫，高雅而浪漫。餐具也都井井有条的，每张桌子上都整齐地摆放着一个菜单，舷窗歪歪扭扭的，活泼可爱。

岸边还停靠着一辆货车，店家似乎是一对夫妇。男人和几个伙计正在用推车从货车里搬运一箱箱沉甸甸的啤酒，气氛轻松愉快，偶尔还调戏一下正在浇花的女人，然后女人也不甘示弱，拿着水管朝那群大爷们儿喷两下，然后哈哈大笑……

我当时蹦出一个念头，帮他们打工换点东西吃吧。

包里的粮食不多了，还不知道接下来怎么办。迟早要走到自己赚钱这一步，只是忽然没有当初那么信誓旦旦的。当打工换食物的"异想天开"变成一个即刻要去面对的事实的时候，突然没了胆量。

看着他们在搬东西，或许需要多点人手吧，我一直在看着他们，犹豫着……

"我从来没有做过这样的工作，他们会不会拒绝呢？"

"去就去，大不了被臭骂一顿，我继续我的旅行。"

"还是不要了吧，怪不好意思的。"

"喂，勇敢一点，你当初怎么打算来着。"

"天气真好，我再休息一下，再想想……"

就这样，我倚着大理石的护栏，看了他们足足有四十多分钟，心里在打一场混战。最终，以"现在不是很饿"为由，默默离去……

我真的是有点懦弱了。

继续往前走，虽然已经是下午一点了，但是游人依然只是星星点点的。河岸边也有很多餐厅，但是客人很少，小二们还在默默地清洁店面，摆放餐具和菜单。此情此景让我又想起去找份工作的念头。

我再次犹豫了很久，最终还是放弃。

仔细想想，原因有种种，最主要的，还是担心自尊心受挫，放不下颜面。记得某部电影的一句台词："有人曾经说，世上最肮脏的莫过于自尊心，这一刻我突然意识到，即使肮脏，余下的一生我也需要这自尊心的如影相伴。"

The 7th Story
向南走，向北走？

走到两排枫树下，我找了张长椅休息，看着不远处的莱茵河，好惬意。无所事事的时候，我总想吃点东西，跟肚子饿不饿无关，打开背包，拿出在浦东买的面包，又开始胡思乱想了，今晚睡哪里？接下来要往哪边走？

唯一能想到的就是睡火车站了。至于往哪个方向继续我的旅行，总不敢妄作决定，我看着地图，往北不远处就是亚琛了，再往东北是汉堡，往西北是荷兰，那里有我一直向往的草原和风车。往南走可以去斯图加特看我一直向往的斯图加特大学，还有美丽的慕尼黑、新天鹅堡。纠结……

回想起刚才来这里的路上老太太的儿子说，德国可能是最安全的国家，荷兰、法国治安都没那么好。我有点犹豫着要不要去荷兰了。如果不安全，我情愿一直待在德国，狠狠地把它走一遍。

向南？向北？

我一直在那里坐着，想这个问题，不知不觉过了半个小时。不懂为何，我下了个决心，往南去科隆。其实路没有好坏，选择了一直走下去就是。

难以想象，如果我选择了荷兰，整个旅行的所有都将被改写了。

The 8th Story

陌生人

不知怎么的，没能走回来时的那条路，而是到了一条很漂亮的林荫大道，旁边是一条小河，河的两边种着高大的枫树，微风扫过，总有几片叶子悠然而下，落入河里跟同类们挤作一层。河水倒也干净，波光粼粼的，可以看到池底的腐叶，两旁的长椅上坐着热情聊天的人们，那快乐像巧克力一样香浓。

不知不觉我走在了自行车道上，后面不远处的骑车人一个劲地按铃铛，我急忙让开，回头微笑地看着，充满歉意，车主也微笑着，点头向我问好。虽然大家都默不作声，但是我感觉到了浓浓的情谊在两个素未谋面的陌生人间传递，这感觉真美好。

仔细想来，即使找不到路，只要方向对了，都不必担心，另一条路会有另一番风景在等候，另一群陌生人在等候，能遇见的东西，都是缘分，遇不到的，请不要自言遗憾，因为它们已被另一番风景替代。

走到一个没有红绿灯的十字路口，不远处正有一辆车驶来，我习惯地停在斑马线后面，没想到那辆车也停下了，就在我右前方三四米的位置，它本可以放心地开过去的，因为我早已停下脚步，而且没有继续走的倾向。

我很疑惑，车怎么停下了？看看车里的司机，正微笑着挥手，示意让我先走，此时后面又停了几辆车。我也冲司机点头微笑，表示感谢，赶忙走过马路。

一边走一边在回想刚才发生的一切，小小的礼貌，激起我的几度感慨。

很早以前就读过相关的文章，讲的是欧洲的车会礼让行人，没想到亲身经历，依然觉得不可思议。

也许并非这种合情合理的交通习惯不可思议，而是因为我以前的生活习惯。

在中国，过马路必须左看右看，即使车还比较远，我也会自觉停下，担心车子突然加速，担心车里是玩弄方向盘的酒鬼，担心司机疲劳驾驶……总之，让车先走总能给我安全感。

而德国人的安全意识极强，完全没有这样的烦恼，而且德国人对待陌生人普遍都是友好的，有时甚至热情得让我质疑——我们认识吗？

我特别感慨那种人与人的关系，高兴时可以在大街上随便找个人打打招呼，然后得到同样友好的回应，这就足够了。

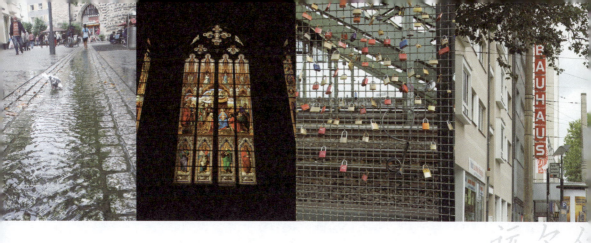

我全然没有心理准备就上了一辆车，有些突然，有些刺激。

第一辆真正意义上的便车，简直就像是在这个小小加油站等着我一样，这样完美的巧合太不可思议了。

Chapter 02

搭车去科隆

The 9th Story
搭车去科隆

　　费了很长时间，终于找到了早上见到的那家麦当劳，往前就是去科隆了，这一整天，除了休息，就是在走路，不停地走路。

　　除了早晨在机场的那辆中国人的大奔，这次是我第一次真真正正搭便车，竟不知在哪里等车好一些。

　　其实心里还有个 plan B 的，假设我搭不到车，就一直往南走，走到某个农场那里借个宿，弄点面包什么的，农民伯伯应该不会在乎这点粮食的。但是这个也只是想想，在这次的漫漫欧洲旅途中没有真正实践，因为很少被困在荒郊野岭。人，总是要被逼上绝路才会去做某些事。

　　走着走着，到了一个加油站，我虽然没有搭便车的经验，但是凭感觉这加油站应该是个不错的搭车地点。依稀记得《搭车去柏林》的谷岳和刘畅的第一辆车就是在北京郊外的加油站搭的。

　　我赶紧蹲下来，在一张 A4 纸张上，用德语写下"科隆"字样。

　　走向加油站的出口，刚好有一辆车出来，我一举牌，刚巧那个青年人也转向了我这边，然后笑着挥挥手，让我过去，对我说："你想去科隆？"

　　我连忙点头："是的，你能搭我去吗？"脸上微笑着又有点着急的神态。

　　"上来吧。"

　　我全然没有心理准备就上了一辆车，有些突然，有些刺激。第一辆真正意义上的便车，简直就像是在这个小小加油站等着我一样，这样完美的巧合太不可思议了。

　　一路上，我难以抑制那股搭车的激动。

　　他问我："你在这里等了多久。"

　　我说："我没等，刚到那里，这是我搭的第一辆车，你是我第一个遇到的司机。"

　　他哈哈大笑："Really？我并不是每一个搭便车的都搭的，你看起来比较友好，我就让你上车了。"

　　我也一直乐着，停不下来，说："Ja,ja……我很幸运，遇到你。"

　　我们还是挺聊得来的。他是一个快递公司的老板，这是他父亲的宝马，他现在要把这辆车还给他父亲，路上他父亲还来电话催了一下。

　　虽然他时间很紧，不过还是把我带到了在科隆大教堂旁边的一家 Hostel 门口，然后掉头走了，我在车后挥别好久，这一程，真的很开心。

　　当时我也没有表达清楚，他不知道我是不希望花钱住宿，他觉得 Hostel 很便宜。我完全没有要住店的意思，但还是走进店里，在很小的门厅坐着，看电视，上网。

　　周围全都是些 20 岁左右的年轻人，在这里上网，看球，喝酒，无拘无束的。我就上 QQ 给妈妈留言，说我到达了科隆，不要担心，没告诉她我是搭车过来的。

　　在 Hostel 坐着舒服的沙发椅，也没人管我，我也自娱自乐起来，回忆起刚刚搭车的经历，心里美滋滋的。

The 10th Story

遇见西班牙的喵

　　在 Hostel 里，感觉有个人站我后面很久，让我很不安，不会是坐到人家的位置上了吧？这种怪怪的感觉持续了一阵子，终于忍不住扭头回望一下，看到一个女生，亚洲人的面孔，像个学生，背着个大书包，看样子也是旅行者。

　　其实也不是每次遇到中国人或者背包客都会打招呼，心里面也会犹豫。心情不好或者想安静发呆的时候便谁都不想理会。我想了一下，决定去打个招呼，毕竟初来乍到，多了解一下这里的情况都是件好事。

　　我站起来很礼貌地用英语问她："你是中国人吗？"

　　她表情严肃又很友好的样子，用中文回答说："嗯，我是啊。"

　　我很高兴，终于遇到一个"熟人"了，然后抑制内心的激动："我刚刚到科隆，想问一下这间旅馆多少钱一个床位啊？"

　　"十七欧元一个晚上，这里还挺好的。"

　　我若有所思地点点头："好贵哦。"

　　我跟她讲起我的旅行计划，她对我搭便车旅行很感兴趣，跟我一样健谈，两个人还挺聊得来。

　　她自称喵，在西班牙读书，也是一个人来这边旅行，昨天刚刚订好了一路上的 Hostel，准备一直去到法兰克福、捷克首都布拉格、意大利等地方，月底回西班牙。

　　"科隆哪儿好玩啊？"想想我也休息得差不多了，抓紧时间沐浴在黄昏里，逛逛这个古老的城市。

　　她说："我刚刚逛了科隆大教堂的那一边，想去河边看看那个公园。"

　　"哦，要不我们一起逛吧，反正我也刚来，不了解这里。"

　　"那走吧。"她也是个很爽快的人。

　　"等一下，我的书包能放你那里吗？我没确定要不要住这里，今晚可能睡火车站。"如果能放下这一大堆家当轻松去游荡就爽多了。

"行啊，放我房间吧。"

然后她就带着我上楼了，那是一个女生的六人间，现在只有她住在里面，非常宽敞的，还有几张桌子，每个床位 17 欧元。

我拿出相机，把书包塞到她床底下，还不忘去洗个头。我特别喜欢洗头，能降温，又很舒服，心情也会轻松起来。

两个人说笑着离开了 Hostel，朝莱茵河走去。我本来话就特多，她好像也很久没有机会说中文了，我们俩自从打了招呼之后就吧嗒吧嗒地说个不停，这气氛胜似老友重逢，好不痛快。

今天天气好好，凉风习习，现在已经是七点多了，天空还是很明亮，好像国内下午四点多的情景，但是太阳更加温柔内敛。德国这个季节天黑的时间是将近晚上十点，夕阳会在天边等候很久很久。

莱茵河上有一条钢铁桥，在上面俯瞰莱茵河，视野开阔，来往船只在桥下穿行，可以看清楚船上聊天的人们，甲板上会有人无所事事地看着我们，而我们也好奇地看着他们，这种互成风景的情形很有意思。

这座钢铁桥也很特别，中间是两条铁轨，两旁是人行道，没有车行道，火车经过时可以感觉到整个桥都在颤动，一震巨响，呼啸而去。

人行道与火车道之间的钢丝网有一百多米长，上挂满了形形色色的锁，密密麻麻的，不禁感叹多少游客才能留下这样的奇观啊，很像北京长城上挂锁的情景，但是更加密集，很有想把桥压垮的态势。简直可以开个关于锁的博览会了，有些质朴简单，有些刻上了名字，有些是心形的，有些有脸盆那么大，还有颗由几十个锁组成的心……我觉得最有味道的，是一只依然闪亮的银白色手铐，在一大堆密密麻麻的锁群里格外耀眼，有些滑稽。

来到一大片草地上，上面有很多小孩玩的游乐设施，像一个开放的游乐场。喵忍不住了，脱了鞋就像个孩子似的爬上了一个绳子做的攀爬网上，有两个小孩也跟了上去，一下子就超过她了。我笑了，说："你看看人家！"

我拿着相机给她拍照，说："你应该穿鞋的，太不专业了。"

"是啊，我干吗把鞋脱掉啊。"

看着她那么 happy，我也忍不住了，把相机塞给喵，爬上了一个滑滑梯，这是我小时候最喜欢玩的，但是幼儿园的老师总是不让我们玩得痛快，现在要补回来。

爬上去很简单，但是看看那个黑乎乎的洞，我犹豫了，有点恐惧，大叫："我好怕啊，怎么办？"

"怕什么啊！他们那么小都不怕。"

我在上面站了很久，看了又看，还是很怕，而且还会把衣服弄脏，把沙子弄进鞋里。最后还是灰溜溜地原路爬下来了，被喵鄙视了一顿。

　　时间过得好快，转眼 21 岁了，真的不知不觉。记得小时候写作文，总喜欢用"岁月如梭"，喜欢用"时间像一条奔流的大河"……当时无法理解的文字，总是在作文里写得热情洋溢的。此时此刻的回想，竟觉得这些文字有能让人瞬间变老的魔力，变得悲情洋溢。

　　我总感觉自己没有玩够，有些行为非常地幼稚。但是真的就回不到从前了，人越大，担忧就越多，束缚也就越多，沉甸甸的责任也有迹可循。连玩个滑梯都有那么多自我炮制的不合时宜。

　　突然想到那句流传很广的话："小时候，幸福是件很简单的事；长大后，简单是件很幸福的事。"

　　回程的路上，我又饿又渴，走到那条铁路桥上，这边的锁比对面的还要多，我看得出神，久久不想离去。

　　喵掏出她的相机，说："我要把它们全都拍下来。"

　　"怎么拍啊？那么多。"

　　"录视频啊。"说着她打开录像功能，一边走一边拍过去，自娱自乐的样子。

　　我笑她说："你储存卡容量还真大。"

　　"没事啊，反正姐带了电脑。"她拍得很爽的样子。

　　有时候，快乐的来源可以是在无所事事的时候没事找事……

　　街灯亮了，天空悄无声息地从深蓝沉淀为暗蓝，这一夜，是在德国的第一夜……

　　科隆大教堂在橘黄的灯光下看起来有点像鬼屋，教堂旁边的广场上的酒吧和餐馆热热闹闹的，座无虚席。

　　而步行街里，大部分店铺已经打烊关门，路上行人很少，两边的橱窗灯光明亮，尽管没有路灯，整条大街也灯火通明，很漂亮。

　　我很担心今晚住的地方，问喵给点建议："你说我今晚睡哪里好呢？"

　　没想到喵开始怂恿我了："你第一天来，时差还没有调整好，又那么累，你就住一晚上 Hostel 吧，身体要紧。"

　　这话轻而易举地使我动摇了，看着残废一样的双腿，我妥协了。还想着以后再把钱赚回来，初来乍到，先休息好再作打算吧。

　　回到旅馆，我办完手续就上楼去了，直接去喵的寝室串门顺便拿行李。

　　喵从箱子里拿出了传说中的比利时巧克力，好精致，小小的方块形巧克力一块挨着一块，有黑色和白色的，吃起来有不一样的香甜，别样的浓烈，配上一天的神奇经历，总感觉在做一个长长的小梦，很害怕自己醒来……

　　在欧洲的第一个夜里，洗完澡后，伴着巧克力的余香，我睡得很沉很沉……我想我真的太累了吧。

The 11st Story

早安，科隆！

　　早晨，闹钟还没睡醒，我就被进进出出的舍友吵醒了。脑子迷迷糊糊的，一下子还没有意识到自己在哪里，等眼睛也睡醒了，才猛然意识到我已经在德国了。我嘴角又扬起一丝微笑，样子有点儿傻。巧克力的余香还在，昨日搭上便车的欢乐还在，新生儿般的好奇感还在……

　　看看手机，九点，还早。昨天晚上吃着巧克力的时候，喵说她也要跟我试试搭便车的感觉，我说："好啊，我们看能不能一起搭车到法兰克福，顺便可以去波恩看看。"然后我们约好十一点半在 Hostel 的门厅见面。

　　我也没有什么睡意了，起来刷牙洗脸后就拿起相机出去了。

　　走出 Hostel 的那一刻，一阵凉丝丝的微风迎面而来。这里的空气真新鲜，深深地呼吸了几下，感觉像是鼻子在炎炎夏日也偷偷喝了几口冰镇饮料一样。我并非崇洋媚外，只是确实很喜欢那里的空气。

　　因为我从小就有粉尘性鼻炎，在国内的时候如果街道上有太多灰尘，我都会鼻子痒痒的，打喷嚏，一旦开始就停不下来。鼻子痒了就想抓，越抓越痒……所以我非常讨厌在大城市生活，那

些街道的灰尘在我看来就像是一根根透明的针，不停地往我鼻头上扎，怎么赶都没有用，真是麻烦。

即使在大城市的街道上，德国的空气都感觉不到有什么灰尘，地上干干净净的，看不到什么积灰的地方。

靠近科隆大教堂的地方人多了起来，好热闹。火车站就在教堂下面，所以人流量很大，其中有不少中国人的面孔。

白天的教堂面容清晰，线脚繁杂，钟楼高 157.3 米，位居世界教堂第三，建造耗时超过 600 年，现在上面还有一个很大的脚手架，不停地整修。

教堂里也有很多游客，彩色的玻璃窗投进五彩斑斓的微光，马赛克的地砖拼得特别精致，拼成几何的花纹，或者一幅幅画作，讲述着我无法理解的宗教故事。

出了教堂，我又不知道该去哪里了，或许最有意思的，于我而言，只是在路上罢了！

在一个水池边坐了将近半个小时，做我最喜欢、最擅长的事情——看人，挥霍时间。记得一句蛮洒脱的话：那些可以用来挥霍的年代，叫青春。我的青春还有多少天呢？希望在结束的那一天之前，我收到一份"结束通知书"，让我最后再挥霍一次……

往回走的时候迷路了，我的方位感真的不是太好，而且我常常不记得自己走过的地方，这让我有些无奈，不过有时候轻微的迷路也是旅行的乐趣所在吧……

没有迷过路，怎么证明这个地方你来过呢？

The 12nd Story

走啦，一起搭车去！

回到旅馆，迟到了十分钟。

喵以为我还在睡懒觉，嘻嘻……

喵掏出在 Hostel 拿的科隆地图，观察了一下也觉得去那个方向可能比较好搭车。然后就一起出发了。

她背了一个电脑包，拖着一个行李箱，看起来比我轻松多了。怎么我的背包就不长个轮子呢？之前想买那种有轮子的背包，但其背负系统极差，背着会很疲惫，而且轮子的耐力可能无法与 30 天抗衡，也就放弃了。

在科隆，无论走到哪儿，总能在某一个街角的天际线上发现那两座教堂的高塔。走了好远，感觉总也走不出这城市，走不出这繁华，最后我们都迷路了。

很多街道没有在 Hostel 的地图上标示出来。就在我们研究地图的时候，有个提着菜篮子的老爷爷主动地走上前来，问我们需不需要帮忙，我们喜出望外。

活了 21 年，旅游的次数也都挺多的了，第一次有人主动来给迷路的我指点迷津，这不得不让我感慨。随后的旅途中，有好几位的德国人给我类似的帮助，甚至在我打开地图的那一刻，他们就微笑走来……

知道我们的计划后，老爷爷笑了笑，显然是对搭便车旅行感到很惊讶，然后在地图上指了一条通往波恩的主干道，说："你们到这里，这里很多车去波恩。"

我们谢别了老爷爷。有些后悔，因为如果我们从 Hostel 出来后沿着莱茵河往东南走就很快出城了，我们直接往南走，不幸绕了一大圈。

大家都很疲惫了，不过都没有烦躁不安的情绪，周围的街景也都很漂亮，这也算是游览城市的一种方式吧。商店越来越少，我们快到郊区了，不远处出现了一家加油站，我们有一种熬出头的感觉，非常激动。

挪到加油站，我们也不急着等车，因为我第一次拦车的成功让我一直对加油站这个特别的商店充满好感，也很有信心。

我们先吃了点饼干，不慌不忙地用油性笔写下了"Bonn"。

我举着牌子等了一个小时，消极的情绪越来越强烈了。喵感叹说："要是搭不到车还得拖着个箱子回去，好痛苦啊。不行，如果等不到车我就搭公交去火车站了，你呢？"

我似乎没有想过搭不到车的问题，昨天太顺利了，让我高兴得有些昏了头，我说："不会的，肯定能搭到车的，时间问题而已，要有耐心。"

喵听着我这个"专业"搭车客的话，以为多少有些道理吧，也就没有多想。

我觉得这里应该没戏了，说："我们到前面去吧，再走一段。"

虽然很累，不过还是对前方满怀期待的。

走到一个红绿灯，又等了十来分钟，没有车停下。

下午两点了，我们走了两个多小时。前面有个公交站。喵说："不行了，再往前不知道还有没有公交车站，再没有车停下我就到对面搭公交回去了……"

我说："你再坚持一下吧。再等等。"其实我心里也没有底，如果等不到车真的把人家害惨了，反正我是不会跟她去火车站的。

她又妥协一次，表情明显烦躁不安了。我都不敢去看她，知道她的失落，更害怕被她影响，其实我的心里也很失落，开始去胡思乱想，要是搭不到车，真的不知道怎么办了。

她就在五米之外的地方看着我举牌，看着一辆辆车"嗖嗖"地驶过……

The 13rd Story
搭车去波恩

两个人都消极到了极点，等着等着甚至连车都不看了，爱搭不搭吧。

奇迹通常就是这样发生的，显得有些突然，一辆车停在了我的正前方，我赶紧搭讪："你去波恩吗？"

"是的，我可以载你们去。"车上是一个胖胖的年轻妇女，笑得很灿烂，和蔼可亲的。

喵也很高兴，不用去搭火车了，最重要是因为她搭到了人生中第一辆便车，在这漫长的等待之后显得尤为难得。

我们赶紧把两大包行李放进后备箱里，上车，出发……

我激动地跟司机说："我们等了好久了，要是再搭不上车，她就要去坐火车了。这是她搭的第一辆便车。"

司机哈哈大笑，说："一般在路上见到搭便车的人，我都会搭的，帮助别人是件好事。"

我连忙说："遇到你，我们真幸运。谢谢！"

喵也高兴极了，毕竟这么辛苦地长途跋涉终于有了回报，不用再拖着箱子往回走了。

这位女司机住在波恩，在科隆上班，这种工作与居住分处两地的情况在德国非常普遍。因为德国的高速公路在纳粹时期就飞速发展，全国的公路网络十分发达，城市之间距离一般只有四五十公里。而且高速路上绝大部分路段是不限速的，畅通无阻，随意狂飙，从我的搭车经历回顾，司机们在高速公路上很少低于 120 公里时速的，不知不觉就上 150 了，开得也很稳，要是不看仪表盘我完全没有察觉，感觉蛮过瘾的，也很节约时间。

德国人的理论是这样的，如果司机开车超过 100 公里时速，他就必须把全部精力集中在开车上，不能分神。95% 的车祸都是出在时速低于 100 公里的司机身上，所以政府一定程度上还鼓励高速行驶。

我曾经在旅途中听一个德国的青年人说："似乎德国有些地区规定，如果一个人喝醉酒，又想开车，他必须保持时速高于 120 公里，这样他才能集中精力在开车上。"

这个说法我不想费心思去考证，只是觉得他们说的多多少少有些道理，觉得很新奇，刚听到的时候我当场就笑了："Really? That's too crazy, man."

之后搭车，我基本都挑在下午，那是德国人的下班时间，如果是一辆车的车牌显示附近某个城市的缩写，那么基本就能说明这辆车是开到那儿回家的了。这一规律屡试不爽，当然，运气还是要有的，这个是搭车的永恒规律。

其实这些小常识也是在旅途中慢慢学习到的，出国之前根本无从准备，也没有搭过便车。在我的脑海里，旅行，把心准备好了，就可以出发了。那些问来问去，婆婆妈妈的事情，有时候必要，有时候真的很多余。

很多恐惧是被问出来的，但是也有些东西需要被问出来，我会去找一个合适的平衡点，然后义无反顾地出发，全身心去拥抱那个陌生的世界！

知道搭便车这个东西大概还是在出国前四个月，一个很偶然的机会，看了那部经典的纪录片《搭车去柏林》，有些许激动，但是很快也忘记得差不多了，毕竟别人的故事虽然能够在自己心里掀起一股巨浪，但是巨浪过后还是平静的比较多。我想，我的小故事也是一样的吧。

The 14th Story

波恩、广场、贝多芬

我本人有一个很大的毛病就是很难记住别人的名字。记得电影《春娇与志明》里面，春娇埋怨说："你想记的就一定记得，你不想记的就不会记得。"但现实往往不是这样的。

初中我跟隔壁班的男生们玩得很好，在宿舍碰个面他们都能喊出我的名字，可是我只能笑着说："Hi！"记得大一过去一个学期了，我还没能记住全班人的名字，想想还真有些混蛋。

刚上这位司机的车我们就相互介绍了对方，我说："我的英文名字叫 Jack，我想我的中文对你来说太难记了，你就叫我 Jack 好了。"

女司机笑了，也介绍了自己的名字，可是中文名对我来说都那么难记住，我对司机的德语名字自然就更加免疫了，还没下车就一点印象都没有了。要下车的时候想叫出她的名字说声感谢都不行，只能充满感激地说几次："Vielen Dank!"德语的意思是"非常感谢"。

她征求我们的意见之后把我们带到了火车站，那里就是波恩古城的中心地带了。一般德国城市的中央火车站都设在旧城区里面，离众多景点很近。

我们目送司机离去之后，也不知道往哪里走好。旅行经验丰富的喵说："我们先去弄张地图吧。"说着就开始找 Tourist Information， 德国的旅游城市都会有好几个这样的游客问讯处，门口写着大大的"i"。

喵进去拿了旅游地图后，我们一起去寻找贝多芬的故居。最后在一个不起眼的楼房前看到一大堆游人。"不会是那里吧？"

我们走过去，最先看到的是房子对面的纪念品店外摆满了贝多芬头像的各式服装。

"那么多人，应该是这里吧。那么多人排队？"喵一直盯着那栋普普通通的房子。

"是这里，你看，门上有块牌。"那牌子好小，如果平时路过肯定不会发现的。

"他们不像是在排队啊，乱哄哄地在拍照。"我站在这个旅行团中想看看里面，可是门被挡住了，看不到里面的情况。

观察了一下后，我再次毛遂自荐："我进去看看，如果要门票我就出来。"走进去是个礼品店，没什么特别的，房子后面有个小院子，或许贝多芬当年就曾在这里喝着朗姆酒。我把喵也叫了进来。

店里出售很多唱片和衣服，正当我们想往院子里面走的时候被店员叫住了，要我们买票，我们只好灰溜溜地离开了。

又来到了一个露天集市，周围的房子几乎全是餐饮店，中间有很多搭着棚子的小商店，显得热闹而传统。喵高兴地举着相机说："等等，让我拍张照留念，我最喜欢逛欧洲的露天集市了，每到一个城市我总要去看看那里的集市。"

我也深有同感，除了房子，这种集市是最有传统欧洲味道的地方。店主们还是跟几百年前一样叫卖，在我们经过的时候高声喊道："草莓，一欧元——"那拖得长长的尾音听着真舒服，像水一样流淌在耳蜗，良久才全部渗入我的神经。

波恩老城特别小，我们这一逛大概只用了一个小时，就基本把它美美地从头到脚打量了一遍。我拿出地图，寻求出路，想一起搭车离开波恩了。我没有什么计划，既然喵要去法兰克福，我就死皮赖脸地跟着吧，好歹有个照应。之前在豆瓣上找了一个多月都没有找到旅伴，第一天到德国遇到了，老天爷的剧本想必也讲究些起承转合吧。

The 15th Story

再见，喵……

找到一条通往法兰克福的路，庆幸的是等车的地方离古城很近，穿过一个公园就到了。我们放下行李，写下了"Frankfurt"，然后举牌，伸出大拇指，嘴角上扬，满怀期待……

二十多分钟过去了，我们就有点没耐心了。我真的怀疑这里是不是去法兰克福的路，掏出地图，两个搭车的菜鸟仔细地查看，似乎没有问题。

现在回想此事，到 google 地图看了一下，我们等车的地方不是通向高速公路的路口，而去法兰克福的人必定会上高速的。还有一个关于车牌的规律，当时不知道车牌缩写的含义，F 是法兰克福的缩写，想必我们那天目送一百辆车离去才有可能出现一个 F 吧。

等待的时光总是过得很慢，两个多小时过去了，大家的乐观被时间腐蚀得千疮百孔，说笑都有些无力了。

六点半的时候，喵坚定地说："不等了，我搭火车去了，不然今天到不了法兰克福了。"她的语气比在科隆的时候坚定了三千倍，我也就不想多劝了，只是觉得有点可惜，好不容易才遇到一个旅伴，还是个能说中文的，真好。毕竟天下没有不散之筵席，我只能平淡地说："嗯，你走吧，注意安全啊。"

"我安全着呢，你走不走啊？"她好像也想带上我这个旅伴。

但我不能，我清楚自己想要什么。对大多数人而言，搭火车去旅行可以透过矩形的圆角窗框看到一闪而过的美景是一件文艺而快乐的事，于我，上了火车就等于认输了，那不是我这次旅行所期盼的，除非实在迫不得已。

"我就算了吧，搭不到便车我就在这里住下了。拜拜。"

"那好吧，拜拜啦。"

简简单单，该散的时候就能毫不顾忌地说再见，这就是旅伴吧。喵，有缘再见了，旅途愉快！

她手里拿着唯一的一根小青瓜走到我跟前，递给我，面容慈祥。我接过来的那一刻，内心的温暖，不言而喻。

Chapter 03

德国小镇——雷马根

The 16th Story
搭上一辆自行车

喵走后，我不安了，要是等不到车我该去哪里呢，这图书馆能睡的不？这公园晚上有没有流氓？哪里可以避免 12℃ 的低温？

每当想到这种让人绝望的境地，我都会像双面人一样安慰自己：会好起来的，死不了。

法兰克福的车迟迟未出现，我心里有点着急了，又改了一个地名，写下了波恩的博物馆，就靠近城市的边缘，这条路直达那里。心想着，这路上的车十辆应该有五辆会到那里吧。

刚写完不久，有个年轻人骑着自行车，微笑地看着我，表情明显是对我的行为感到有点惊奇。我好像看到了希望，拦下这辆自行车，慌慌张张地说："Hallo，我要搭便车去法兰克福，可是我已经等了超过两个小时，是不是我的等车地点不对？"

那个年轻的德国小伙子长得很阳光，说："可能这里很少车去法兰克福，我也不懂。"

"那你觉得如果我去这里会不会好一点？"说着拿出地图指给他看。

"嗯，我觉得是的，这里是个岔路口。"

"可是我等不到车去那里，你能不能搭我一下？"我不再羞于启齿了，只想尽快离开。

小伙子也很爽快："来吧，我带你去。"

我赶紧拿起我的大背包，他还问："你可以上来吗？"

我急忙说："可以可以……"

我侧坐上车座上，背包有二十斤重，一个劲地把我往后拉。这一程，短暂，痛苦，且快乐着！

我跟他说："我叫 Jack，来自中国。"

他也介绍起自己来，然而我只依稀记得他来自德国北部的一个城市，城市的名字我忘记了，他的名字我也没有了印象。

他对我的坐姿很感兴趣，说："在中国，人们搭自行车是侧着坐的吗？"

我有点不好意思，心想是不是在德国只有女生才这样坐呢？我说："没有，怎么坐的都有。"

他带了我两公里左右，中途我还弱弱地问他有没有地方给我睡一个晚上，因为已经七点了，如果有地方可以呆我就留下。

他也感到很为难，因为他跟一个朋友合租的，地方很小，我也就说："没事，我只是问问。忘了我说的话吧。"

告别的时候，他还说："Sorry，man！"

其实，该 sorry 的人是我吧，硬着头皮求他带了这样一段，还问他要住的地方，实在不礼貌。

我心里也犹豫了很久的，毕竟这种事有点难开口，太麻烦人家了。

不过，大家都是年轻人，挺聊得来，这种你情我愿的事情，问问也无妨，如果有地方住则皆大欢喜，如果没有我随遇而安吧。

The 17th Story
古惑仔似的司机

又是等车的时光，天空依然明亮，然而一层薄薄的云让周围的一切变得有点阴沉，不知道还要等多久。

一分钟，两分钟，十分钟，二十分钟，三十分钟……

看着我的人很多，可是停车的却没有。我已经在打量周围哪里可以睡觉了，树丛，草坪，长椅……没有什么合适的地方。走回老城将是一件很痛苦的事情，我甚至开始后悔没有去问问那个图书馆晚上会不会开门，后悔搭了辆自行车来到一个更加荒凉的地方。天空好像也跟着我绝望了，灰沉沉的，希望不要下雨就好。

我不知道为什么好运总在一个人最绝望的时候才愿意眷顾他，或者是不是因为绝望才显得有些事情来源于好运，而非理所当然。总之有辆车停了下来。我抓起背包就跑过去，心想着终于熬出头了，无论司机去哪儿我都要死缠烂打地跟着。

终于可以上车了，司机是个二十来岁的年轻人，装扮很有古惑仔的味道，黑色衣服，还有文身、耳环。不过我丝毫不觉得害怕，反而觉得他还很客气的，性格开朗，很聊得来。

他自称是个"Musiker"（音乐人），车上的音乐很劲爆，而我一向不喜欢太吵闹的音乐，但是为了配合气氛，也就像吃了摇头丸一样把头晃起，比招财猫的节奏稍快一点，配合着沿途美丽的风光，甚至有点喜欢上这种欢快的节奏了。

漫长的等待之后，有速度，有美景，有音乐，有旅伴，也有欢笑，感觉自己什么都不缺了。

路过一个小镇，他放慢了车速，竟然把头伸出窗外对着路边的两个美眉吹口哨。这个举动让我有些许震惊，觉得他越来越像美国大片里面的小混混，举止放荡，桀骜不驯，把内心所想的尽情地表露，没有遮拦，不需要掩饰，这样的直率没让我反感，反而觉得有些钦佩。

虽然这样的行为在我们旁观者看来非常不雅，但是从另一个角度来说，这是一种真实。看看我们周围的人，谁都戴了好几副面具生活。我有时候真的觉得面具会把自己掩得难以呼吸。见到这样不拘一格的放肆，心里有隐隐的羡慕。

羡慕归羡慕，未来的时光里，我们还是得时常戴着面具生活。

第一次见到如此"电影化"的场景，我也冲着司机微笑着。他还不时回头看看窗外渐渐远去的婀娜身影，笑得连英文都不会说了，支支吾吾地，索性放开了方向盘，腾出双手，向着我，做一个托着豪乳的动作，表情异常淫荡。好心人啊，原谅我的措辞，我只是在客观地陈述罢了，我觉得你人还是很好的呢。

不过我也只是像看电影一样，看看，笑笑，就过去了，也没什么。

最后他把我带到了一个小镇的火车站里，说搭火车去法兰克福很便宜。我也很想知道德国的火车票便宜到什么程度，就跟他进了火车站，他还教我买火车票。我一看票价，十一欧元左右，有点被吓到了，八十多块钱人民币呢，一点儿也不便宜。

跟司机说明情况后，我还是走到了路边默默地等车了。回想起刚才搭车的经历，还是很开心的，不管能不能到法兰克福，至少已经在路上了。

The 18th Story

邂逅一个小镇

不知道什么时候，乌云悄悄散去了，又露出了微红的太阳，陪我一起等待即将到来的夜。

忽然觉得，旅伴，或许也可以是旅途中的一切物体吧，小昆虫也好，太阳也罢，有生命的，没生命的，都在这个孤独的时刻给我一丝安慰。我和他们都是同类，同是物体。没有人知道它们到底有没有感情，但是，我会把沾着孤独的快乐给它们一点儿。

这注定是个幸运的傍晚，在火车站旁边等了十来分钟后，停下了一辆车，就这样把我捡走了，一切显得比往常平静，难道我习惯了吗？

司机是个男士，样子已经没有了印象，可能初到德国，觉得外国人都长着一样的脸吧。

那一程，很快乐，因为在我的记忆里，这是莱茵河最美的一段。汽车平稳地在不算宽敞的柏油路上疾驰，车不多，蜿蜒的公路映着落日的余晖，沿着莱茵河边一直延伸到远处的山里。坐在车里可以俯瞰莱茵河的那份宁静，淡绿的大河里，只是零星有几条惬意的渔船，在阳光里飘荡。远处的小房子沿山而建，零星散布，那是陌生人们的家。而我的右边，是延绵的矮山，有点儿陡，德国人在上面种植酿酒的植物，一排排的，整齐有序。司机告诉我这植物的名字，可是我总也记不住，至今都没有知晓，就记得德国很多地方种着这种植物，酿出了爽滑的啤酒。

有山、有河、有速度……这就是我梦想的旅行，我梦想的风景。

最后到了一个小镇，司机说只能送我到这里了，我们热情道别。

下车的那一刻，还没来得及温习一路上的美丽山水，眼前铺展出一片旷野，我知道，我闯入了一个童话。

The 19th Story

向小朋友化缘

迎面而来的那一片田地，让我感到格外的亲切，我决定，去走走吧，不搭车了，哪怕今晚搭不到车，躺在这田里熟睡，也会有一场别样的梦。

那片可爱的麦田就在一个小山坡上，延伸到远方，留下弧形的边界，与深蓝的天空相接，与农夫的家深情相望。麦子已经被收割好了，而麦田依旧金灿灿的。

我在路边就地坐下，看着周围的小别墅，越来越不舍了，嘴角又不知不觉扬起了笑，要是时光可以挤出一大滴松脂把整个世界凝固成琥珀就好了。

本来想欣赏完后继续等车的，后来索性决定不走了。起身，沿着一条小路走上半山腰，两边有些带花园的小房子，颜色艳丽却不突兀，或许这也无关颜色，作为家的房子总能给人朴实无华的宁静感，那是陌生人的归宿。

路上有两个小女孩在欢笑着学脚踏车。我的黑头发和黄皮肤，加上一个60升的大背包，多少令她们觉得诧异。

我也不知道哪里来的勇气，跟她们打过招呼之后，拿出空瓶子说："能不能给我一瓶水？"一边做出喝水的动作，因为她们还小，英语不是很好。其实我心里都在偷着笑，第一次问陌生人要水，好像古代的和尚在化缘，感觉好新奇，心里怦怦怦的，水反而变得没那么重要了。

她们商量了一下，好像明白了我的意思，蹦跳着带我去到她们家门口。刚到门口就有其中一个小女孩的姐姐开门了，可能刚刚在楼上看到我跟两个小女孩搭讪后，想下楼看看怎么回事。

小女孩们七嘴八舌地说明我的来意后，女主人很高兴地接过瓶子给我打水。门里面展现出一个很温馨的家，大大的阳台可以俯瞰小镇，楼梯的白色栏杆挂着小花篮，暖调的墙面干干净净的，周围的美妙山景都显得多余了。

接过满满的水瓶的时候，嘴里忙着说感谢，心里则填满了成就感，为自己能在人生里打造这样一出奇遇吧。

两个小女孩还推着自行车送我走了一段。真的很想跟她们说出我今夜可能风餐露宿的事实，然后求个居所。想必她们无法理解吧，也就没有开口，好聚好散，破坏一个自自然然的故事结局有时候真让人不忍心。

简简单单地几句"再见"后，我重新上路了。

020

The 20th Story

老奶奶的礼物

走了不远就到了半山腰的一栋小别墅前，夜就要来了，整个小镇笼罩在一层薄雾里，一切尽收眼底，却也仿佛只有我注意到这一切的发生，周围很安静，只隐隐有汽车"嗖嗖"而过的声音。

不远处来了一位老奶奶，提着篮子，走到了我旁边的菜地里。我热情地打招呼，原以为找到了分享快乐的人，无奈老奶奶虽然也很热情，却不会说英语。几句德语寒暄之后，最终还是因为我的德语太差而化为沉默……

几分钟的沉默里，老奶奶篮子就装满了一种我没见过的瓜，有点儿像中国的水瓜，但是更小更嫩些。而后，她手里拿着唯一的一根小青瓜走到我跟前，递给我，面容慈祥。我接过来的那一刻，内心的温暖不言而喻，当地人的友好再一次让我没有了背井离乡的孤独感，仿佛周围的一切都是我的朋友，我的亲人。

她指着我的瓶子说："Wasser"（是指"水"）意思是让我洗洗就能吃了。老奶奶转身离去，她显得那么平静，而我已经迷醉在这一片温情里，良久。

青瓜甘甜清爽，没有丝毫的苦涩，尚未吃完，我已经迫不及待地用手机的录音软件录下事情的经过，言语中难以掩藏激动的心情，又拍下咬了几口的青瓜。

回国后重新去听去看，总感觉少了什么，很多很多的故事，发生之后，就过去了，无论什么样的记录，都只是记录，未免有些苍白无力，虽然也能激起感慨，却没有那么浓烈了，有时候还会心感可惜。想必只争朝夕的意义，也在于此吧。

The 21st Story

021

有一个家的名字叫麦当劳

走去麦当劳的路上，已经是九点半了，红彤彤的美丽晚霞烧掉了我最后一丝恐惧，心情也舒畅极了，我热情地跟每一个遇到的路人打招呼，弄得两个十来岁的姑娘不好意思地眨着浅色的蓝眼睛，扑闪扑闪地看着我，怪难为情的。

黄昏来了，夜就来了，只盼这漫漫长夜快快过去，我有一个温暖的家容我避寒，家的名字叫麦当劳。

没了干粮，我大大咧咧地进麦当劳点了一份最便宜的套餐，3.79 欧元，这价格被打成大大的牌子挂在门口，我习惯性地在心里换算成人民币，30 元左右的套餐在欧洲已经算得上最低的了。

这大概是我生平第四次吃麦当劳吧，在国内的也就吃过三两次，毕竟跟中餐不同，还是挺合胃口的，一直都嫌贵，而在欧洲我还不知道如何找到比麦当劳便宜又能填填肚子的食物。

店里零零散散的有十来个客人，弥漫着低沉的德语和轻松的音乐，几个年轻人的吵闹显得格外清晰，不过我一句也听不懂。电视里放着新闻，但几乎没什么人在看，我自然更看不下了。

慢吞吞地吃完之后，我塞着耳塞，伏在桌面一边听歌一边画画，只有音乐声在盘旋，周围的一切都与我无关了，进进出出的人三三两两，也都当我透明，没人在意我。

还是蛮喜欢这种感觉的，音乐在闹，但是心思都不在歌词上，东想想西想想，时光跟着音乐

流走，却一点儿也不觉得可惜，没有什么事情好担心的，心情好得不得了。在离家万里之外的小镇，外面的寒风吹不到我，有一张台可以给我画画，这就够了。一直都很满意自己临时决定停在这个小镇里，假如没有留下来，我真不敢想象我会错过多少美丽的故事、美丽的人。

这可能是我生平第一次真正的"随遇而安"吧，以前这四个洒脱的字眼被世人鼓吹得天花乱坠的，没想到在真实的人生里来得这样自然而安静。

The 22nd Story

麦当劳里传来中文声音

三四幅画下来，腰背着实有点酸，那张台太低了，不合腰板。耳朵也被震得开始有几分痛苦，索性把音量调低了些。

忘记是哪一首歌，透过轻轻的前奏，居然传来了中文的谈话声。起初还怀疑是错觉，虽说中国游客无孔不入，但是在这样偏僻的小镇被我碰到的几率实在太小了，我一点心里准备都没有。

摘下耳塞，眼睛和耳朵几乎同时发现了柜台前的两个中国女孩，一个长发，一个短发，唧唧歪歪的不知道在说些什么，就知道是中文。我顿时感到世界的神奇，居然有如此戏剧的事情发生，大脑被这突袭的激动占据，已经没有多余的神经去考虑怎么去打招呼合适了，傻乎乎地走过去，手上还抓着画纸和炭笔，台词是在这四五米的"超短途"中想好的："你们是来旅游的吗？"

她们也很热情，好像有所准备似的，说："不不不，我们在这里读书。你是来旅游的啊？"

"对啊，碰巧来到这里，觉得这地方很漂亮，就决定不走了，今晚住麦当劳。"

"哟，是来穷游的啊。"她们相视而笑，"你一个人？"

"是啊，没人跟我来受罪。我刚刚在画画呢，碰巧听到你们说中文就走过来了。我还以为这地方没中国人了。"

"就我们一帮学生吧，这里有个大学。"

"啊，这里还有大学啊，好神奇，这地方到底有多大啊？"

"很小的，一个小镇。我们学校也很小。"

"这地方叫什么啊？"我已经把小镇的名字忘得一干二净了。

"叫 Remagen，R-E-M-A-G-E-N，你连自己在什么地方都不知道啊？"她们的惊讶让我很不害臊地产生几分自豪感，这就是我梦想中的旅行，跟某一个美丽的地方偶遇，最好我不知道它的名字。

我把这见不得光的自恋藏起，娓娓道来："我就是想这样子去玩吧，没有任何计划，想去哪就去哪。很自由啊。"

"你签证怎么搞的啊？"

"个人旅游签证啊。"

"这样都给批，真神奇。你今晚就打算住这里啊？"

"对啊，我的机票钱是自己赚的，不够住旅馆啊，是本来就不打算住旅馆的。"

"你可以住我们那儿啊，打地铺都比这里好啊。"那个长头发的女孩很友好地要收留我。

这盛情的邀请来得太突然了，我想着如何报答人家："真的吗？要不这样，我送你们一幅画吧。你们过来挑。"

"好啊好啊。"她们也很开心。

我掏出从国内带来的几张素描，给她们挑选。

"是每人一幅吗？"短头发的女孩也很喜欢我的画，但是显得有些不好意思。

"当然是啊。"我毫不犹豫地说，"随便你们要哪一幅都可以。"

她们有点犹豫地挑了两幅，一幅是我的 QQ 头像，一幅是我的豆瓣头像，好巧。她们买完饮料后，我就跟她们走了，此时已是晚上十一点半。

之后想想，如果我没有决定留在这个小镇，没有把音量调低，没有坐在门口的位置……又如果她们在别的便利店买了饮料离开……也就没有下文了。

缘分就是这样一杯调和了各种各样的巧合的酸甜饮料，喝着清爽，却贪不得多，过后让人久久回味的同时，不免感慨一番。

夜深了……

The 23rd Story

我捅到马蜂窝了

她们的住处离麦当劳有二十多分钟的行程，一路上我们倒像是多年不见的老朋友。好一段时间不说话了，突然遇到的两个中国留学生直接把我的话阀门打开了，我吧嗒吧嗒地像更年期的女人一样讲个不停，从我的旅行，讲到她们的留学生活。

长头发的女孩叫小磊，短头发的叫小六，她们都是山东的，参加山东某大学的交换项目，可以拿到德国的学士学位。

课余时间她们会打打零工赚生活费，小镇里基本是找不着工作的，她们要走二十多分钟到火车站，再搭火车到科隆或波恩等较大的城市上班，路上往往要花去一个多小时，还好德国的列车都是准点的，每次工作都能按时上班。回想自己在中国搭过的火车也有二十来趟了，基本每次都会比时刻表晚一个多小时，唯一一次不晚点的是去北京的时候早到了半个钟，还得在市郊等到点了才能进站，提速也有好几次了，可是这个恶习还是黏糊糊地甩不掉。

在麦当劳遇见她们的时候，小磊刚刚从工作的地方回来，小六担心她太累了，骑着自行车来接她，顺便买点喝的。我这一出现害得她们两个都得走回去了，一辆自行车只载了我的大背包。

她们的浓厚感情着实让我一个大男生羡慕。两个中国女孩背井离乡的，在遥远的德国像亲姐妹一样相互照顾，相互包容，想必也没少在卧室里谈心事，真幸福，想家的时候好歹有个人一起说说中文。这就是女孩们的感情，好的时候就能这样骑车好几里只为担心对方的劳累，坏的时候也能敏感地说不理就不理，总在艳阳与风雪两个极端轮回。

小磊知道我喜欢骑自行车之后还主动要借一辆自行车给我，说可以骑着继续我的旅行，那是老板送给她的车，50 欧元买来的，胎爆了挺久的，把胎换了就能骑了，她有另一辆新的，所以那辆基本不骑了。

我被诱惑到了，骑车环游德国也是不错的选择，德国人造的自行车应该不比我的捷安特差吧。索性问了句："那怎么还给你啊？"

"你到时候方便就骑回来，不方便的话就随便扔了得了，反正我也不骑了。"小磊很是好心。

"那怎么好意思啊。"我在心里盘算着 50 欧元将近 400 块钱呢，实在太多了。

"没事啊，你就骑呗。我不用的。"

我心里暗自下了决心："好吧，有空去看看车，我一定骑回来给你。"

夜里的气温降得厉害，我们从地下通道穿过铁路，又经过一片极少人住的街区，路边还有个小小的礼拜堂，木头建的，全敞开，挡不住多大的风雨，倒像是一个插着十字架的雕塑。就在我看着教堂出神的时候，软绵绵的路灯光里有几个小家伙在动，我兴奋得叫出声来了："快看快看啊，野兔，好多野兔啊。"

她们的反应也太泼我冷水了，觉得见怪不怪的："是啊，这里很多野兔的。"在一个地方生活久了自然会对身边有意思的小事视而不见，这个在哪里都是一样的。

"能抓来吃吗？"我自然是开玩笑的，但也暴露出骨子里的劣根性，见到能吃的都恨不得尝尝，看到活蹦乱跳的兔子也能第一时间跟兔肉联系起来，在这高度文明的国度里真有点不和谐了。

"能啊。你要是抓得住就吃呗。"小六性格比较活泼，声音略带沙哑，也是个开得了玩笑的人。

"这里真好！"从下车到此时一直藏在心里的话终于在不经意间脱口而出了。

"是啊，真好。"小磊也是个开朗的人，只是气质里多了几分成熟，比起小六更像是身经百战的留学生。

我还在回想野兔的时候，身后传来了一个男孩打招呼的声音，有个模糊的身影在黑暗里浮现出来，骑着自行车，已经来到了我们的身边。

他们好像是同学，一阵寒暄之后话题自然转到我这个过客身上了。

热情的小六推着自己的自行车把我介绍出去："我们在麦当劳遇到一个中国来的客人。"

我客气地打了个招呼说："你好。"

他也客气地回了我一句，是一个笑起来很灿烂的小伙子，眼睛眯成了一条弯弯的细线。

小磊帮我解释了下我的处境："他今晚本来想睡麦当劳的，后来遇到我们，今晚就住我们那儿了。"

"哎，可以住我那啊，我那儿比你们宽敞。"想不到这个男同胞如此仗义，刚认识就毫不犹豫地说要收留我，让我怔了好半天。这里的淳朴热情也是我对这个小镇难以忘怀的原因吧。几个小时前还是一个人的颠沛流离，现在一下子交了三个那么好的朋友，这剧情也太梦幻了。

他们商量了一下，女生那边好像住的是临时出租板房，男生这边是跟几个人合租的小楼，条件要好很多，我也觉得跟男的住会方便一点，就一致决定跟那个男生厮混了。

当他听说有个人用自行车载我的时候感到很惊讶："这个人太好了，你知道吗？在德国自行车后座是不能载人的，被警察发现了好像要罚几十欧元的。"

听了这一番讲解，我顿时感到一阵惭愧，那个素不相识的德国青年冒着被罚的危险搭了我一程，而我居然还问他要地方住，真是得寸进尺，实在是过分了些。我很为自己所做的事懊悔。

女生们把我送到了男生的住处，一到门口就跟舍友嚷嚷着："我回来啦，看我带什么来的？"

一个男生从窗口探出头来打招呼："小磊和小六，这么晚了还跑过来，还有一个是谁啊？"

我不知道说什么好，那个男生直接开口了："在路上遇到的一个背包客，从国内来的。"

听到"背包客"的时候我还感到有点不习惯，第一次有人把我叫做"背包客"，我自己也没有意识到自己成了背包客了，只是为了装衣服、画纸什么的背了个包，不过也无法否认自己不是个背包客，礼貌地回了句"你好"，然后戏谑地说："我捅了马蜂窝了，一下子蹦出这么多中国人。"其实心里还是暖暖的，看到同胞们在这么美丽的地方生活，看到留学生的感情像一家人一样，看到今夜即将拥有的暖梦……

The 24th Story
留学生们的家

刚进留学生的家门，就看到干干净净的木地板上摆了二三十个酒瓶，我说："行啊你们，这日子够滋润的嘛，天天喝洋酒。"

"很久以前的了。"他们随便答了一句，不知是真是假。我虽不是很能喝，但是很喜欢喝酒，喜欢那种半醉不醉的感觉，迷迷糊糊的，难过的时候来几口很快就睡过去了……

他们住在一楼，感觉很大，有好几间房，但其实只有2间是卧室，1个卫生间，1个厨房，1个起居室。一共住了三个人，一人一间卧室不够，有个人把客厅长久占有，直接对着厨房和饭厅，够开放的。

两个女孩好像很少来这里，一进门就啧啧称赞这里住着舒服。

一起走了那么长一段，进了人家房子才问了那个收留我的男生的名字，跟我同姓，且叫他小宇吧。

小宇把我带进了他的房间，也是木地板的，很宽敞，有大大的窗户，两张书桌一张床，东西摆放还算整齐，看得出来是个懂事的"孩子"。

有女生光顾的男生宿舍总是热闹的，这个规律在中国成立，在德国也一样。大家七嘴八舌的总有说不完的话。我也许是累坏了，听得迷迷糊糊的，但是对"吃"的敏感度可是不会降低的，清楚地听到他们明天要办个中国留学生的聚餐，少不了美酒好肉，一时间期待满怀，很想改善两日来的伙食，这可是我人生第一次那么久没见过米了，怪怪的。

十二点过了，一起送别了两个女生，又跟小宇畅聊许久。然后我洗了次更爽的热水浴，把这天发生的事情在哗哗的水声里细细回味，越来越觉得不可思议。先是跟喵花了九牛二虎之力从科隆到了波恩，然后告别，自己搭上了自行车、汽车，来到了这个不知名的小镇，跟小孩要水喝，吃老奶奶种的小青瓜，在麦当劳被留学生捡到了这么温馨的小公寓里……有过疲惫失落，也有过欢欣感动……人间五味俨然被我一口气尝遍了，还真有点担心把积攒了二十年的运气都花光光，接下去的日子会不会是另一个极端的倒霉呢？

小宇不知从哪儿拿出一个床垫铺在了地上，还给了我被子，这条件比Hostel好多了。躺在被窝里仍感疲惫，连给妈妈报平安都忘记了，来不及想太多就已入梦……

The 25th Story

025

德国农民

早上醒来，一下子没有反应过来自己在哪里，朦朦胧胧看到小宇的身影，他要赶去上德语班。

说起来他还比我小一岁，聪明过人，在中国读了一年大学就跑出来了，刚来德国半年，德语尚未过关，每周还得定时去上德语课，有时要坐火车去科隆大教堂附近卖旅游纪念品赚外快，那里中国游客多，这工作于他是再合适不过了，见到他的那会儿他也是刚从科隆回来。

虽然真的很想继续睡，但是看到小宇那么勤奋，我也不好意思赖床，还是很快爬起来了。房间里很暗，小宇打开百叶，整个房间才苏醒过来，一片光明，阳光有些刺眼。

小宇上学后不久，我也携了相机出去了，外面空气比室内新鲜很多。昨晚黑黑一片，只记得东转西转地就来到了这里，一出门恍若到了另一个世界，晨光里有两排洁净的房子，美得有些不真实，心情自然也好得不得了。街道非常干净，没有车经过，只有三两个人在走。

越往前走，房子越少，走过一排松树，一大片麦田一下子撑满我的视野，十来只乌鸦散布在田野上，最迷人的是一捆捆圆柱形的麦草，以前在图片里见过，一直不知道怎么盘成的，今天终于见到真的了。我情不自禁地走过去一探究竟，伸手摸了摸那捆结结实实的东西，在阳光里已经被晒得暖暖的了，外面包了一层细网才保持了形态，并非天然能定型的。

我老家在南方，并无麦田，也没见过乌鸦，踩在麦田里竟舍不得走了。远处有五六个农民弯腰忙碌的身影，很想跟他们搭讪，要知道去农场干苦力换吃换住也是我梦想的欧洲生存方式之一。我就踩在麦田走去，一路上没少惊动懒散的乌鸦们。

走近了才发现农民们在收玫瑰花，看到我走来他们也觉得诧异，但还是手头的活要紧，即使

好奇，手里的活一刻也不敢怠慢了，德国的农民也都兢兢业业的。

我远远就开始冲他们微笑，也算开个好头。走进了这片不是太大的花地，男男女女弯着腰在干活，见他们抬起了头，我挥挥手，用不熟练的德语说："你们好，你们在干吗？"又说了句废话，可我实在是词穷了。

他们三言两语地回答我，可惜的是我一句也听不懂，有点急了，问："你们会说英语吗？"

他们相视而笑，无奈地说："No English."

没想到还能遇到不会英语的德国人，基本无法交流了，但还是硬着头皮支支吾吾地用德语问他们需不需要我帮忙。

可惜他们也只是摇头笑笑，不知是听不明白我的德语还是不想让我帮忙。有个强壮的男人走到我的面前跟我说起了德语，词句又都是我听不明白的。

真的没辙了，我静静地站在旁边看他们干活，有说有笑的，气氛还算轻松，不知他们的谈话和笑容是否与我有关。

那些花茎太短的玫瑰直接被剪掉扔在了田里，我看了觉得可惜，就捡了五六朵。

大概看了十分钟后，就带着些遗憾转身走了，手里捏的玫瑰却一朵也舍不得扔掉。

The 26th Story
老男孩 John

离开德国花农们，我还舍不得走出那一大片麦田，继续在田埂上晃悠。忽然看到不远处的田边有两个人影，一站一坐，不知在做什么，又激发了我的好奇心。

走过去才看清一个中年男人在玩遥控飞机，一架模型直升机在空中嗡嗡地打转，旁边有个年纪相近的女人坐在小凳子上当观众兼拉拉队员，偶尔还会鼓鼓掌。

我走过去一边观看一边也跟着鼓掌，还打了个招呼："Hallo."

玩模型飞机的男人不敢分神过多，微笑着回了一句"Hallo"，转过头看看我又马上转了回去。女人也微笑向我问好。

就这样，大家又沉默了，空荡荡的田野上只有直升机的机械声，玩模型飞机也是个要专心的活儿。在中国很少中年人玩这种飞机，所以他在我眼里像个大男孩一样。

几分钟后，飞机终于稳稳地停在了这条窄窄的沥青路上，我由衷地鼓掌赞叹，不为什么，可能只是想表示一下友好吧，心里却是羡慕的。中年男人上前蹲下去拆解飞机散热。我不知得到哪位神仙的指引,鬼使神差地走过去双手献花,表演者倒是乐了,指着女人说:"鲜花应该送给女士。"

我又走去把花递给了那位德国女士,可把人家乐坏了。现场气氛被一束鲜花点燃了,他们英语都不错,一起聊着非常开心。

他们也喜欢旅行,去过泰国,对我的欧洲之旅和中国都很有兴趣。三个人谈天说地的,半个多小时就这样过去了……我还送了他们一个中国结,他们觉得那个小东西很漂亮,还问我是不是自己做的,我只好老实地讲是买来的。

那个男人的名字叫 John,女人的名字叫 Heike,聊天的内容大都忘记,只记得最后大家一起踏着田埂离开麦田的时候,我很高兴地帮他们拿东西,还跟他们说有机会可以给他们做中国菜。他们也很期待,说,今天可不行,改天吧。

John 非常喜欢玩模型飞机,一谈到他的飞机,他就十分自豪,那个模型价值 1000 多欧元,他还说:"这架还不是最好的,我有另一架比这架好,今晚调整一下,明天会拿出来玩。"

"好啊,我明天还在这里,你出来玩的时候打个电话给我吧。"我也跟他一样高兴了,当场决定多住一天,互留电话。好像两个十来岁的小孩一样,约定第二天在老地方一起玩个游戏。

The 27th Story
德国人的家

他们住的别墅很近,走了五分钟就到门口了,是一栋漂亮朴素的单层房子,棕灰色,简洁,大气。

正要挥手告别的时候,我鼓起勇气说:"我能进去参观一下你们的房子吗?"他们也知道我是学建筑的,就爽快地答应了。虽然我已住过留学生的家,但那毕竟更像是单身公寓,不知道德国的"大户人家"都住着什么样的地方,纯种的德国之家又有什么不同。

入口门厅非常气派,有一间卧室那么大,绕过一个屏风一样作用的石墙,就是一间很大的起居室,还带着壁炉,在《志明与春娇》那部电影里,壁炉可是巨额财富的象征,在这里则显得和谐质朴,并没有传说的那么高贵,第一次见到壁炉,却因是夏天没有火,实在可惜,不知那种听着壁炉的"啪啪"声到底是什么感觉。

穿过起居室的大玻璃门,就来到了他们的后院了,刚迈出去的时候被这巨大的后花园给震惊了,德国的普通人家就可以享受比一个篮球场还大的园子,还可以看到远处的麦田、山峦、蓝天白云,室外的小平台也打点得生趣盎然,灰色的水泥砖,几张躺椅,一张饭桌,加上一丛丛各色

的花草，这是另一个截然不同的世界。

　　我惊呼道："这里全都是你的吗？"

　　"是的，我一年前买下了这套房子和这块地。"

　　"你会永远拥有这块地？"我有点不敢相信，在中国，土地是国有的。

　　John 笑笑，说："嗯，我死了会传给我的儿子、孙子……这是我的地盘。"

　　我实在无法去切实体会永远拥有一块地是什么感觉，安全感？私密感？自豪感？这如同就是这土地的国王一般，一直在同一块泥土上生活下去，几百年不会有大的改变，当然物是人非，却也有深厚的情谊了吧。人本来就离不开土地，我一直觉得让人离开自己生活已久的土地该是一件多么残忍的事情啊，就像三毛笔下的印第安人一样，颠沛流离的。可是现代人或许早已习惯被生活驱赶了吧？

　　我坐在饭桌前，Heike 拿来了一壶茶给我倒上一杯。在这么迷幻的小世界里静静地喝茶，是再惬意不过了。我陶醉其中，什么东西都不去想了，和 John 东拉西扯地八卦一番，而心思全不在聊天上，都给这园子给夺了……

The 28th Story

没有鹊桥的牛郎织女们

在 John 家里聊了半个多小时后，已到中午，Heike 和 John 要工作了，她是一家餐厅的服务员，而 John 就是自己的老板，在家里上班。

我意犹未尽，但也不好意思过多打扰，告别时问了莱茵河的方位，径直朝河边走去。

一路上又是另一番风景，有大片的荒野草地，还有一辆极喜爱的拖拉机倚着一棵大，总感觉在哪部电影里见过，却怎么也想不起来。

小路的尽头就是莱茵河了，很宽很清澈的一条河，阳光里波光粼粼的，流得有点儿急。沿着河有一条小路，路上有人跑步，有人骑车，三五成群，这可能是小镇里最有人气的一条路了吧，虽然只有 3 米宽。

我沿着小路一直走，想把这下午的时光打发。路上的风景总是迷人的，对岸的房子掩映在山峦绿树里，白晃晃的游轮来了又缓缓漂走……

不多远走到一个渡口，在一张长椅上坐下了。那艘写着 "Linz -Remagen" 字样的渡轮停在不远处，可以看到上面停了好几辆汽车，对岸也有十几辆汽车和摩托车在等着到这边来。这是多么奇怪的情形啊，难道德国也有穷得修不起桥的地方吗？为什么这里的人能忍受漫长的等待后又以龟速过河？

这里的故事比牛郎织女相会于鹊桥更加凝重，凄凉悲惋。答案是第二天 John 跟我讲的："这里原本也有一条很漂亮的大桥，"二战"的时候德国人为了阻止盟军过河，就把桥炸毁了。直到今天，如果有人要过河，就必须往下游走 30 公里，从下一条桥过去，或者往上游走，也是 30 公里才有另一条桥。中间的 60 公里就只有这个渡口可以过去。"

"为什么不修一条新桥呢？"

"因为这里的人相信，修好了桥，战争就会回来。"

战争给人带来的阴影时隔 60 多年还没有散去，小镇的人们情愿用这样缓慢的方式过河，仿佛在追忆什么，在哀悼什么……

虽说德国是挑起二战的国家之一，但是普通的人民有谁不恨战争呢，战争跟死亡是两个无法分割的词，那些"奋不顾身"、"英勇就义"在痛哭的亲人面前都显得空洞而虚伪，完全是形象工程。死了就是死了，死了就是身体的温度永远跟泥土一样。

不管如何，战争一直都会存在，只是换了时间和地点，换了武器和亡魂，换了一批抱着照片痛哭的人。

不由得想起朴树的那首《白桦林》：

静静的村庄飘着白的雪

阴霾的天空下鸽子飞翔

白桦树刻着那两个名字

他们发誓相爱用尽这一生

有一天战火烧到了家乡

小伙子拿起枪奔赴边疆

心上人你不要为我担心

等着我回来在那片白桦林

天空依然阴霾依然有鸽子在飞翔

谁来证明那些没有墓碑的爱情和生命

雪依然在下那村庄依然安详

年轻的人们消逝在白桦林

噩耗声传来在那个午后

心上人战死在远方沙场

她默默来到那片白桦林

望眼欲穿地每天守在那里

她说他只是迷失在远方

他一定会来这片白桦林

德国小镇里没有鹊桥的牛郎和织女们，可能更会珍惜现在的生活。历史，从来都不仅仅是历史，那里藏着人们想要或不想要的未来。

The 29th Story

029

小镇的午后

午后，我像个幽灵一样在小镇里晃荡，从河边进入了居住区里，被美美的房子团团围住了。小镇里来旅游的人也是有的，可能来自附近城市，骑着自行车或摩托车，载着两大箱行李，很多是头发花白的老头老奶奶，也有年轻的夫妇，像是车队一样。小镇的宁静偶尔被这一串串发动机声打破了，德国摩托车发动机特别大声，我每次听到都习惯性地回头看看，也许很多国人在大街上听到这样的巨响都会这样做吧，而当地人却习以为常。

有个德国人拿出气罐在喷杀自家墙角的野草，那野草才一两寸高，尚未"断奶"就已经葬送在了熊熊烈火里。让我这个习惯于忙碌节奏的中国人不得不惊叹：刚刚呱呱坠地的小草都被房主看在眼里，那岂不是每周都要扫荡一番才能保证眼睛清净？

德国人的"闲情逸致"里，那个"闲"字特别有诱惑力，换做是我，空闲的时候情愿睡到自然醒，也不会去打扰一寸高的野草，因为"闲"来无事的时光太少太少，"闲"字对大多数的中国人来说，太来之不易了。又或许，因为我们的家都长不出那令人羡慕的野草，活在中国城市里的人们离地面都有一定的距离，我们是飘在空中的一代。

整个下午都在这里闲逛，脚已经受不了了，眼睛也审美疲劳，想回去休息，却迷失在这小镇里，找不到小宇的住所了……

The 30th Story
莱茵河对面的世界

借助 google 地图累沉沉地回到住处，在外面叫了几声小宇的名字，竟没人开门，他们还没放学。我已经累得不行了，就门外的阶梯坐下了，大脑也懒得去回忆什么，只管掏出手机玩起了斗地主，这一路上无聊的时光都是地主爷在替我打发走的。

不知玩了多少盘，小宇的室友小庆回来了。进房的第一件事就是直接往我的小窝躺下了，迷迷糊糊的，似睡非睡……

不多久小宇也回来了，他倒是很兴奋，离吃饭还有段时间，邀请我到对岸去看看。我的脚很疼，第一天磨出的水泡还在，却又觉得如果今天不去，可能就再也没有机会去了，忍一忍还是跟小宇出发了。

坐上了那艘往返于 Linz 和 Remagen 两个小镇的渡轮，心情非常愉快，莱茵河就在我身体下面，隔着船板，也仿佛能感受到它的清凉，也许还有莱茵河的情怀，亘古流淌的河水里，有多少动人的故事呢。

五分钟不到，Linz 已在脚下，这是个旅游的地方，人却不多，都集中在了广场旁边的露天餐厅里了。这里比 Remagen 多了几分沧桑，而建筑的色彩却不会输给任何一个调色盘，房子是老的，

油漆却是极新的，甚至鲜得发亮。走在小城里感受不到时间的尺度，没有车辆，房子看起来又是新的，一下子好像回到了千百年前的某一个下午，像当地人一样无聊地散步。

　　走得越来越疲惫了，脚一阵阵疼，撑到了那个广场实在忍不住了，停下来休息。好一些人在广场边喝咖啡、吃小甜点，我也顾不得形象了，把鞋子袜子都脱掉，看着红一块白一块的脚底，一点办法也没有，只能幻想着渐渐把疼痛晾干……

　　突然，从街头传来巨大的狗叫声，扫看过去，一个男人的手指血淋淋的，而狗的主人一个劲地责骂那条把玩笑开大了的狗。但是最后这场我以为很紧张的冲突，慢慢变为两人的相视而笑，他们应该是朋友吧，几个人围坐在同一张桌子，最后狗狗也被原谅了，主人摸着那条大狗：你不听话，我又该拿你怎么办呢？

　　听说欧洲已经没有狂犬病了，所以被咬了也没有大碍。不知道为什么，看到他们这样和气地去解决一件事情，心情也更加愉快了，甚至还有点儿羡慕，脚的疼痛也减轻了些许。重新搭上渡轮返回，对今晚的美味充满期待。

The 31st Story
中国菜

回到住处的时候，脚下的水泡被挤得要决堤了，真希望我的脚暂时不属于我，等疼痛消失了再重新要回来。

小六和小磊也到了，还有小宇和小庆四个人加上混杂在一起的欢笑声把厨房挤得满满的。

某男说了一句："德国的女人是最强悍的。"

"不不不，在德国的中国女人才是强悍的。"

"对，在德国的中国女人。"

这一唱一和的弄得两个女生都乐了，我也听不懂是褒是贬，只是感慨于这个和谐的大家庭。他们带给我的不仅仅是一个住处，还有更多来自内心的感动，来自胜似亲情的友谊。我看到很多人在欢笑的时候心里往往会暗暗伤感，所以一直都讨厌人多的地方。此时此刻看到他们四人的快乐，自己竟也被感染了，有些拘谨，但还是开心地融入这个大家庭里。

我好像什么忙也帮不上，怪不好意思的。在中国的时候没怎么下厨，妈妈倒是教我做了个酸甜鱼，可是我从来没有实践过，她们今天也没有买鱼。在脑里憋了好久，终于决定要做一个糖醋青瓜，纯粹是狗急跳墙想出来的，说出来都有点羞，我也不知道哪里借来的脸皮。

总之正儿八经地把青瓜切成了片，发现没有白醋，这可惨了，老半天才淘到一瓶陈醋，没有见过用陈醋做糖醋青瓜的，但是又为了那么一点点自尊，答应了人家还是应该兑现才是，而且这又偏是我今晚做的唯一一道东西（我都不好意思把它叫菜了），硬着头皮把陈醋往青瓜里倒，黑乎乎的，顿时食欲减半。又拌了糖，心想难看是难看了一点，应该能吃吧。我拿了一小块放进嘴里，直接被恶心倒了，很久没吃过这么难吃的东西了。

可想而知，整个晚上那碟可怜巴巴的青瓜被光顾不到 10 次，而且只有我一个回头客。

不过他们做的菜还是很香的，有酱油鸡块、红烧猪手、猪肉炒青瓜、炒土豆丝、粉丝炒青瓜。后来楼上的小王也下来了，拿了四个小鸡块。六个人就像在中国的家一样聚餐，热热闹闹的，什么都聊。

同时，欢乐也可以明显感受到他们的压力，在国外念书不比国内轻松，背井离乡的，离家一万多公里，还要去打工赚生活费，德语又一直都不能放松，德国的大学宽进严出，要毕业不容易。

我又重新考虑留学这件事情了，至今没有答案，不知该不该走这一遭。

一帮人七嘴八舌地到了 12 点，我和小庆送两个女生回住处，顺便看了看小磊要借给我的那辆自行车，始终觉得太笨重了，骑起来很吃力，还是不要自讨苦吃了，谢过小磊的好意就离开了。一时又后悔起来，后悔没有把自己的自行车带来，不然环德国一周也是不错的，想去哪儿就可以去哪儿。

夜里室外有丝丝凉意，家家户户都基本睡去了，还有一家在办 party 热热闹闹的。又想起今晚的聚会，这可是我在德国第一次吃到中国菜，没想到竟如此丰盛，心里有些过意不去，虽然他们说已很久没有聚餐，也希望能聚一聚，但总感觉多多少少有为了招待我的缘故，还是太过打扰了。

洗了个澡，怀着歉意睡过去了，脚还是疼，但是睡得很沉。

The 32nd Story
我的私人导游

032

今天起来的时候九点多了，想写写游记，在此休养一天，至于下午离开还是明天早上离开并无太多计划，总感觉在这里蹭吃蹭喝的太不礼貌了，什么都无法给予他们，是该走的时候了，前面的路还很长。

刚写了一页 John 就打电话过来了，邀我去看飞行表演。我借了小宇的自行车去了。John 在田里高高兴兴地欢迎我，Heike 并没有来，说是在上班，我成了唯一的观众。

飞机嗡嗡地在空中打转，很快一个小时过去了，John 和我都已尽兴，正好今天有空，我问 John 想不想吃中国菜，如果想吃可以给他做一顿。

他显得异常高兴，很想吃一下正宗的中国菜，说中国餐馆到处都有，但为了迎合欧洲人的口味应该多少有了一些改变，还不知道真正的中国菜是什么味道。还决定邀请留学生们一起来，算是一个小小的中餐 party 吧。

　　我打了电话给留学生，两个女生没空来，而小宇他们有些犹豫，觉得这样太打扰了，毕竟还不认识，就直接来吃饭有些尴尬。这个结果我是万万没有想到的。

　　我认定正确的事情总希望能做好，所以还是力挽狂澜地跟他们讲："一回生二回熟，认识个朋友一起聚聚是很正常的，而且我们给他们做中国菜，这个也会让 John 很开心的，他还没有吃过真正中国菜呢。如果你们担心太忙了没时间的话，我做好了叫你们来吧。"

　　"那——好吧。"小庆勉强答应了。

　　"嗯，那今晚见咯，拜拜。"

　　"拜拜。"

　　挂掉电话后，我转过头就跟 John 说他们很高兴，今晚会一起来吃饭。John 开车跟我一起去买菜了。

　　做梦也没想到自己会再次去对岸那个叫 Linz 的小镇，还是坐在 John 的车里，连人带车一起漂过去了，这感觉很美妙。我们要去亚洲超市买菜，因为一般的超市是买不到中国菜需要的酱料的。

　　其实我心里一点底都没有，除了那条没有做过的酸甜鱼和老掉牙的番茄炒蛋，我不知道自己能做什么菜，怀着侥幸的心理走一步算一步吧。

　　汽车平平稳稳地"游"了过去，开上了岸，到了一条乡间小道。John 驾车很快，典型的德国行车风格，坐在车里是一种享受，右边是宽阔的莱茵河，左边是山野，偶尔有些小别墅，这是个质朴的风情小镇。如果方向盘在我的手里，我想我会一直开下去……

　　毕竟是小镇，所谓的亚洲超市也非常小，有点像便利店，是 John 用 iphone 搜出来的一个店铺，这里平常没人光顾，所以店门常闭，外挂着牌子，买东西请拨打 XXXXXX，这样做生意还真是潇洒。

　　John 打通了电话，对方说让我们等等。正等着，楼上下来一群亚洲小孩，我以为是同胞，说了句"你好"，他们诧异地看着我，也微笑着，只是没有回答，走远了。我觉得很奇怪，为什么不打声招呼呢？是不是这里中国人很多，让他们见怪不怪呢？心里有点儿难过。

　　想是想不明白的，老板娘倒下来了，打开店门，用一口流利的德语介绍，我没听懂。没见过世面的我以为亚洲超市都是中国人开的，还用中文打了招呼，可对方一点也听不懂，后来 John 解释说人家是泰国人。我恍然大悟，怪不得刚才的亚洲小孩无法领会我的意思。

　　超市里有一些冰冻的海鲜，还有写着各个亚洲国家文字的瓶瓶罐罐，鱼龙混杂。我对着那么多的东西很纠结，不知道该做什么菜好，就先挑了条鱼做酸甜鱼用的，还买了米、粉丝、老干妈辣椒酱、蚝油等。一心也想着为 John 节约，不想让他太破费了。蔬菜要到大超市才有得买。

　　出了超市后我们原路返回，乘渡轮回到了 Remagen，他说时候还早，带我去一个地方，看那条"二战"的时候被炸掉的桥。

　　这条桥只剩下两个巨大的桥墩了，分立在河的两边遥遥相望，参观的人还真不少。我倒还不知道这个小镇有这样一个景点。

对面的峭壁上有几个山洞，人根本无法到达。我觉得很奇怪，问 John 山洞是做什么用的，John 是个不乏幽默感的人，脸上永远挂着笑容，笑嘻嘻地说："这是以前中国人住的地方，他们偷偷来到德国就躲在那里了。"

"真的吗？"我还真有点信了，世界之大，无奇不有，这几天发生的事情已经完全出乎我意料，觉得世界上没什么事情不可能发生的。

"这是个玩笑，玩笑而已。"John 得意地笑着，然后告诉我这条桥的故事，俨然一个私人导游，我也觉得自己荣幸极了。

旁边有一对德国老人，见 John 看得新奇就跟他聊起这条桥来，哇啦的德语我是一句都听不懂。桥墩是由石头砌成的，这石头很奇怪，黑乎乎的，像是被战火烧过的样子。但老人用英文解释说这是火山岩，天然就是黑色的，很结实。

四个人德语英语混杂交谈了五分钟，只感觉这里的人真好，一起参观着也能一见如故地交谈，那份友好把所有的隔阂都抹去了，在这里，似乎所有的人都是朋友。

之后我们又驱车去找 Heike，她在一家餐厅当服务员，我们的出现让她感到有些意外。幸好客人不多，她能抽空出来跟我们聊聊。知道今晚能吃到中餐，她高兴得不得了。我能看出她并不是敷衍我，那喜悦洋溢在她的脸上。

Heike 四五十岁的样子，脸上已爬了些皱纹，浅蓝色的眼睛里水润润的，流露出一种莫名的真诚。我也更有信心了，多了一个支持者，对今晚的聚会越来越期待了。

Heike 继续工作去了，我和 John 走到河边，这又是另一番天地，岸边有一块很大的广场，种了许多枫树，树下布了桌椅，不少人坐在树下喝饮料。没想到小镇里居然有建得如此大气的地方，这气派在中国想必只有大城市才会有，也难怪德国的城市普遍较小，很多人都跑到小镇来住了，这里什么都不缺。

今天是阴天，有点儿风，很舒服。我加快脚步走到了河岸边，倚着栏杆恨不得跳下水去。视野很开阔，可以看到对岸的青山绿树小房子，莱茵河也绵延到远处的山里消失了……

John 也看出我的愉悦溢于言表，邀我在靠河的一张桌椅上坐下了。服务员走过来，John 点了一杯啤酒，我犹豫了，心里也想喝啤酒，酒量却不行，担心醉醺醺的做不了饭，就要了一杯柠檬。

John 感叹说："Jack，你知道吗？你来之前德国一直在下雨，下了一个多星期。"

"我听我朋友说过，真的很奇怪，我一来天气就好了，真是个幸运儿。"我也偷着乐了。

"是啊，你到哪里太阳就跟到哪里了。或许你可以做这个生意，哪里需要太阳就请你去，每个小时收 500 欧元。"不知他哪里蹦出这么个鬼点子，把我也逗乐了。

"哈哈，那我很快就变得富有了。"

"是的，你可以买辆真正的直升机，带上我哦。"

"好的好的。"

两人畅聊了一个多小时。John 也有四五十岁了，他的内心却像一个孩子，一个喜欢玩模型飞机的孩子，眼里的笑流露出一种恶作剧般的戏谑感，嘴巴有点儿像憨豆先生，确是个聪明人，大学念的是计算机专业，后来和两个朋友创业成立一家小公司，三个人住在不同的城市，偶尔才聚一聚，喝喝啤酒聊聊天算是开会。平日每天就在家里上班，偶尔打开电脑看看有没有事做，没有事做就可以安心玩了，比如今天就是清闲的。

原来地球的这一边还存在这样安逸的生活方式，对我多少有些触动，但现实里于我却是不能的，只能向往。

坐在枫树下听风，这几天的疲惫奔走暂时画上了句点，不用带着沉重的背包。喝着柠檬茶看莱茵河，俨然成了一个德国人，至少节奏是德国式的。隐隐地，总觉得我的假期才刚刚开始，身心都完全放松了，出国前后的担忧和最后那一丝恐惧彻底被风吹散了。心里也有一种很微妙的预感：多年以后我还会回到这里的。

希望这个等待不要太久。还没离开 Remagen 就想着再回来，这是怎样的牵绊呢？这个小镇冥冥之中有一种熟悉感，连这里的人都似曾相识一样，这在以往的所有旅行中是从未有过的。

Remagen，跟我说句实话吧，我们见过吗？

The 33rd Story

在 John 家做中国菜

回到住处，John 就完全把厨房交给我了，厨房的抽屉里一大堆刀子、盘子、锅、碗……感觉像是一个十口之家，他们的餐具积累到一定量才放进洗碗机里面洗，所以准备了很多，而且举办 Party 的时候多多益善。其实 John 家里只住了三个人，John、Heike 和 John 的妈妈。

John 还特地拿出一盒木筷子，不知道哪里得来的，包装还没拆，我也就不好意思用，只觉得很是惊讶。

我把菜摊在操作台上，有鱼、猪肉、鸡肉、小白菜、粉丝、酸菜、大蒜、西红柿、鸡蛋、豆芽、生菜。好大一桌子菜，我感觉自己闯祸了，菜买多了，况且还不知道怎么做。

我就先把菜切了，心里打着小算盘：也许菜切好了灵感就来了。

这期间 John 去接下班的 Heike，就剩下我在厨房里捣鼓，倒也没什么压力，很快就把能切的东西切完了，John 也回来了，除了 Heike 之外，还来了一位女士，那是 Heike 的朋友 Carolina，来自西班牙。待会儿还有另一个西班牙的朋友一起来吃晚饭。

不会是冲着中国菜来的吧，我暗自开心，看来德国人真的很希望吃到我的中国菜。同时压力也突然变大了，这么多个国际友人，搞砸了就惨了。万一失败，他们只好啃德国面包了，那情景太凄凉了。我不敢再想了，硬着头皮好好做菜吧，也不再嫌菜多了。

突然发现他家里竟没有电饭锅，做不出饭来，不得已要找小宇求救了："救命啊，老外家里没电饭锅啊，怎么办？没电饭锅能做饭不？"

"没电饭锅怎么做饭啊？我在这里做好了拿过去吧。你们几个人啊？"

"很多啊，他们家又请了两个客人来吃中国菜，怎么办？我回去拿电饭锅吧。"

"行行行。"

他们也有点急了，我昨晚的糖醋青瓜已经多多少少证明了我的"厨艺"。John 开车送我去拿锅的时候，小宇、小庆、银东也上了车，还带了王守义十三香、酱油、锅铲子等东西以防万一。

一进厨房，他们都一本正经地跃跃欲试了。然而面对这么多食材，他们对做什么菜也产生了分歧。

"哪个炒哪个啊？"

大家七嘴八舌的，最后总有几个菜统一不下来。

我一再要求做一条酸甜鱼，但是由于昨夜的糖醋青瓜让众多同志惊魂未定，大家强烈建议我到花园陪主人喝酒吹水，我也就不好坚持了，四个人在厨房也太挤了，我和银东出去陪老外聊天去了。

正聊着另一个西班牙人 Elena 也来了，她很瘦，皮肤黝黑，大约四十岁，笑容特别灿烂，人也很热情，一进来就给每人一个拥抱。西班牙的热情火辣果然是名不虚传的。

John 的妈妈也从房间里出来了。台上放了各种酒和饮料，Heike 熟练地调出两杯东西，又去花园里摘了薄荷一样的东西放进饮料里。这让我觉得很不可思议，也不知是不是传说中的鸡尾酒。Heike 说她花园里的植物大部分都是可以吃的，还说出了它们的名字。我当然记不住那一串串英文，却觉得很有意思。

我用两瓶东西调了一杯饮料，没想到引起 Heike 和西班牙朋友的惊讶："在中国，你们这样调的吗？"

"不不，我是乱调的。"

他们哈哈大笑，"我们一般……不把它们混在一起。这东西很恶心，你不能喝这个。"

"真的那么恐怖吗？"

"是的，你要喝的话我帮你调一杯。"

"我想试试这杯。"

"噢，不。"

我嬉皮笑脸地喝下了一小口："还好啊，没什么问题，还挺好喝的。"

"OK，如果你喜欢的话。"她们又是一阵奇怪的笑。

我至今不知自己把什么邪恶的东西混在了一起，竟引起那么大的反响，或许真的没有人调这样的饮料。对我来说饮料都是差不多的，或甜或酸，或酒精味或汽水味，来一个创举又怎样，心里有一丝自豪，伴着一点无知的羞愧。调饮料而已嘛，有何不可。

我回到厨房，菜做得差不多了，剩下的粉丝什么的只好放弃。因为天快全黑了，意味着已经九点半了。

我只做了个酱料，本来是浇到鱼上的，他们却做了鱼汤，只好用酱料放在洗过的生菜上当沙拉了。

菜一碟碟地摆在厨房，不知是否合德国人的口味，心情复杂，欣喜、忧虑、紧张、小激动……

The 34th Story
最后的晚餐

可把大家饿坏了，我们排着队把菜上了，迫不及待地开始填胃。大家都没用筷子，刀子叉子一起上。

以前对于在老外家做菜也曾有过多种设想，没想到今天我成了打酱油的，只做个酱料。留学生的手艺确实不错的，不知是不是被难以下腹的西餐逼出来的。

大家对这顿饭还是很满意的，吃得很愉快。我的酱料又成了唯一的败笔，太咸了……可怜的我，暗自发誓下次出国要先学好几道拿手菜，否则不上飞机。

我们面对着一片宽阔的田野，周围很安静，只有西班牙语、德语、英语、中文混杂弥漫在夜的薄雾里，John戏谑这是个国际party。豪放的西班牙人永远是谈话的主角，个个不乏幽默，笑得合不拢嘴。

那个黑瘦而时尚的Elena是个咖啡店的老板，却总是开心地嚷嚷着没钱，让人怎么相信呢？如果是真的，活得那么自在快活也值了。她不会英语，沙哑的声线加上流利的西语让她焕发出一种独特的魅力，脸上爬了很多皱纹却仍显年轻。

　　另一个西班牙人 Carolina 也是在小镇里上班的，长得像雅典人，浓浓的眉毛很特别，像西方古典画里面的人物，大家都说她漂亮，她高兴极了，一个晚上停不下笑容，也是个开朗的人儿。

　　整个晚上我不知尝了多少种洋酒，一杯接一杯地来，喝了这种试试那种，却没醉，只是发热，正好暖暖身子。欢笑声回荡在田野里，传到远方，似乎能一直传下去……

　　而奇妙的聚会不得不在 12 点半停息了，大家相互作别，各自回家，一切戛然而止。

　　这是在 Remagen 最后的晚餐了，有酒有肉的夜啊，觥筹交错，疯不到东方既白，也够难忘的了。诸多的不舍，也只能凝成一句"有空再来"的伪诺言，我实在无法保证是否会再回到这里，再见到这些可敬可亲的人。这一刻，旅行就是去别人生活的地方，和一群陌生人认识，有缘的话一起敞开心扉聊聊，成为朋友，继而分分合合，或者只有分，不再合……

　　孤孤单单的旅行竟未曾寂寞过，也不知花掉了我多少运气，而欠下的情谊却不知怎么去归还才好。如果我的出现确实给他们的生活带去一点点鲜活的色彩，倒也算安慰，如果给他们添麻烦了，真的是无法补偿的罪过了。平生最怕的，就是给别人添麻烦，可是总有这种时候，特别是在途中。

　　愿情谊不老。

The 35th Story
小雨转晴

新的一天又开始了，我懒洋洋地起来，已是九点，今天该离开了。

收拾好东西出门，竟发现昨晚下了一场雨，天空依旧飘着小雨点，气温被拉低了少许。小宇送我去路边搭车。我把背包放在自行车后架上扶着，离开，这情景居然跟来的时候一样，只是方向变了。

走了几分钟后，雨停了，远方的天空蓝得明丽，云也被洗得洁白。看来离别并不都像电影中的那么细雨凄凄，也不乏小雨转晴的，倒也轻松，没那么难过。本来只是经过这个美丽的地方，想不到一留就是两天三夜，时间过得好快，总感觉有些事情没来得及去经历就要走了，却想不起来还要做什么。

到了路边，我跟小宇道了再见，然后赶他走了："你推着自行车在这里没人敢搭我的。"他笑笑，转身走了。远远地看到他推着自行车在不远处的天桥上消失了，我一直看着，幻想他也躲在树丛里看着，看我是否成功上了车。感觉自己有点白痴了。

路上的车还算比较多，一辆辆"嗖嗖"而去。二十分钟后终于停下了一辆，上车，走了。

司机说他正在度假，在附近一个野外露营，听得我心痒痒的，说："露营的地方远不远呢？如果方便的话，我跟你去吧，反正我也不知去哪里。"

"不不不，这地方很荒凉，你去了很难回到这里。"

我的露营梦就此葬送，想想确实也太麻烦人家了，本来司机就想载我一段，可没想过要拉一个吃肉的东西去露营。我真的激动过头了。

司机多开了一段，把我带到了科布伦茨（Koblenz）的城里，这是留学生们强烈建议我来的地方，打算走走看看之后就去法兰克福了，暂无过夜的想法。

下车的那一刻，对 Remagen 的怀念减半，全身心地投入到一个新的城市。

能遇到这样的朋友何尝不是幸运的呢？

她不仅给了我卖画需要的东西，

还给了我一个卖东西的勇气，

我的钱包将要告别只出不进的窘境了，

对未来充满信心和期盼，

旅行即将翻开新的篇章。

Chapter 04

被小朋友收留了

The 36th Story
科布伦茨

这是一个更大的城市，小宇说有个叫"德意志之角"的地方，两条河流在此交汇，很多游客慕名而来。

天彻底放晴了，太阳柔柔地投下光来。我随便游走到一条步行街，橱窗里的东西一如既往地井井有条，皮包店、鞋店、眼镜店、烟酒店都不足为奇了，整条街却只有三五个人，偶有一两家餐厅开门，其余的都紧闭着玻璃门，死城吗？已经快下午一点了，店门还没开，心里在小埋怨的同时，亦是羡慕，这里的人过得真悠闲。去了意大利之后才知道，每逢周日，欧洲的店铺大都是休息的。

不知不觉走到一个宫殿前，也懒得看是什么宫，就直接进去了。穿过大厅，就到了一个花园里，游人在里面懒散漫步，有点儿像电影里的贵族们。

我窝在一个角落里啃昨天买的面包，总感觉自己跟这里格格不入，吃完就离开了。

花园后面竟是莱茵河，游轮载着观光客缓缓驶过。如果我也有一条船，我会把舵拆了，让它一直漂，一直漂……到山里，到海里。泡一杯茶，或者咖啡也行，反正嘴不要闲着，也不说话，一直看那漂来的风景……

闲逛中无意看到了 Tourist Information，我进去拿了本有地图的书，到郊区找搭车的地方就靠它了。

我在热闹的喷泉广场旁边坐下了，看七八个孩子光着膀子戏水，那神情好像他们第一次见到水一样，令我也动容了，却不能加入他们。当孩子真好，至少快乐都是没有瑕疵的。

旁边又来了一户中国人家，那女士是中国人，男的像是德国人，却讲了一口流利的中文。他们带着孩子来戏水，享受着惬意的时光。

我用中文跟他们打招呼，借机闲聊起来。男士的中文名叫峻伟，在中国工作过。第一次听他的中文难免被吓到，连翘舌音都有模有样的，我怀疑他母语是中文。峻伟见到我也感到很亲切，给我讲搭便车去法兰克福的路，却不敢确定下来，只说法兰克福很危险，要小心才是。

他今天傍晚也要去法兰克福上班，但不开车去，所以无法载我，好遗憾。出于安全考虑，他强烈建议我直接去 Mainz（美因茨），不去法兰克福了，临走时还主动给我留了电话，说如果真的去了法兰克福，遇到什么问题可以找他，他工作日都在法兰克福。

这样短短的交谈之后峻伟跟家人一起回去了。余下的我，忽然有点喜欢上这个城市了，之前与这座陌生城市的隔阂也灰飞烟灭了，即使马上离开，也无遗憾。遇到一个好心人，比遇到几十个景点更让我感到心满意足。

The 37th Story
卖画的希腊女孩 Marina

峻伟走远后，我赶紧找了个旅馆，扮作客人去把之前没解决的问题解决了。突然想绕老城走一圈就离开了，搭车去美因茨。

老城的魅力，自然来自建筑、古道、广场……但我也喜欢看坐在路边喝酒畅谈的人们。他们沐浴在阳光里，说着我听不懂的话，偶尔也瞄一眼路过的行人，挤鼻子弄眼的丰富表情是我学不来的，却被他们演绎得自然，一个个都有影星的气质。

在一个建筑底下，看到一个卖画的女孩坐在地上，旁边停着一辆自行车，两个竖直的木架子间拉了几条细线，细线上夹着比手掌大些的小画。有些画确实看到了她的耐心，线条丰富，画面抽象迷离，有些画则像是半成品。

我的第一想法是——我也可以。

在旁边看着的时候，她也站了起来，说："你喜欢吗？"

"嗯，它们很漂亮。我也喜欢画画，我有一些画在书包里。"

"真的吗？"

"是啊，你想看吗？"

"好啊。"

我放下背包正要打开，来了另一个女孩，看着她的画，然后马上选了一张，问："这张多少钱？"

"十欧元。"

那个女孩毫不犹豫地拿出了钱包，掏出十欧元："我要这张，你画得真好，你来自哪里？"

"谢谢，我是从希腊来的。"

"噢——你很漂亮。"

"你也是。"

"拜——"

"拜——"

这一幕居然就在我旁边发生了，像做梦一样，一张画就能卖十欧元，要养活自己真的不难。

她看着我的画，也啧啧称赞的。我不好意思地问："你认为，这些画能卖吗？"

"当然。"

这斩钉截铁的肯定真令人振奋，我对自己的画向来没有什么信心，虽然带了画纸和笔，却一直不知道怎么用它们换钱换食物。隐约感觉到这个糟糕的状态就要改变了——我也要卖画。

突然开始犹豫要不要离开这里了，好不容易有一位那么漂亮的希腊师傅在旁边，可以教我怎么卖画，如果离开，就更不知如何开始了。

干脆不走了，就在这座城市开始做自己一直以来都想实现的事。

希腊女孩的名字叫 Marina，也在念大学，学的是绘画方面的专业，正好暑假有空，希腊金融危机让她跑来这里跟男朋友一起赚钱，寄宿在朋友家里，男朋友白天上班，她白天卖画。Marina 一天能赚二三十欧元，算是不错的了。

"警察不会禁止摆东西卖吗？"我很好奇德国是不是也有城管这个玩意儿。

"他们会的，在欧洲卖东西要有一个证，我想去申请，可是申请不到。"

"那你在这里遇到过警察吗？"

"偶尔吧，前几天有几个警察过来要查我的证，我说没有。警察也很友好，了解我的情况后就睁一只眼闭一只眼，也不追究，装作没看见，所以就一直在这里摆着。"

"哇，德国警察真伟大。"

"是的，他们很好。卖个东西也没什么大不了的。我现在要回去了，你呢？"

"我没有地方住，也想留下了。"

"我住在别人家，不方便，不过你可以上 Couchsurfing，上面有沙发客，我朋友就是住沙发，他说很安全，你可以试试。不好意思，你帮我看一下，我上个厕所。"说着她就走了。

我们才聊了几句，她就把自行车和画具两大家当都托付给我了，被人信任的感觉真的很奇妙。

我拿出手机上沙发客网，之前在国内注册过，但是没有想过要用这个找地方住，因为没有固定的行程安排，临时的沙发客是很难找的。Marina 这么一说，试试又何妨。

我很想知道欧洲人是怎么看待如厕收费这件事的。Marina 回来的时候我问她："餐厅里面的厕所收费吗？"

"第一家要收 50 欧分，我就去另一家咖啡店了。"

"在中国是不用收费的。"

"我觉得花 50 欧分上个厕所太傻了。"

两人对这种违背生理的收费方式都感到反感，可能我们都是没几个钱的人吧，但这确实不合理，在那里生活的人岂不是每次到街上都要提醒自己带上如厕的零钱？以防万一嘛。一直很讨厌出门前要带这带那的，小时候换了鞋屁颠屁颠地就可以出去了，现在最起码也要检查眼镜、手机、钱包、钥匙、甚至餐巾纸——给患有鼻炎的鼻子准备的。生活变得越来越复杂了，旅行亦然。

Marina 帮我用手机找沙发主，可是那网站一直都说我资料不全，又补不了，两个人弄了老半天也没有成功，干脆放弃了。

我跟她说："放心吧，我会想办法的，大不了睡在火车站。你明天什么时候来摆摊？"

"我不确定，大概 12 点半吧。你决定要留下来卖画了吗？"

"嗯，我们 12 点半在这个地方见可以吗？"

"当然。"

"你留个电话，要是突然不来了打个电话给我，我如果临时有事来不了也给你打个电话。"

"OK!"

我们互留电话后，坐在一个博物馆的门口休息，准备道别了。Marina 待人非常真诚，也不担心我抢了她生意什么的，总是聊得很开心，都是喜欢画画的人。她从包里拿出了一卷细绳，剪了一截给我，让我把画挂在上面卖，还给了我一卷透明胶粘画。

能遇到这样的朋友何尝不是幸运的呢？她不仅给了我卖画需要的东西，还给了我一个卖东西的勇气，我的钱包将要告别只出不进的窘境了，对未来充满信心和期盼，旅行即将翻开新的篇章。

和 Marina 道别，看着她骑着单车远去……想不到这一别，竟是诀别。第二天，Marina 没有出现，下午五点的时候她打电话给我说有事来不了了，而我只有她临时用的德国号码，想必这辈子都不会再见到了。

经历了很多这样简单的认识、交流、告别，也就习惯了，谈不上遗憾，正常得好像在森林里路过一棵大树，仅此而已，但是每一棵大树都不一样，也都在心里留下了不一样的影像，最后，我将拥有了整个森林的风光，每一棵树都在其中有一个位置，记录了我所走过的旅途。Marina 就记录了我旅行的一个转折点，遇见她，我决定留下来，我决定开始卖画……

The 38th Story
卖画生涯的开端

我走到那个叫"德意志之角"的地方，一个巨大的雕塑对着两河交汇处，我也没弄清楚那条河叫什么名字，附近有缆车可以从这边跨过河流直达对岸山顶的城堡，我看着都觉得很刺激。很多游客就在岸边散步、遛狗。

我一向是个急性子的人，想做的事情一刻都忍不住，恨不得灵光闪现的瞬间开始执行，卖画这件事也不例外。Marina 刚走了不久，我就在想：既然明天可以卖画，为什么现在不可以？

如果想做的就马上去做，人生的遗憾可能会减半吧。在所有事情上，很多人都等得太多，等得太习惯了，都以为自己还有很多个明天，但实际上没有人能打包票。

我越想越激动，马上找了个地方，拿出画来摆在前面的地上，又掏出所有的中国结，整整齐齐地摆在 A4 纸上，用油性笔写了大大的招牌 "10 €"。我的小地摊就算开张了。

整个过程一鼓作气，不带半点犹豫，甚至还有些兴奋，满怀希望，好像我在前面摆的不再是画，而是很多张 10 € 的钞票。

前面的游人成群结队地路过，我揣着那份冲动的余烬，冲每一个经过的人微笑，好像我是这里的市长而且认识每一个路人似的。

有的游客很高兴，冲我点头致意，却没有半点买的意思，那眼神跟见到路边的搞笑雕像差不多；有的游客则显得很麻木，假装没有看见，仿佛看见了就要给钱……

一个老奶奶微笑地回过头，用德语暗暗地说了一句："太贵了。"

我的期盼像沙漏一样流失，形形色色的人一波一波地走过。过了半个钟，我也不敢再看了，只默默地写了个新招牌——"5 €"，然后低头画画，只在有人驻足观看的时候抬头看看。

又来了一位同行，有个老头穿着复古的西装，推着一辆音乐车停在我旁边，手一摇音乐就响起来了，韵律轻松雅致，引来不少人的慷慨解囊。看到有人捐钱老人就用脚踩下一个机关，一个玩具猴就点头答谢，如果有孩子他还会送上一枚糖果。

我也沉浸在这浪漫的乐声中，心想着等我老了，就扛着这机器去旅行了，不愁吃喝，就是麻烦了些。

摆了一个多钟头后，什么都没卖出去，我已经没有信心了，不去在乎有没有人买，权当休息，却又有些担心起睡觉的事情来。

The 39th Story
他和她

就在我完全没有卖东西的兴致之时，前面有一男一女站了好一会儿，虽然不算很久，对我的小店而言也是个奇迹了。

我抬起头打个招呼，拿起中国结递了过去，他们笑着接过。

我觉得有戏了，用德语说："5 欧元。"

他们不好意思地笑笑，女孩从口袋里掏出一枚 10 欧分的硬币。

我像泄了气的皮球，居然能在德国碰到没带钱的情侣，这或许又算另一个奇迹了。看得出他们是真的喜欢中国结，我也想成人之美，说："我送给你们吧，免费的。"还对着那个男的开玩

笑说："你可以跟你的女朋友说这是你送给
她的。"

他们腼腆地笑了，男生有些囧："我们
不是情侣，她是我妹妹。"

我也笑了，说："sorry，你们长得一点
儿也不像。"

我们三人就这样聊上了。女孩叫
Maria，十三岁的她长得像十八岁一样成熟，
她英语并不好，只偶尔说几句话，基本都是
由十七岁的哥哥 Se 帮她翻译的。我还拿出了
面包给他们吃，刚开始还蛮不好意思的，后来就没那么拘谨了。

聊了半个小时之后，Maria 突发奇想，说要帮我卖中国结，她哥哥也很乐意。

我有些过意不去，但看到他们那么开心，也都没有卖过东西，玩玩也无妨。没准他们的德语
还能派上用场，反正我也没心思摆摊了，收拾好东西一起到雕塑下找游人推销。Maria 和 Se 的
手指上串了一溜儿中国结，煞是壮观，再配上我在杭州买的扇子，就跟景区兜售旅游纪念品的人
差不多了。

我之前有卖玫瑰花的经验，就教他们专门找一对对的情侣，问那个男的愿不愿意买个中国结
给女的。他们胆子还挺大的，没有过多的犹豫，一上场就问了两三对鸳鸯，却没有人愿意掏钱，
在德国谈个恋爱怎么那么廉价啊。

看来今天是卖不出东西的了。

对我而言，Maria 和 Se 只是两个孩子。谈到睡觉问题的时候，他们说不敢把我带回家，似
乎他爸爸妈妈很凶。我说没关系，我可以睡火车站，刚说完心里就没底了，不知道火车站是怎样
的，来德国几天还没有真正被逼到睡火车站的时候。

我的水喝完了，让 Se 回家帮我打了一瓶水，没想到 Se 偷偷给我拿来睡袋和食物，有香蕉、
苹果、两瓶饮料、煎肉饼……那么多美味的食物，让我心里暖暖的，作为独生子，在德国被两个
孩子当成亲哥哥一样对待，好温馨！

我们找了个阶梯坐下来吃 Se 带出来的晚餐，对面的一家冰激凌店熙熙攘攘的，生意十分火爆，
举目看到的路人有三分之一都舔着那家的冰激凌。

Se 解释说这里是城里最好吃的冰激凌店。看得我口水都快流出来了，暗下决心明天赚到钱
后一定要来吃一个。

Se 正在念高中，也是个喜欢画画的人，还给我讲他发现了这个城市的老建筑转角处都有一

个雕像，并自豪地说他认识的人里没有人注意到这个，真是个细致的孩子。

而 Maria 拿着我的单反玩自拍，一路上都很少说话，毕竟她不会说英语，听不懂我和 Se 的谈话，偶尔有些小疑问就让哥哥做翻译。

他们都来自乌克兰，头发和五官都跟德国人有点区别，但是科布伦茨是他们从小生活的地方，他们的第二故乡，言语里都蕴含着对这座城市的热爱。

我们就在阶梯上一直聊到了十点，天也黑了下来。当地的青年人开始在街上成群结队地去喝酒，美妙的夜来了。

040

The 40th Story

快把我藏起来

他们该回家了，话题不由得转移到我的睡觉问题上来。我当然不想睡火车站，担心安全，而且我还不知道火车站在哪里。

Se 也为我感到担心，最后决定偷偷带我去他家，说可以睡在他们家楼顶。我心里又燃起一点希望，倘若能有个安全的地方呆着就谢天谢地了。

Se 和 Maria 都觉得很有意思，笑嘻嘻地策划着这个捉迷藏的游戏，我也在紧张地等着他们的锦囊妙计，看他们是怎么把我一个大活人藏在房里的，这一夜越来越有意思了。

最后他们把我带到了一栋漂亮的公寓前，他们家在三楼。我们蹑手蹑脚地上了顶层，有间公共房间是开着门的，里面没有人住，只晾了些衣服，放着点杂物。这里就算是我今晚的窝了，条件比我想象的好多了。

我们的谈话太大声了，可能传到了他们父母的耳朵里。Se 看到有人从家里出来，急忙让我们躲进了杂物间里，三个人隔着门板听外面的动静。我也紧张到极点，这简直就是非法入侵，不知道他们父母有没有之前说的那么凶。

大家憋了一分钟，外面没有了动静，Se 忍不住出去看看。这一看被楼下的父亲逮个正着，眼看他父亲就要上楼了，我也不敢躲着，早死早超生吧，出来打个照面，还看到了他们的母亲，我忐忑不安地缩回房里去了。

他们父亲慢慢走上来，我跟他打了个招呼，作微笑状，见机行事。

而他一脸迷茫地看着我，丈二和尚摸不着头脑。我一句话都说不出来，示意 Se 帮我解释解释。

Se 笑呵呵地跟他父亲解释，Maria 还是沉默，皱着眉头。我感觉情况不妙。

他们的父亲表情严肃地跟 Se 讲了好些德语，我无法领会，直到他们三人讲着讲着忽然笑了出来，我才松了口气，气氛变得温和了。

我终于敢开口讲了几句英语，他们的父亲却听不懂，还得 Se 来做翻译。其实他们父亲是个挺友好的人，只是不苟言笑，容颜已显苍老，头发有了大片的白色，脸上的皱纹也清晰可见，看起来倒像是 Se 和 Maria 的爷爷。

我终于被允许留在房里打地铺了。他们三个关门离去了，让我早些休息。真是有惊无险。

关了灯，刚刚进来的时候天还好好的，外面突然电闪雷鸣，雨夜来了，我在房里怎么也睡不着，一边充电一边玩斗地主。

又过了二十分钟，听到有人敲门，我吓了一跳。

原来是 Se 和 Maria 抱着棉被和枕头给我，他们父亲担心我着凉了让他们拿上来的。看来之前 Se 和 Maria 对他们父亲的判断并不正确，他一点儿也不凶，倒是个细致体贴的好父亲。或许无论在哪个国家，父亲总是给孩子一个严厉的形象。

Se 还拿他的画给我看："这是我的爸爸，这个是 Maria……"画风就是些孩子的素描，却十分认真，人头像、怪兽都有模有样的，他以后如果能成为画家我一点也不觉得奇怪，他是真的喜欢画画。

Se 还送给我一张明信片，是一个日本设计师送给他的，明信片上是那个日本人的作品，至于他怎么认识那个设计师我也听得不是很明白，只是感受到 Se 很喜欢那张明信片，而他却决定送给我，我一时不知怎么拒绝。其实明信片从哪里来的，上面是谁的作品并不重要，它算是我和 Se 与 Maria 认识的唯一纪念吧，也就收下了，还回赠他一幅我自己的画，权作留念吧，也许离开了这座城市，就不会再见了。

我去旅游一直都不怎么买纪念品，不是不想纪念，只是没有这个习惯，可能不甘心被景区的小店坑诈，有时也是为了省钱，或者懒得带，虽然过后偶尔觉得遗憾。买来的东西能纪念什么呢？冰冷冷地躺在商店里被带回来，而且又都是谁都能买的东西，拿起来只会想到那个走过的地方，却没有人的牵挂，无意义。这样饱含情谊的礼物才是我最珍视的，里面藏着很多没来得及述说的话，要在今后的时日里去挖掘。

每次看到旧物，那感触也会很强烈，忍不住闭上眼睛回到过去，再去走个过场，重新经历那一段时光。

今夜风雨大作，倒不担心明天哪也去不了，只是老天闹得我睡不着。被两个素不相识的德国小孩收留是我做梦也没想到的，心里期待着接下来的旅行有更多稀奇古怪的际遇。第五天就要过去了，我已经完全沉浸在旅行的洒脱里，没有什么顾虑，只祈祷时间能走得慢一点，再慢一点，好让我更贪婪地经历，更疯狂地挥霍青春。

The 41st Story

德国早餐

第二天早早地就被冷醒了，风雨已过去，周围很安静，我坐在阁楼的地上发呆。昨日发生的一切如梦如幻的。

又想起今天要跟 Marina 卖画，有些紧张起来，因为我包里没几幅画了。马上削了炭笔开始画画。

不久，听到有人上楼，心想这两兄妹可真早，起身开门。没想到是一个没见过的中年男人，看到我这乱七八糟的家当，一脸迷茫，倒没有生气的意思，只是想弄明白怎么回事，却不会英语。

我跟他基本无法交流，只用德语说了一句："我是 Maria 的朋友。"她哥哥 Se 的名字发音我至今没有学会（所以简称为 Se），如果不是有个这么好记的名字，我就麻烦了。

我放下东西，带他到三楼去找那户人家，在外面叫 Maria 的名字，他们两兄妹都来开门了，还有他们的父亲出来帮我解围，最后大家笑笑就算翻篇了。

他们一家人邀请我去吃早餐。我把我的大背包放在客厅里，客厅有一张床，东西也比较凌乱，不像德国人的家。他们父亲以前也是个卖画的人，角落里还有他亲手做的木雕，颜料、画笔、调色盘到处都是，但是都铺了尘。

"很多年前的了。"那位父亲淡淡地说了一句，笑了。落魄的艺术家，衣服都洗得褪了色，有些地方已经破了。背也驼了，脸上被岁月划了无数道刻痕，有一种说不出的悲凉。

我当着他的面对着那个墙角的木雕拍了几张照，算是微不足道的慰藉吧。他又笑着喃喃几句，大概是表示谦虚，实际上也很开心了。

正宗的德国早餐并不尽如人意，Se 给我做了个三明治，夹了西红柿和青瓜，还有一片肉片，吃起来总觉得怪怪的，有一种馊馊的味道，可能是刚刚从冰箱里拿出来的缘故，即使新鲜也不是我喜欢的味道。

倒是 Maria 做的煎鸡蛋还不错，不知放了什么料，味道跟国内的不同。看来女孩天生就是做早餐的料。

他们两个就在旁边看着我吃，好像迫切地等待我的"好评如潮"，让我怪不好意思的，连连称赞他们的手艺，又问："你们不吃吗？"

"我们吃过了。"

希望事实如此吧。

临走时，他们父亲想把睡袋和垫子给我，我拒绝了很久。他出去了一下，回来又把一张 50 欧元的钞票和 3 枚硬币放在我手上。我着实吓了一跳，这怎么好意思呢。我说："不用了，我有钱。"然后递给他。确实很难跟他解释我只是希望体验没有钱的生活，并不是真的一无所有，再说我还有信用卡呢。

他竟不接，说："你需要这个。"

我干脆把钱放在了床上，然后站起来拿起了背包，急切地逃离这个房子。

一向寡言的老父亲愿意给一个陌生人 53 欧元，却舍不得给自己买一件新的 T 恤，这恩情让我年轻的肩膀如何承载呢？霎时只觉得自己是那么卑微自私，竟无法直面那副沧桑的容颜，很想把里里外外的腐朽肮脏统统洗掉，狠狠地把这个地方铭记。

生命里遇到这样的人是何等荣幸，他们不在乎自己过得怎么样，不在乎自己的处境如何，听从自己善良内心的呼唤，只觉得不帮你就会很难受，比忍受自己生活的艰辛还要难受。如果你生活里有这样的人，请珍重，他们不需要你的任何回报，而我们自己则需要记住他们，然后默默努力，成为他们。

The 42nd Story

我的第一桶金

042

离开那位伟大的父亲，身心轻松了很多，却久久在回想那个感人的情景。

Se 和 Maria 说要陪我去摆摊，时间未到，我们来到了 Maria 的学校。操场边的葡萄架结满了葡萄，却没人去采摘，让人垂涎。苹果园里的苹果熟得掉到了地上。不得不说这是个很容易发生童年故事的学校，有那么多有意思的场景。

我和 Maria 在河边的草地上晒太阳，而 Se 又是闲不住的，跑去捣鼓河岸边的大石头，玩水……知道他那么多能量，我决定把背包托付给他了，让他安分点，我也轻松，哈哈！

慢慢沿河走了一圈，回到我们认识的地方。我提议坐下来休息，促膝而谈，都是些无聊的琐事，好像又回到了昨天。

我们逛到了摆摊的地方，我又不知道怎么开始了，昨天的失败还是有些影响的，卖画并没有想象的那么容易，在街上买画的人毕竟是极少的，更何况我的画并无太多吸引力。

又在附近拖拖拉拉，玩玩闹闹，一个钟头过去了，等到了 12 点半，Marina 却没有出现，又不来电话，估计我被放鸽子了。

我把绳子张拉在柱子上，再用透明胶粘住那些画，又摆上几个中国结，再次开张，没昨天那么激动了，希望亦是渺茫，价格降到了 1 欧元，简直就是白菜价了。

面对我的忍痛割爱，游人居然无动于衷，一个多钟头过去了，依然无人问津，恨不得找个大喇叭高喊："跳楼价，最后一天，真的是最后一天啦——"不过估计没人听得懂。

我拿出 mp3 在一旁的大石头上听歌，Se 拿着我的相机去玩，Maria 则在一旁发呆，百无聊赖的下午一分一秒地流逝，本来就没有什么希冀，倒没有失望，也算不上浪费光阴，因为都蛮惬意的，阳光明媚，什么事情都不用做，看着老城听着歌，等待分别的那一刻……

有个亚裔母亲带着两个孩子停在了我摊前，我知道他们感兴趣的不是我的画，而是红艳艳的中国结。我拿起两个，说："1 欧元一个。"

母亲低下头问孩子们要不要，然后冲我笑了笑，拿出了两枚 1 欧元的硬币放到我手上，挑了两个中国结给他们，走了。

我激动得快疯掉了，笑得像个孩子一样。这是我在欧洲的第一桶金，虽然只有两欧元，实在是来之不易、人品爆发的结果。我拿着硬币给 Maria 看，她睁大了蓝色的眼睛，好像没见过欧元一样，又看着我笑了。不知是笑我白痴还是替我高兴，或者两者都有。不远处的 Se 也凑了过来，傻笑着看我，好像不认识我了。

人品守恒定律总是存在的，乐极总要生悲，我肚子开始咕咕地叫，也没吃错什么东西，怎么就拉肚子了。吃了一小瓶保济丸，不知去哪里上厕所好，要是平时还有胆量到餐厅里问问，现在遇到拉肚子，实在不想把好端端的餐厅弄得"芳香四溢"。糊里糊涂地走到了一个豪华的图书馆，进去把问题解决了，心里还在温习着那两枚硬币的银光。

不久又有一个女士停在了我的中国结前，我上前搭讪，说："这是中国结，1 欧元，非常便宜。"她也没说废话，笑着夸了两句漂亮就直接从钱包里掏出一枚硬币，这次是两欧元的，我正要去找零，她就说了句："Take it"真是大方，还给小费了。

见好就收吧，是时候去搭车了。我打烊完毕，肚子却不肯罢休，不得已又去了一次图书馆。两次卖出东西，就得上两次厕所，不知走的是好运还是霉运。

Se 和 Maria 说要送我去搭车，经过那家冰激凌店的时候，我终于如愿以偿地进去要了一个冰激凌，花了我 1.35 欧元。我说要请他们吃两个，而 Se 和 Maria 怎么也不肯要。一个人吃怪难堪的，很快就把它消灭了，感觉也没有传说中的那么美味，得不到的永远才是最好的。

我们走了很久很久才到了郊区，就要分别，难免不舍，我说我累了，休息一下再到前面搭车吧。大家在路边就地坐下，开开玩笑，乐呵呵的，暂时忘记了离愁别绪。

我真是粗心，没记得大家都没有吃午饭呢，出国后一日三餐都没了规律，可把他们饿坏了。我拿出包里最后一包饼干，三个人分了解解馋。突然大家情绪都有些低落了，该说再见的时候还是要说出来，几句寒暄把更多想说的话都掩埋了。

我目送他们离去，满怀期待地等待下一辆车停在我面前。

欠大学一次
远行。

我已经被骂得心灰意冷，
对这一系列莽撞的行为充满歉意，十分失落，
宁可睡火车站也没有勇气再去敲门了。
这时，越南学生低头想了一下，
叫住我说：
『No,come here.
You can sleep here.』

Chapter 05
夜宿女生公寓

043

The 43rd Story

搭车去美因茨

　　搭车多了，我也慢慢积累了一些有用的经验。比如，今天的目标是去到 Mainz，而搭车的时候最好就不要直接写 Mainz，下一个小镇是 Boppard，所以我的牌子上应该写下"Boppard"。

　　从五点等到了五点半，终于停下了一辆车，这是我搭到的第 8 辆车，一直把我带到了 Boppard。可能还沉浸在那个乌克兰家庭的友好里，对 Koblenz 多少有些不舍，一路上竟没有留下什么记忆，就是平平常常地上车、聊天、下车、告别……连司机的样子也不记得了，真是对不起人家。

　　下车后，拿出马克笔写下了"Bingen"——下一个小镇。等了二十多分钟，依然没有车停下。我有些失望了，但还是很有信心的，离天黑还有三个半小时，不急。

　　我很少拍照，从不喜欢自己出现在相片里。

　　这次我反常地掏出相机，狠狠地拍下了十来张各种姿势的自拍照，心里是开心的，不为什么，就是羡慕那些拍下各种搭车照片的旅行者，他们曾经那么遥不可及。而此刻的我，感觉自己多多少少成为了他们的一分子，难免要像他们一样臭美地留下点什么，记下这条走过的路，这里的阳光，这里的房子，这里的天空，以及来来去去的云……

　　拍得正 high，一辆奔驰停在我前面，来得真不是时候，但我还是很高兴地跑上前去询问司机愿不愿意搭我一程，等一辆车不容易啊。

　　我匆匆忙忙收拾散乱一地的东西，把行李扔上了车的后座。司机是个穿西装的老头，有律师一样的严谨沉稳，不苟言笑，一路上从不主动跟我谈话，所以聊天也断断续续的，对于我的问题倒是很热心地回答。

　　汽车依然沿河行进，路上的城堡很多，有的在对岸，有的就在路边的山上。我从未参观过任何德国古堡，竟觉得遗憾了，平常错过了什么风景都能一笑而过，唯独这些古堡让我迷恋，总也想象不出走进里面的情景，越努力去想越让人着迷。

　　陡峭的悬崖上耸起一座座巨大的石头建筑，让人想起中世纪的电影，抑或《指环王》中的城邦，里面总有些耐人寻味的故事。我一直相信每一个古堡都有几段兴衰沉浮，几场情仇交错……只是这些真实存在的美丽我即使走进去也无法了解，那样的参观太不纯粹了。故事就躺在那里，那么近，上山就到；又那么远，隔着时间。

　　想着想着，就到了 Bingen，下车时却不想走了，想去看看这个莱茵河边的小镇，却发现老城离公路太远了，走进去今晚就得住那里了，还是远眺一下算了。

　　走进一家旅馆如厕，出来后发现一个街边摆了一块牌子，写着"ZUM MIT NEHMEN"，旁边还放了很多小物件，有杯子、鞋子、锅碗、日历、玩具，甚至熨斗……都是有意思的好东西。

　　我大概猜到是"免费拿取"的意思，却不敢轻易动手，又跑回旅馆问了一下好心的前台服务员——一位和蔼的老奶奶，她回答道："You can take it."

　　"For free？"我还是不敢肯定，又啰嗦一句。

　　"Ja，Ja……"她乐呵呵的，好像觉得我很幼稚。

　　不过我确实无知了，毕竟在中国谁又能看到这样的场景呢？

　　我挑了一个勺子和一个杯子，还有几个纸杯垫，打算在杯垫上画画送给司机，借花献佛。第一次拿德国人家门口的东西，还可以这样理直气壮的，真有意思。

　　我走到一个桥头等车，阳光开始软绵绵的了，空气里已开始有了丝丝凉意。路上车比较少，闲暇里忍不住摘路边的野草莓吃，味道还不错。我家乡也有这样的野草莓，想不到这里也长了那么多。

　　又过了半个多小时，停下了一辆豪华的大众，终于又重新上路了。司机像是个商人，穿着笔挺的西装，客客气气地提醒我下次关门轻一点儿，门里面是有音响的。我惭愧地道了歉，这些天搭车越来越像坐的士一样随意了，在国内很少坐汽车，实在不知道该用多大的力气。

　　不过跟司机的交谈丝毫没有受到这个小插曲的影响，这辆车也确实很赞，音乐响起，车子平平稳稳地疾驰，看着车窗外的景致，着实让我享受了一番。

　　到了一个加油站，司机说只能送我到这里了，这条路很多去 Mainz 的车。他还很热心地下车帮我问了好几个司机，但是很不巧，都没有走那个方向的。

我觉得太耽误他的时间了，就劝他先走了："你先回家吧，这条路车多，我能够搭到车的，谢谢你。"

"好吧，这里很多车到 Mainz，用不了多久的。"

握手，道别了。

心里感念在德国穿着西装革履的有钱人看起来严肃，但其实也是很亲和的。

加油站果然是等车的好地方，不到五分钟，有对年轻的夫妇停下了车，我挤进后排座位，居然发现了一条棕褐色的小狗，太可爱了。

司机还问我："狗狗在车上，你介意吗？"

"不，我很爱狗，它真漂亮。"我说的确实是实话，我很喜欢狗，一直都期待自己能养一条，可是没有这样的条件，总是心存遗憾。

小狗很能理解我的样子，安静地伏在我的大腿上，一点儿也不介意我摸它的头，闭着眼睛享受。

车子开到了 Mainz 的火车站——我今晚可能要待的地方。目送狗狗和它的主人离去，我很快就要投入一个新的地方了，那一份期盼会让我把过往暂时淡忘，心里也像看电影一样在想，接下来又会发生什么呢？

The 44th Story

被中国人骂了，被越南人收留了

Mainz 的火车站前人来人往的，不远处的公交站有一群亚洲人。我不敢贸然打招呼，只默默地走近，听到他们说的是普通话，才厚着脸皮去搭讪。

他们是来这里做暑假交流的，今天特地来这里参观一所规模很大的大学。我正好可以去那里找图书馆睡个觉。

临别的时候，有两个好心的同胞还主动送我一根香蕉和一包饼干，算是我的晚餐吧，今天食物殆尽，确实也有点饿了。饼干居然是中国带来的，真好。

我挥手道别，朝大学的方向走去。天色渐暗，不看表也知道大概九点半了。

路灯亮起来了，往大学去那一片有点荒凉，路上没有什么行人，德国城市里有些地方一到晚上就没活力了，有些阴森。问了两个人才找到了那所大学，门口居然有中英文的欢迎标语，可见里面应该有不少中国学生，又看到希望了。

大学里面偶尔会有几个学生进进出出，可能是假期的缘故，人少。

我找到了图书馆，里面倒是灯火辉煌，让我这个狼狈的浪人不敢随意闯入，在门口把背包卸下来，坐在旁边观望。门外有几个吸烟的学生，看起来桀骜不驯，酷毙了。

我问他们学生宿舍都在哪里，他们好像也说不清楚，毕竟国外的学生一般都是自己在外面租房子住，宿舍的概念没那么强。

得知我没有地方住，他们也摇摇头表示没有办法。图书馆原来倒是 24 小时开门的，几个月前改为 12 点关门了，不可能住在里面。

我假装是这里的学生，走进了这富丽堂皇的图书馆，高高的天花板让我蹑手蹑脚的，不敢作响。里面学生很少，错层的空间变化丰富，书库把自习空间围合起来，很方便就可以拿到书了。周围很安静，大家都在认真看书，没人在意我。而我已经在幻想着在这里自习了……

我纳闷的是这里居然没看到中国人，走到中庭坐下休息，已经十一点半了，担心起今晚的住宿来。夜色渐深，被人收留的希望变得越来越渺茫了。从这里走到火车站睡，又得花去半个钟头，想想都觉得痛苦，脚上的旧水泡愈合不久，新的水泡又长出来了。

我努力让自己不去想太多，毕竟，这不正是想要的生活吗？一切都充满未知，睡哪里都无所谓的，还是那句话：反正死不了。

图书馆还有半个小时就要关门，但此时此刻，它就是我的居所。索性拿出相机回味这几天发生的一切，感动、温暖、迷离、沉醉……

该离开了，走到图书馆的大厅的时候看到了一个亚洲学生，目测 27 岁左右，但应该还是个学生。我想我还是心存希望的，决定在门口等她，希望她是个中国人，并且有耐心去了解我的处境，即使因为性别原因无法收留（我不知道国外是否有宿管这种职业），也能联系到中国的男同胞，让我在温暖的屋檐下打个地铺。

她刚走出来，我就厚着脸皮把她叫住了，用中文问她是不是中国人，她没听懂，答案不言而喻。我又用德语说我是中国来的，问她从哪里来，她说她来自越南。

能在国外遇到越南人可不容易，我说明了我的处境，表示希望能找到中国学生，收留我一夜。

她说，她住的地方有几个中国人，但是彼此不认识，倒是可以带我去问问。

于是我就跟她走了。她的英语没有德语那么好，交谈起来有点吃力。她似乎是一个戒备心理很强的人，觉得这样的旅行很危险，连连问了好几句"如果搭车遇到坏人怎么办"。

是啊，怎么办呢？我也不知道怎么办，只能笑嘻嘻地说："不会的。"这个问题我出国前就在想了，一直以来都没有答案，都在逃避，因为它让人越想越不敢抬脚，我努力摆脱，避免自己却步。

住处离大学不远，是一栋三层的小公寓，门口的门铃上贴着住户的名字。她让我挑中国人的名字按门铃。我确实看到了三四个用拼音打出来的中文名，可是按了几次都没有动静，已经 12

点了，是睡了？还是暑假离开了？

"Come, come……"她打开大门，示意我进去，让我在里面敲。

在一楼敲第一个中国人房间的时候里面传来包租婆一样的怒吼声，伴着一丝迷迷糊糊的睡意："都几点了，谁啊！半夜三更的，又按门铃又敲门，活生生把人给吵醒了，##@~￥%&……"

我和这个越南学生被吓得不敢说话，听到差不多停息了，才连连说："没事没事，你继续睡，对不起，sorry，Entschuldigung。"

又鼓起勇气敲了对面那个中国人的门，里面走出来一个中国女孩，问我："有什么事吗？"我支支吾吾的不知说什么好，糊里糊涂地就来这里敲门了，确实太唐突，更奇怪的是，这里怎么都是女生，不是出租的单身公寓吗？怎么那么像女生宿舍啊，到底怎么回事？

我镇定了下，说："我是来旅游的，没有地方住，想找个中国留学生给个地方打地铺。对不起，打扰了！"

"这里是私人住所，而且住的都是女生，可能没有人能帮你，你还是去别的地方看看吧。"

这个女生倒还算有礼貌，耐心给我讲明了情况。除了不方便外，毕竟在欧洲没带什么钱的中国游客还是很罕见的，所以都很难取得对方的信任。

我也知道不合适，还以为会有个中国大老爷们儿收留我一夜，没想到闯入了女儿国，我都觉得尴尬。越南学生在旁边什么都听不懂，只愣着看我们。

正要离开，刚才开骂的女人走了出来。我心生惶恐，该不会是要报复我吧？

她看都没看我一眼，径直走进了厕所，嘴里还喃喃地叫骂着。

我又连连说了几声"对不起"，然后快快转身向门口走去，回头向中国女孩和越南学生说了对不起和再见，就匆忙开门想走了。

而此时越南学生也跟了上来，问我去哪里。

"火车站，对不起，谢谢你。"我显得有些慌乱，很想尽快离开那栋房子了。

我已经被骂得心灰意冷，对这一系列莽撞的行为充满歉意，十分失落，宁可睡火车站也没有勇气再去敲门了。

越南学生没有说话，只低头想了一下，我正要离开，她叫住我，说："No, come here. You can sleep here."说着要带我上楼。

我好像又看到了希望，难道这个越南学生要收留我吗？她可是一个戒备心很强的人啊，对我几乎一无所知，不会这样"冒险"吧。无论怎样，这个邀请太意外了。

其实这个越南学生虽然有一定的戒备心，但的确是一个很善良的人，否则也不会带我来这里求助。

她把我带到了走廊的尽头，问我睡在这里行不行。

当然行了，这里比火车站好多了，虽然是睡地上，也温暖舒服，最重要的是没有酒鬼和小偷，很安全。我连忙道谢。

她把住在正对着我的那个房间的非洲女孩也叫了出来，征求她的意见。那个黑皮肤的女孩也是非常友好的，基本了解清楚情况后，说没问题。

闲聊几句后，越南学生从房里拖出一个床垫来给我，而非洲女孩则送给我几个巧克力饼干、一块面包和涂面包的蜂蜜，令我感慨不已。

独自一人浪迹他乡，受到中国人的冷遇，又得到两个素不相识的外国友人的热情帮助，心里的落差特别强烈。刚才的谩骂已经在耳边逐渐淡退了，只感觉周围的那种微妙得恰到好处的情谊无关国别，无关肤色，无关认识与陌生，跟窗外夜色一样浓烈。

这样的夜晚睡过去真是可惜了，如果她们是两个兄弟或许还能喝两杯，畅聊到东方既白，第二天哪也不去也罢了。

这一波三折夜晚，不管经历的是好事还是坏事，开心还是难过，都让我感到一种生活的真实，我活着，就想感受这种以偶然和不确定性为特征的真实感。此时流逝的每一秒，胜于那种千篇一律的每一天！

The 45th Story

午夜惊魂

待我准备躺下，越南学生又给我拿了一张暖和的被子、一个苹果和一瓶 1 升装的牛奶，还把一大罐糖果倒在我的床上。这样的热情着实让我感到惊喜而难堪，我本是无家可归的流浪汉，未曾想过受到这般礼遇。我连忙把一床的糖果放回罐子里，只拿了四五颗，说："我吃不了那么多，拿几颗尝尝就好了。"又把牛奶递回去，"牛奶太多了，我喝不完很浪费。"我就把苹果和几颗糖留下了。

她一副担心照顾不周的样子，慢慢地接过了牛奶和糖果罐。让我很不好意思，本来就够麻烦别人的了。

这走廊串着十来个单间，住了不少人，为了不让我吓到夜晚起来上厕所的人，她用一张凳子稍稍挡住了我，还在凳子上放了一张纸条："我的朋友睡在地板上，请不要被吓到。"看着这纸条她自己都笑了，感觉在做什么危险的坏事。我也害怕晚上被人当色狼抓了，这里住的可都是女生，我一个大男生躺在走廊上太不搭调了。

最重要的一点是我第二天还要早起，因为房东就住在楼上，七八点的时候会起来做清洁，我不能被房东看到，否则自己被抓去问罪，还会连累这个越南学生。这让我感到压力山大，本来我睡觉就很沉，又走了一天，累得不行了，闹钟可能都闹不醒我，只能祈祷了。

道了晚安，终于可以睡觉了。今天还算是幸运，都 12 点了还能被陌生人收留，有一个干净的走廊打地铺。

两天没能洗澡，脱掉的鞋袜臭烘烘的，只能忍了。我盖好被子，把头埋在一张桌子底下，调好六点的闹钟，没几分钟就沉睡过去了。

突然，走廊好像有什么动静，还没等我反应过来，有个人把我摇醒了，第一反应：不会是房东吧！眼睛都来不及睁开，像弹簧一下弹起，头直接撞到了桌底，彻底痛醒了。慢慢睁开眼睛，居然是那个越南学生。

她一个劲地说："sorry……"

我摸着头好一会儿才恢复神志，还不知道睡了多久。

"发生什么事情了？"不会要赶我走了吧。

"你说你会画画是吗？"

"嗯，是啊。"松了一口气，没被赶。

"我有个好朋友准备过生日，我想送一个特别的礼物给她。你能帮我吗？"

"当然了，怎么帮呢？"我拿手机看了一下，十二点半，才睡了二十分钟，还以为天亮了呢。

"我想让你画一幅画送给她。"

"可以啊。画什么啊？"

"你进来。"说着她带我进了她的房间，打开电脑让我对着照片画下她的朋友。

我心想终于有个机会报恩了。她朋友是个漂亮的德国女生，是她在德国最好的朋友，8 月 15 号是她朋友的生日，想来想去不知道送什么礼物比较特别一点，然后就想到我的画了。

我到门外拿了画具就开始削笔画画了……

她突然问我："你要不要听中国歌？"

"你这里有？"我觉得有些吃惊。

"是啊。"她笑着说。然后在电脑里找了一首《有一种爱叫做放手》，音乐响起，深夜里，周围一片寂静，只有那悲伤的音乐在房间里回荡。

"我听不懂歌词的意思，但是我感受到那个人的心痛。"她平静地说。

"是啊，这首歌的的意思是离开也是一种爱，一个男生很爱那个女生，但是为了那个女生过得好而离开了她……"我很耐心地给她一句句解释。

她突然很体贴地问我："你一定很难过吧？"

"什么？"我很诧异，她怎么会了解我呢？

"不不不……我的意思是，她们那样对你，都来自同一个国家，她们刚才却不愿意接待你。你很难过吧。"

"哦，没事没事，我很好。她们有她们的想法，毕竟，她们并不认识我，也不方便。换做是我可能也会这样的。"我很洒脱地说。其实心里还是有一些不开心，人之常情吧，有谁被骂了还觉得爽呢？我倒是很容易忘记事情的，也没有太往心里去，再说了，今天还是开心的事情多，遇到的好心人也不少。

我一直画到了两点才完成。中途她放了很多首中文歌，始终觉得第一首最动人。

越南学生从钱包里掏出3欧元给我，说是报酬。我觉得她收留我送幅画作报答是应该的，可是又想着3欧元其实也没有多少，一个形式罢了，就收下了。这是我在欧洲第一次给人画像，那3欧元也是我通过画像得到的第一笔收入。以前对给人画像赚钱也曾有过很多的设想，在喧闹的大街，在阳光下的广场……想不到竟以这样的方式实现了，算是一个不错的开始吧。

我又从水龙头里取了一瓶自来水，然后再次向恩人道了晚安，很快便昏昏睡去了……

The 46th Story
我眼中的美因茨

又是新的一天，6点的时候闹钟到底有没有响我完全没有了印象，也许没响，又或者不记得自己起来关过闹钟，这是常有的事。

总之我是被冷醒的，时间已经是6点半了，德国夏天的晨霜跟我家乡的秋有得一比，躺在地上手脚一阵冰凉，最终冻得我连做过的梦都忘记了。

而房东七八点会来扫荡的事却是不敢忘的，脑里回旋着《功夫》里包租婆的身影，赖床的心思都吓跑了，赶快爬了起来，把被子叠好，把床垫靠在一旁，蹑手蹑脚地下楼。路过一楼的时候竟不由得想起昨夜被骂的惨象来，快步离开了。

忽然想起还不知道那个越南学生和非洲女孩的名字，又无联系方式，这辈子恐怕不会再见了。萍水相逢即是缘，什么都没留下，缘也自然尽了。倘若日后还能再见，那份感动才是最难得的，一生能有一两次都能算奇迹了，并不奢望在我身上发生。

仔细想来，越南学生或许是见我被骂得凄凉才把善意化为行动，收留我的吧。其实也蛮有意思的，她一句中文都听不懂，却能感受到骂者的凶煞和我内心的失落，必然是个感官细腻敏感的善良人。终究还是觉得我走了狗屎运了，遇到这样一位善解人意的活菩萨，让我能在"女生宿舍"小住了一夜，虽然是睡走廊上的，离开的情形亦有些仓皇，但这辈子也就这一回了。

离开公寓的时候发现地上湿漉漉的，昨夜下过雨，我却全然不知，怪不得凉气那么重。又一次面临向左走向右走的问题，不想折返回美因茨大学，走了另一个方向。清晨人少，脚下的那条街道是我特别喜欢的，中间是雨后深褐色的沥青路，两边大树成荫，人行道上沾着零零散散的落叶，边上是绿树或灌木，然后才是小别墅，这是我极欣赏的情景。很讨厌那些冷冰冰的建筑扎入街道两旁，一点礼貌也没有、咄咄逼人的样子。还是这样的场景走起来舒服，小房子像捉迷藏一样躲在灌木后面，偶尔忍不住透过间隙去窥探陌生人的小院子，看着都很惬意，何况在里面生活呢？

走着走着便迷了路，虽然本来没有目标，但是在德国走了几天，也发现一个城市的最具魅力的老城区必然在河岸边上。在 google 地图上看到河岸离这里颇远，似乎往哪边走都差不多，干脆在公交站坐下，不走了，享受这个宁静的清晨，看这里几个上班的人，大家都互不相识，沉默着低头或探望，面容显得有些冰冷。我也没有问路的打算，不想打破这份宁静。以我对德国人的了解，无论他们看起来如何板着脸，只要你上前打招呼，必定会收获一份清新的微笑，继而畅快地交谈。他们把丰富的情感藏于内心，用严谨冷静修饰外表。不知道的人以为德国人冷漠无情，如我这般人又不忍心打扰。

最后他们相继上了车，只剩下我一个了，便起来懒懒地走了。

绕过几个铁轨，几个隧道，街道也越来越繁华了，感觉老城近了，但我心里似乎还未准备好，就在一个警察局门口坐下了，玩手机，上 QQ，冲大清早来上班的警察傻笑地点头问好。然后收获警察的问候，臭不要脸地感觉自己像个大人物了。

等我慢吞吞地走到河边，已经是早上十点了，并未见到什么老城，岸边宽阔的林荫道里时而有三两个跑步的人。莱茵河像个死党似的伴我走了那么多天，还是老样子。

我拿出非洲女孩送的面包咬了一口，非常难吃，灰黄色的面包吃起来像馊的一样，再也吃不下了，德国就没有好吃一点的面包吗？我也不是很挑食的人，但是实在是啃不下了，只能舔着蜂蜜当早餐吃了。

走到一个书店，最初是被外面的明信片吸引住的，我却没有买明信片的闲钱，只拿了一张进去问收银员可不可以拍照。她睁大眼睛点点头，脸上浮现着惊讶的微笑，想必是没有见过这样既喜欢又不愿意掏钱的小气鬼，但又对我挺有礼貌的。我用相机拍了好几张，又进书店里逛逛。

其实这里的书吸引我的不是内容——我看不懂多少德文，而是那些简洁而富有深意的封面，让我把书拿在手里久久不肯放下。心里很羡慕那些书的设计师，感觉就像进了一个封面展览馆一样，大部分的书都很带设计感。

在自己看不懂的书店里逛了半个小时才舍得抽身，胡乱走到一个广场，气氛明显变得热烈了。

　　在高高的教堂下，众多摆小摊的生意人。卖画的男人摆着10欧元一幅的水彩画，漂亮得让我有些自卑。我看得出神时，他抬头问我要不要买一幅，我笑着摇摇头，嘴巴都僵硬了，连忙走开。虽然很想蹲下来跟他聊聊，但怕让他激起希望，又收获失望，毕竟我是不会买的，怎好意思去打扰？

　　周围卖水果的、卖花的又跟在波恩市场见到的有一些不同，Mainz的市场更加干净整洁，五彩斑斓，也更热闹。没见到什么游客，都是当地的居民在买水果和鲜花。欧洲人好像喜欢买点花插在家里，或者送给朋友，所以这样的市场都会有些花店，生意也极好，真是美丽的风俗。

　　市场边上有很多面包店，仔细一看，每一家店都是一辆车，店主把侧边打开就站在车里做生意了。店前只摆了桌子，中间放上一瓶奶油，让客人站着吃。老头老奶奶们也不嫌累，不管认不认识，围着桌子就开吃了，大家似乎都习以为常，生意还不错。难道店家这样"折磨"客人，是不想让客人赖在店里吗？这又是一种难以理解的文化。

　　往前走，有一家让客人试奶酪的，我拿了一小片，咬了一口，顿时一阵恶心，各种说不出的味道，微咸微腻，好像什么东西馊掉了一样，实在让我受不了，又不好意思在大街上吐出来。往嘴里拼命灌水，把奶酪直接吞到胃里了，至今心有余悸。老外们怎么能吃得下这么恶心的食物呢？

欧洲的市场是最具人情味的地方，如果想了解一下当地人的生活百态，市场会是一个不错的开始，里面的喜怒哀乐都是最真实的，当然，我看到的只有喜乐，而无怒哀。我对景点向来不是很感冒，除非是自己极喜欢的类型，逛完这个熙熙攘攘的市场，觉得这个城市也基本没什么值得看的了。

是离开的时候了……

The 47th Story
她的生日

走出市场就到了一个很小的开放公园，里面有一群老奶奶在照相，旁边还摆了很多画具，又激起了我的好奇心。

有人照相或许就意味着有人需要帮助，因为总是需要一个拿相机的"外人"来拍集体照。趁她们在照集体照的时候，我就过去问："介不介意我帮你们拍照呢？"

她们很高兴地表示正需要这样的帮忙。

拍完几张后，难免要闲聊几句。

"今天是她的生日。"其中一个老奶奶热情地给我解释，用手指着一个穿棕色衣服的老奶奶。

我上去跟她道了句"HAPPY BIRTHDAY"，又聊起这个聚会来。

她们是一群艺术爱好者，退休后经常一起去画画，从一个地方画到另一个地方，每次聚会的地点都不同，但每次都那么开心。这样的生活真是丰富多彩，年纪大了能有这样一群朋友相伴，亦是福气。只要生命不息，我们都应该狠狠去生活。

我送了一幅画给老奶奶作为生日礼物，然后一起合影留念，纵时光荏苒，我们只争朝夕……

我不知不觉又暴露出了原始的劣根性，凑上去跟它们抢吃的，挑了一个皮还完整无损的无花果吃里面的果肉。果子透出一种难以名状的香甜，我见好就收，连吃三个就灰溜溜地上楼了。

远行一次，欠大学一次。你。

Chapter 06

海德堡的艳阳下

The 48th Story
搭车去海德堡

偶遇老人闲聊一番后，我也踏上了去海德堡的征程。地方选得好，搭车也容易了许多，不到十分钟就停下了一辆车，我开始觉得在德国搭便车像等公交一样简单。

车上坐着一对戴墨镜的时尚男女，显得十分阔气，又热情亲切。车开了不久，男司机说要买点东西，问我渴不渴，我点点头，有些不好意思，但是出门在外的，实话实说也好，脸皮厚一点，能解决下温饱也就知足了。

司机停车买了三罐红牛，瓶身是蓝色调的，跟中国的不一样，生平第一次喝到红牛，有种特别的味道。

去海德堡的那段沿河公路也是很美的，没什么山峰，广阔的田野就这样在周围铺展开了，河里偶尔有一两艘小船，欧味十足。

一路上我跟司机讲我的旅途和穷游想法，还送了司机一幅画，他们乐呵呵地看着，很开心，说着我听不懂的话，好像是西班牙语。本来他们想去海德堡北边的城市 Mannheim（曼海姆）的，后来不知为何说要改道开到海德堡，我倒是蛮开心的，直接到我的目的地了。希望不会是因为我而给他们添了麻烦。

下车的时候，帅气的司机递给我 20 欧元，着实让我惊讶，没想到司机会给我钱，我在科布伦茨卖了大半天的画才得到 4 欧元，司机一下子给我那么多，态度坚决，让我有些难为情。最终还是厚着脸皮接了过来，然后从背包里掏出一个中国结送给他们，表示感谢和祝福，也很希望能用画和中国结作一个无法衡量的"等价交换"，算是自我安慰吧。

反正最终都是要花在这片土地上的，虽然这样的方式不是我的初衷，可我确实需要着。尽管我没有去索求，也没有白拿，可能仍会有人觉得这样做很不应该，都是后话了。彼时彼地我就是需要购买食物的钱继续走下去，不想再背负着所谓的自尊，只想跟随心里的想法，真实地活一次。

第一次从帮我的司机手上接过钱，开心，又有些尴尬，送出的小画和中国结只能聊表心意，其余的实在无法报答了。

The 49th Story
啃面包的德国小乞丐

海德堡前记：我在2012年经常逛豆瓣，在某小组认识了一个姓孔的女生，被我乱唤作"孔子"。她告诉我广州德国签证申请中心实行免面签，我也是因此而决定2012年到欧洲的。孔子恰好在2012年的暑假到德国海德堡大学参加夏令营，于是我在海德堡就有了个沙发主。

下车，我给孔子打电话，可能她在上课，一直没人接，就索性在火车站里面闲坐了。身边坐着一个大学生样貌的清秀男子，像在等车。

忽然走过来一个衣衫不算褴褛，却显得有些肮脏的小男孩，黑黑胖胖的，挺着个大肚皮，衣服被撑大了却依然盖不住肚脐眼，像是中东那边的人，让我想起报纸上的伊拉克。他来到我跟前，面对着我，还不忘啃了一口手里的大面包，又对我伸出另一只手，一边大口嚼着面包一边说出些奇奇怪怪的单词，反正我也听不懂，估计像是要钱吧。我对这蛮搞笑的情景小惊讶了一下，目瞪口呆地摇摇头。

小男孩好像也习以为常了，就势把手伸向我旁边的德国人，那个年轻人也无奈地摇摇头。小男孩啃着面包走了，那个德国人冲我耸了耸肩，我们相视而笑，都不知怎么回事。

在德国居然有这么可爱的小乞丐，吃得胖嘟嘟的，讨钱的时候还大口啃着东西，这日子过得还能再潇洒些不？

The 50th Story
吉他课

离开火车站后，我又阴差阳错地和一群小学生踢起了足球，一直到下午五点，孔子终于根据我的各种描述找到了这个球场，这是我们的第一次见面。

之前在网上聊天的时候也知道她是个大大咧咧的女生，短头发，像男孩，还蛮聊得来的，没有什么尴尬，倒像是老朋友一样，她在我弄签证的时候帮了我不少忙。

奔波了那么几天，澡都没机会洗，现在终于安顿下来了，心里有种美滋滋的甜蜜，像回到了家。

孔子有一个邻居，一个28岁的德国女老师，叫Sarah，在海德堡大学进修，平时给聋哑儿童上课，还在课余时间学习了声乐、舞蹈，是个蛮热情的人，特地到孔子的房间来问候我。

孔子一点儿也不见外，把我安顿好就出去了，她要去德国的朋友家过一夜，今晚我一个人独享这个温馨的小窝。她刚来德国不久，没有什么食物存货，留下的一盒巧克力是我唯一的晚餐了，让我感激不尽，又有些担心吃不饱。这几天东奔西走，除了在留学生家里吃得很不错，其余的时日总是饿一顿饱一顿的，肚子好像已经习惯了，但是心里还是有吃货的贪婪。

我跑到她室友那里串门，看到房间里放着两把吉他，一时兴起，就厚着脸皮让她表演一下。我本来也蛮想学吉他的，但是对音乐没什么天赋，一直拖着没有开始。她天生就是个当老师的料，非常有耐心，教我拿琴，还特地上网搜了一首瑞典民歌的歌词，全是瑞典语。她打印出来一句句地教我。

歌词实在是太有深意了，英文翻译是这样的：

Who can sail without the wind?
Who can row without oars?
Who can part from their friends
Without a falling tear?

I can sail without blowing winds；
I can row without oars；
But I never can part from friends
Without a falling tear .

时间一分一秒地过去，夜来得很慢，她边弹边唱，夕阳西下，她已然忘记了我的存在，那投入的神情让人看了肝肠寸断，伴着有些沙哑的歌声，我的心也有些伤感，不知道是不是想家了。我忙抓起相机，悄悄地按下了快门……

晚餐是 Sarah 给我做的螺丝形意大利面，拌上番茄炒青瓜再炒胡萝卜，虽然口头上不停地赞叹，但心里还是觉得这味道不合中国人的口味，放了很多酱油把那奇奇怪怪的味道掩盖，深深地怀念起老妈做的中国菜了。

洗完肮脏的身子，我可不想在房间里浪费时间。

走出那栋木头房子，路灯恍惚，鲜有人影，只偶尔有"嗖嗖"的汽车飞驰而过，丝丝凉意渗入我蓝色的衬衫，有点像电影的某个案发现场。

我越走越不知道往哪儿走，折回来，换了一个方向，情形还是一样的。商店都亮着橱窗关着门，几个年轻人嘻嘻哈哈地上了电车，伴着电车的铃铛声远去。奇怪，那种夜夜笙歌的小资生活都到哪里去了，难道德国人都躲在家里看电视了吗？

我带着充斥着迷惑的新鲜感回到房子里倒头睡下，一睁眼，天就亮了。

The 51st Story
海德堡觅食记

今天早晨又是阳光明媚，窗户透明洁净，阳光美妙得也好像被筛选过了才放进房子里，我吃了两块巧克力就开始画画了，心想着画完了下午拿去海德堡老城区去卖，应该能赚个饭钱吧，两天没吃什么好东西了，司机给我的那 20 欧元总也舍不得花出去，以备不时之需。

一个早上画了七八张小画，算不上漂亮，但是我自己还蛮喜欢。画画的时候特别能想东西，可是过后就什么都没有留下了，只剩下那一张张小小的牛皮纸，是记忆走过的痕迹。

十二点多，我带上画和单反出去觅食了。

海德堡是个繁华的老城，河上有一艘艘豪华游轮经过，除了德国惯有的干净之外，街道也特别宽敞，有一个我至今不知道名字的古堡耸立在一座小山上，盛气凌人，像是某个皇帝的城堡。

商铺十分热闹，路边有个老奶奶在让游人试吃苹果干，我也忍不住跑去尝了一块，酸酸甜甜，微脆，味道很不错，苹果居然还能晒干了吃。

路上游人太多了，我走了大半天，还是有些不好意思把画拿出来卖，况且偶尔还会看到画得无比精致的作品，实在不敢把画拿出来献丑。

　　可是东西还是得吃的。一边观察着路边的价格牌，看到一家面包店卖着三四欧元左右的各种面包，已经是最便宜的了。进去买了一个挺大的面包，水瓶空空如也，忘记装水出来了。这里的矿泉水2欧元一瓶，太坑人了。我就索性坐下直接干吃了。

　　离开面包店，口渴得不行了。我走进一家高档的餐厅，到厕所的洗手间就双手捧着水狂喝起来，情形是那么的凄惨落魄，却让我忍不住偷笑："就这一次了，呵呵，这辈子会这样喝水恐怕就这一次了。"

　　我总觉得做任何一件以前没有做过的事情都是一种享受，其中的美妙用"新鲜感"来形容都太肤浅了，用"存在感"来形容好像又隆重了些，相信每个人都有曾经令自己都感慨万分的第一次吧。

　　离开厕所之前，我往水瓶里装了半瓶水，然后昂首挺胸阔步出去了……

The 52nd Story

司机搭了我一段，女友骂了他一顿

下午的阳光很不错，微热的气温里，我惊愕于那座宏伟的城堡、羡慕街头的那些艺人，在图书馆里徘徊只为感受一下那里的气氛，也走进一家服装店看衣服的样子却没有办法买下……

一晃就五点了，本想再住两天多洗两天澡，休整休整，毕竟奔波了那么多天，遇到网友孔子就像在中国碰到熟人一样让人倍感亲切，倘若离开，不知又要飘到哪里才能这样安顿下来了。

可能又是恐惧带来的依赖吧，当生活如此落魄而又充满未知的时候，谁不会有些害怕呢？谁又不想停留在这一份久违而又有些新鲜感的安逸里呢？

这又让我想起了出国前的种种不安，纠结啊……

可是最终还是要面对那片未知，不是吗？

况且孔子说可能有朋友来造访，不知方便与否，索性决定离开了，决定去那片暖色的夕阳下伸出大拇指……

到楼下收衣服的时候，惊奇地发现五六只不怕人的乌鸦在一棵不大的无花果树上拍打着翅膀，树上的无花果被啄出了一个个大洞，地上还撒落了一些，真有意思，树上的果子都熟了居然没人摘。

我不知不觉又暴露出了原始的劣根性，凑上去跟它们抢吃的，挑了一个皮还完整无损的无花果吃里面的果肉。果子透出一种难以名状的香甜，我见好就收，连吃三个就灰溜溜地上楼了。

下一站是经过卡尔斯鲁厄去慕尼黑，我带着沉甸甸的背包，在路边等了半个小时还是没有车停下来，开始怀疑自己选的位置是不是有问题，犹犹豫豫地换了另一个地点等车，不到十分钟就有个男的停下车了（第13辆车了哦），很热情的男士，总是充满笑容。

二十分钟之后，他把我放在了一个小镇的路边，让我继续等车到慕尼黑，就这样告别了。

我内心矛盾起来：这里的风景超级漂亮，广阔的田野，干净的乡间小路，而且没什么车辆经过，这也是我担心的，没车的话，我怎么离开这里呢？

这忧喜参半的时光不知过去了半个小时还是一个小时，没有一辆车停下，我觉得不对劲了，用GPS查到了最近的高速公路入口，离此地大概五公里，走过去能把人累死，但留在这里也不是办法，夜就要来了……没得选了，赶紧背起背包上路。

走了不远，一辆车从后面开过来停在我旁边，司机还大声地叫："Hey, You are here." 我还纳闷，我在德国有认识的人吗？仔细看才知道是刚刚搭我的司机。唉，我把人忘得真快，老外的相貌太难记住了。谢天谢地，终于碰到"熟人"了。

车里还多了个漂亮的女士，他们让我上车，然后两个人叽叽喳喳地讲了半天我才知道怎么回事：司机回家后跟女友说把我带到了这里，结果被她骂了一顿，因为这里根本等不到去卡尔斯鲁厄的车。最后他们就一起来"拯救"我了。

我乐呵呵地跟他们一起笑着，而内心亦是百感交集，开心、感动、内疚……我无知地选错了等车的地点，而好心的司机很想带我一段，就阴差阳错地把我带到了更难等车的地方，真是一出有惊无险的温情喜剧，对德国人的好感又增加了些。

他们商量了很久，最终还是把我带到了海德堡，回到我第一次等车的地方。

我送了他们两幅画以作纪念，司机却硬塞给我 10 欧元，难道德国人接受别人的礼物也会想着补偿吗？这是他们应得的。我还是接过来了，有些罪恶感，但也不去纠结对错了。

也很感谢老天爷的黑色幽默，让我深切地体会到人与人之间的这种最纯朴的情谊，他们能完全从我的角度出发，知道我搭不到车的痛苦，然后折回来帮助我。我是何其幸运，遇到了他们。

在那里等了十来分钟，我终于上了一辆黑色的宝马（第 14 辆车），司机像是一个白领，住在卡尔斯鲁厄。我们谈了很多教育方面的事情，他还推荐我考卡尔斯鲁厄大学，那里的工科是非常有名的。

到卡尔斯鲁厄的时候，天已经快黑了，司机给我指明了大学的方位就回家了，我背起沉重的背包，向大学出发……

无论是幸运地捡到钱，还是倒霉地摔跟头，

抑或是被打劫，都是我所期待的。

我要的，就是不一样！

我是不是太幼稚了？

如同一个无知的小孩在炫耀自己的伤疤，

我也在无知地渴望自己

有值得炫耀的不一样。

Chapter 07

卡尔斯鲁厄的朋友们

The 53rd Story
卡尔斯鲁厄奇缘

在德国，天一黑下来空气就有点凉飕飕的。虽然肚子空空如也，但是找不到图书馆今晚可能就没地方睡了，还是先去找个容身之所比较妥当些。

在校门的 ATM 处碰到一个亚洲女孩，挺像中国人的，我就上去搭讪："Bist du Chinese？"（你是中国人吗？）

"我是中国人啊。"她直接用中文回答我了。

我说明了自己的情况后，问她图书馆的方位，她索性就带我去了，同行的还有她的朋友——一个德国的男生。路上还碰到一群中国留学生，大家都用中文相互问候，那种奇妙的温馨顿时萦绕耳际。虽然都漂泊在外，但是讲起普通话来极容易忘记周围的环境，除了坐标，什么都没变。

找到图书馆后我们就分开了，肚子也该好好安抚一下了。我找到了一家麦当劳，很巧，进去的时候恰好有几个中国人也走了进去。这应该是我第二次在欧洲吃麦当劳，还不知道怎么点餐，上次是指着图片点的，这次就麻烦他们帮忙，买了个普通套餐在二楼一起坐下了。

他们是卡尔斯鲁厄大学的学生，对我的旅行还蛮感兴趣的。我就拿出相机给他们看照片，又把画拿出来给他们传阅。

"你的画好漂亮啊。"不知谁传来这么一句。

我半开玩笑说："你们谁要我的画啊，1 欧元一张，随便挑，呵呵……"

在科布伦茨的时候没有卖出我的画，让我毫无信心，不知白菜价同胞会不会要，在欧洲，我见过的最便宜的画都要 10 欧元，无论漂亮还是难看。

"画像也是 1 欧元吗？"好像真的有人想要。

"呃——那画像的两欧咯。"我画画比较菜，感觉画像会稍难一些，坐一次公交都得 1 欧以上了，两欧元不算贵，大家开开心心就蛮好的了。

后来他们的一个女同学从另一桌凑过来，第一个要画肖像。我就献丑了，他们围成一圈看着我，让我有些不好意思，其实我很少画真人的写生，不过很淡定地仔细画完了。

还有两个同学想要肖像，可是已经没有时间了。我就拍下他们的照片，打算自己画完了第二天再给他们。

而让我很难为情的是他们给了我两张 20 欧元和一张 10 欧元的钞票，说不用找了，算是支持我的旅行。我也没有多少零钱找给他们，而他们其实是有散钱的，只是纯粹出于帮助我。我记下大家的 QQ，希望来日有机会报答。

我猛然发现这次的旅行有些变了味，原以为能让自己通过劳动来换取食宿，回到那个以物易物的年代。一直不喜欢那种用金钱去解决问题的方式，无论是什么问题。我甚至很希望通过这次旅行去探讨一个"没有钱我能活多久"的命题。

却发现自己根本没有能力做到，或者也是缺乏勇气或碍于面子吧，原因有太多太多，每一个都可能是虚伪的借口。在这个尝试上，我是彻彻底底的失败者，虽然我接受的每一分钱都会给对方回报，也付出了一些劳动，但是终究价值不对等，总是幸运地获得别人的同情与帮助。但退一步说，有些东西确实不能用金钱来衡量的，无论他们给多还是给少，终究不是我需要的，我需要的是食物，是人与人之间诚挚的关怀，而不是金钱。

可能最好的报答方式还是如以前所想的，去帮助更多的人。

下一幕似乎是老天的恶作剧，正要离开麦当劳的时候，有一个德国女孩在楼梯上扭到脚了，她的同伴惊慌失措。我实在不忍心假装没看到，连忙从包里拿出一瓶黄道益，倒在她的脚踝处，让她同伴轻擦到发热为止。她们还一直追问这是什么药，我说是从香港买的，叫"huangdaoyi"。没办法，我也不知道那瓶东西的英文名。三分钟不到，她们就"活蹦乱跳"地离开麦当劳了……

他们五个留学生的住处各不相同，我们6人在店外相互告别，顺便商量着怎么让我混进图书馆，那地方24小时开门，需要打卡才能进去。

"要不你上我那儿住呗。"焜哥的一句话真是让我感动万分，其实住的地方不重要，安全就行，如果有个更舒服的地方何乐而不为呢？有个伴能聊聊天比什么都好，我就跟他去了。

这一夜，我们俩聊到了深夜两点。

The 54th Story
审美疲劳

昨晚焜哥跟我聊完之后一直在玩游戏，可能是时差的缘故，他喜欢在深夜里玩三国杀，可以跟国内的朋友对战，一直到五点才睡。

我八点多就被闹钟吵醒了，今天要去逛卡尔斯鲁厄，可不能把上午给睡没了。焜哥也被我无情地吵醒了，睡眼朦胧地把自行车钥匙给我。

骑上车，速度变了，观看城市的视角也变了，清晨的宁静一直到市中心才被打破。教堂、街道、餐厅、电车……不知从什么时候开始，一切都变得理所当然了，我该怎么去形容这一份似有若无的倦腻呢？

还记得刚下飞机的那股新生儿般的热血沸腾，连看待周围的白人都闪烁着莫名的惊奇，真是滑稽。时间真的能改变一切……

虽然说不同的城市确实有些不一样，但毕竟都在日耳曼文化的笼罩之中。我努力去寻求一个振奋人心的情景，发现再美丽的风景都似乎少了点什么，是新鲜感？人情味？还是一份恰如其分的心情呢？

这份失落啊，真有点像在国内日复一日的生活，我总是在寻找，寻找不一样的事情发生，无论是幸运地捡到钱，还是倒霉地摔跟头，抑或是被打劫，都是我所期待的。我要的，就是不一样！不想重重复复地过日子。又或者，我是不是太幼稚了？如同一个无知的小孩在炫耀自己的伤疤，我也在无知地渴望自己有值得炫耀的不一样。

我忽然明白，在时间的维度里，生活是难以五彩斑斓的。墙上的彩色海报放久了都会褪色，再新鲜的事与物，重复地去做或看，次数多了，亦归于平淡……

努力去寻找新鲜感，其中的驱动力无非是意义有限的欲望罢了，但这欲望也无可厚非，很多震撼人心的艺术杰作都带着浓烈的不一样。就是一点一滴的不一样在推动着时代进步或倒退。

然而，在旅行的第九天，当一切新鲜感都打了折，我该怎么办？

有些迷茫了，我开始想着今后的路线，继续留在德国把东南西北都看一看，还是一路南下一直到日光迷离的地中海，或者停下来仔细地理一理凌乱的内心？我突然发现自己越来越不清楚自己为什么出国走这一遭。

可能也只是一时的心情所致，总之整个日光明丽的上午，记忆寥寥。

055

The 55th Story

恐怖森林，斯图加特之路

下午两三点的时候，在厨房的餐桌上慢慢地把欠下的两张素描画完，就要离开这里，前往下一站——斯图加特（Stuttgart）。卡尔斯鲁厄是一个工业重镇，而我之前未曾听过，只是迫不得已地路过，并不打算久留。在这里遇到的好心人，真的是这座城市给我最深刻的记忆。

临走时，焜哥请我吃了一个正宗的披萨饼，这还是我第一次吃，而后又帮我买了电车票搭到高速公路入口附近，真是让他破费了，不知什么时候才能报答。

在高速公路的入口，我就期待 S 开头的车停下，S 是斯图加特的简称，这里到斯图加特还有挺长的路程，而且地点也不是很好，所以去斯图加特的车屈指可数，又都不肯停下来载我一段。

不知是不是纬度变低的原因，太阳似乎更加猛烈了，让我的内心也跟着更加焦急起来。就这样一个多小时过去了，没有任何一辆车搭理我。我的信心备受打击，很久没遇到这么棘手的搭车问题了，干脆到对面的树荫下席地而坐，拿出手机看 GPS 分析线路，最坏打算就是回去找焜哥再投宿一夜。

另一个高速公路入口距离蛮远的，将近 3 公里，还得穿过一片树林，但估计是我的最后希望了。

失落、无奈，我重新上路了，那一片树林在这样的心境下显得更加阴森，除了偶尔的鸟叫虫鸣，一点儿声音也没有，参天的大树让周围的一切显得有些幽暗。脚下虽然还是沥青路，而一看到那片树林，我就会想到了棕熊的身影，还不时地以为林子里有人在看我，够吓人的。真不理解刚刚那个如此现代的世界怎么突然变得这么原始了，我倒想埋怨一下德国杰出的环保事业了。把MP3 的音量调高，加快脚步，低着头目不斜视，想尽快走出这片死寂的树林。

走到一条跨越铁路的桥后，右边还是那片树林，左边就是铁路了，视线明亮了很多，偶尔有些锻炼的人骑车或者跑步经过。每次我看着他们，都感觉格外亲切。

我忽然想到了高中英语书上提到的那部叫《荒岛求生》的电影，孤苦一人的主人公把排球当成了唯一的朋友。原来，人也是以稀为贵的。

接下来还有两公里的路，但是都不觉得遥远了。

那边的高速公路的入口更是让人摸不着头脑，三条道路的交叉口，有红绿灯，车快路窄，司机根本没有停下的时机，而我还在那里傻等了一个小时，估计是被树林吓笨了。

将近八点，我又走了几百米换位置。因为是在郊区，路上的人特别少，房子也不多，显得有些荒凉。路上还看到有三两个衣服用料特别少，脸上化妆品用料又特别多的女人，坐在塑料凳上抽烟，我猥琐地猜测了一下她们的职业，然后匆匆走过。

我抱着那一丁点儿已经称不上是"希望"的希望举起一个大大的"PF",那是去斯图加特必经的一个城市的缩写。半个小时很快就过去了。从下午三点多等到现在,四个多小时了,天色已经有些暗淡。而我,真不想再回去麻烦焜哥了。

忽然对面有辆车飞速驶过,司机探出头来朝我招手大叫,却没有停下的意思,扬长而去。难道是昨天搭我的司机?不管了,反正车都走了,即使是那位好心的司机也帮不上我什么忙。

两分钟后,有奥迪停下了,是刚刚那辆车,原来司机掉头去了。我高兴得近乎激动,又有些忐忑,从对面过来的车按理说不顺路啊,天又快黑了,司机不会是有什么阴谋吧。

当看到司机真诚微笑的时候,这一次,我选择以貌取人,跳上了这辆"诺亚方车"。

司机特别开朗热情,虽然不到斯图加特,不过可以把我带到PF,也算开个好头了。只要到了高速公路的供应站,去哪里都方便了。何况处在这样一种绝望中,只要离开那里,去哪里我都愿意。

车开了不久就到达了目的地PF,司机知道我要去斯图加特,便把我送到了一个加油站外,还买了两瓶啤酒,坐在一张残旧的木桌旁对饮。我们的英文都不是很好,交流起来有一些小障碍,但是彼此有种一见如故的感觉,甚至都不用说出来。我们喝完了酒,沉默地看着夕阳西下,静静地,只有汽车嗖嗖而过的声响,彼此也不觉得尴尬。而后不经意间目光相对,都笑了,好像在说,这 TMD 才叫生活。

司机临走时还给我留下了 10 欧元,说让我到旁边的 Burger King 吃一顿。我似乎有些无耻地习惯了司机的接济,也无太多推辞,从背包里拿出了一幅画送给他,目送他和他的奥迪远去……

我舍不得把 10 欧元马上用掉,更担心错过了等车的时机。即使在加油站里——我搭上第一辆便车的"主场",运气也会偶尔发发脾气。来这里加油的车少得可怜,我只好到路边举着大"S"。不知是不是因为心情变好了,这情景也特别漂亮,我有些神经质地盼望好心的司机永远都别出现,夕阳永远停在那里……第一个"永远"不难实现,第二个"永远"是不可能的,于是我拿出手机,轻按快门。

太阳下山,司机真的没有出现的征兆。我反而觉得无所谓了,在这个小城找个地方住下也行,第二天再去斯图加特都可以的。

对面的麦当劳外面,一群小青年在一辆面包车里挤作一团,手里拿着汉堡,从窗口朝我问好。我也向他们挥手。他们见状嚷得更热情了,摇着咬过的汉堡,还问我:"Are you hungry?"

我当然很饿,今天一整天就只吃了个披萨,再美味也顶不过那几个小时漫长的等待,简直就是对身体和精神的双重摧残。

我拿起背包走过马路,当然不是冲着那个咬过的汉堡,而是想问问他们去哪里,有没有地方给我住。

没想到他们真的把咬了一大半的汉堡递过来，我委婉地拒绝了，问："Where are you going?"

"You are going to Stuttgart? We are not going there. We live here. Sorry, Guy."

"Never mind." 本想问能不能带我去玩，但车子里的人满得快要溢出来了，我就识趣地告别他们回到对面等车了。

大概又等了二十分钟，终于有个老头停车了，很爽快地挥手让我上车。此时路上的车都已经开大灯了，我们上了高速，向未知驶去。

司机的英文还算流利，说起他年轻的时候也经常这样搭车去旅行，走过了欧洲的大部分国家，后来搭车就没那么流行了……语气里有些感慨和怀念。

他也不去斯图加特，把我送到了另一个麦当劳的店外，说这里很多车去斯图加特，然后回家了。

我也不知道自己在哪里，天空已经全暗。看着麦当劳餐桌上嬉笑打闹的陌生人，竟有些伤感，俨然觉得自己在这个世界上一直孤零零的一个人。

我放下感觉越来越沉重的背包，站在这个高速公路的供应站出口，期待有好心人带我离去——无论去哪儿，我只想尽快离开这里。

麦当劳外停了二十多辆车，偶尔有车出去，但是都没有停下的意思。忽然有个司机从车窗伸出头说了一句什么，人是一种奇怪的动物，总喜欢把事情往自己希望的方向去想——我以为司机要搭我，车速并不快，是不是这里不方便他停车？我便跟着他到一个转弯的转盘那里，他才停下车来指着另一个方向，不知说些什么，是不是想让我从那边上车？我正要过去，车开走了……

我很纳闷，可能他说的是方向不对，无法帮我吧。唉，空欢喜一场……

这一次，我决定主动出击，去便利店外找到了 S 开头的车，大概有两三辆。

首先从店里出来的是一位优雅女士，微笑地谢绝了我。毕竟，再安全的国度里，也很难想象

一位女士在夜里帮助一个流浪汉。

第二次我找了两个男士的车，他们从便利店里扛出一大袋食物，好像是聚会。我说明了情况，他们倒不是不愿意帮我，而是说今天不去斯图加特了，在朋友家过夜……我失落地走到出口的地方，举起了牌子。

刚刚两个男士的车慢慢地驶出来，我挥手跟他们告别。

没想到，车停在了我的前面，司机说可以带我一段，我喜出望外，一头钻进了车里，有一种获救的感觉（第17辆车，有点感动）。

"Are you going to a party？"看着一大堆食物，我多么希望他们顺便也邀请我一同前往，但是主动说出来是很不好意思的。

"Ja，Ja……"说着司机的朋友递给我一罐啤酒。看来德国人真的是爱啤酒如命，今天连续有两个人给我灌啤酒了，我酒量一般，再喝就有点头晕发热了。

不知是谁建议把我带到火车站，司机下了车，领我到一个自动售票机前，可我看不懂，不知道怎么买，心想着告别了他们后自己去找车搭。没想到司机按了三四个键，很熟练地塞进5欧元纸币，帮我把票给买了。经历了一天的跌宕起伏，此刻，我感动得无言，拿着车票，挥手目送了司机和他的朋友。

这就是德国让我动容的地方，德国人选择了帮你，一定会一帮到底，不计回报，永远都设身处地的。

坐在有些空荡荡的列车里，我的心情还是那么澎湃，一路上的失落与疲惫都忘记了，不是因为第一次坐上了德国的火车，而是因为浓浓的人情味。

房子一共四层，
Ivan住在顶层，是一个朋友给他住的，
不用租金。
走道有些昏暗，而两旁的摆设漂亮极了，
有很多欧洲杂货店里常见的小饰品，
像一个古董店。

Chapter 08

钢琴老师

The 56th Story
午夜的温情

半个小时后，已经十点半了，列车到达了斯图加特——我的梦想之都，这里有我并不了解却一直向往的斯图加特大学，可能今晚就只能住在大学的图书馆里了，祈祷大学的图书馆彻夜不眠吧。

出了火车站后，在公交站问了一位女士怎么去斯图加特大学，她说挺远的，教我买了两欧元的巴士票，一起上了一辆巴士。

两站后，她让我下车了，我诧异——才两站，对我来说走过来就行的了，浪费了两欧元。不过命运之神还是眷顾我的，这辆巴士改变了我的旅行轨迹。

有两个亚洲男士也跟我一起下车了。我已经累得没精力去想该用德语还是中文去打招呼了，自然而然地蹦出了一句中文："你是中国人吗？"

对方的回答让我大跌眼镜——"我不是中国人，但是我会说中文。我是韩国人。"

这几句还算标准的普通话让我哭笑不得，握手说："你好你好。"

"你好，我——学中文一年了。"

学一年能说得那么好真的很厉害了，我忙解释："我正在搭便车在欧洲旅行，刚刚到斯图加特，由于旅行资金不够，想去斯图加特大学图书馆睡觉，你知道怎么去吗？"我一字一顿地说完，对方居然没有打断，完全听懂了。说完我又补充了一句："Is it open for 24 hours？"我也没有奢望他们收留我，即使面对的是中国同胞我都不敢如此莽撞地去提这么"大尺度"的要求。

他的回答让我感动得几乎流泪了——"Will you join us？"

我们才刚刚见面，名字都不知道，甚至还算不上认识啊！就这样被邀请了。我差点儿不敢相信自己听到的这四个简短的单词，有些激动："Yes, of course！Thank you very much."

激动过后，相互介绍了一下，他叫 Ivan，是一个钢琴老师，也在教堂做志愿者工作；另一个一直默不作声的韩国人是一个高中生，在法兰克福上学，不会说中文，所以一直微笑着，我又遇到了记名字的难题，很快就已经忘记他的名字了，既然他住在法兰克福，且叫他 Frank 好了。

我们仨就往一个山坡走去……"有点儿远。不要紧吧？"Ivan 笑着问我。

"没事没事。真的谢谢你们。"这么远的路都走过来了，再远都无所谓了。

我们聊得很开心，不时用汉语交流，又改英文，偶尔还用德语。我突然蹦出一句韩语 an niang ha se yo（你好）。大家都乐了。

半个小时之后，终于到达了一栋很现代的房子，不大，但是很漂亮，正是我喜欢的风格。

Ivan 说房子是一个德国著名的建筑师设计的，不过他不久前去世了，有空可以带我去拜访他的遗孀……我听着像是做梦一样，半个小时之前还是个无家可归的浪人，现在俨然一个贵宾。

房子一共四层，Ivan 住在顶层，是一个朋友给他住的，不用租金。走道有些昏暗，而两旁的摆设漂亮极了，有很多欧洲杂货店里常见的小饰品，像一个古董店。我和 Frank 的房间在走廊的尽头，只有一铺床，我就在地上打地铺，房间虽小，但是很温馨。

放好行李，Ivan 问我饿了没有，我自然说饿扁了，今天一整天肚子就塞了一个披萨和一瓶啤酒，如今空空如也，可能太疲惫了，在路上完全没有饿的感觉，一旦安顿下来肚子就很难受了。

Ivan 给我煮了很棒的韩国拌面，超级香，甚至还有点儿重口味，不过绝对是我三天来吃过的除披萨外最棒的东西了。他们两个已经吃过了，我就拿出相机给他们看照片，一起围坐在餐桌旁边，灯光暖暖的，气温暖暖的，这一整天就像一部情节跌宕的电影，总算是以喜剧收尾。

Ivan 已经 30 岁了，却还是一副淘气不羁的样子。洗完澡后，我们一直聊到半夜两点的时候，他不怕邻居告状，坐在钢琴前深情款款地小露两手，然后做个鬼脸，让我们安静，把大家都惹得乐呵呵的。

"这样的生活真好。"一个奇怪的想法蹦进我的脑海。

德国的夜特别宁静，我们互道晚安，沉沉地睡去。

The 57th Story
韩国菜

057

早上九点多的时候，Frank 和我终于醒了，外面是 Ivan 捣鼓早餐的声响。他没结婚，一直一个人住，就像兄长一样照顾着 Frank 和我。起床后就差不多能吃到早餐了。

太阳出来老半天了，还是那么温柔。我们坐在大阳台上，享受着 Ivan 的早餐——咖啡、米饭、泡菜秋刀鱼。新的一天就需要这样一个美味的开始，我已经全然忘记了昨天在森林里绝望的情形。那道韩国泡菜酸、甜、咸，味却不浓，拌着香软的米饭，食欲大增。

早餐之后，Ivan 还真的提起要去看那个建筑师的遗孀，我想来想去不知道去那里能说些什么，可能会蛮尴尬的，就谢绝了 Ivan 的好意。

我轮流给他们画肖像，一个坐在我前面不许动，另一个负责弹钢琴。画得那么烂还有人伴奏，真爽。原来 Frank 是来学钢琴的，Ivan 时不时地指出他的错误。两人亦师亦友，虽然年龄相差将近一倍，却相处融洽，两个都是典型的浪漫主义者。

The 58th Story
058
设计之都——斯图加特

下午两点的时候，他们说要去见一个韩国朋友。看见他们都换上了笔挺的西装，我就不好意思跟着了，骑上了 Ivan 的自行车，开始了我对斯图加特的探索。

一溜长坡下去，我就到了昨晚下车的地方了，旁边就是斯图加特大学。没出国的时候还老想着到他们建筑学院去看看，没准还能认识什么教授之类的。而当我真的面对着斯图加特大学建筑学院门口的时候，却有些退缩了，我感到一种来路不明的自卑。进去了又能怎样呢？在附近犹豫了很久，最终还是离开了。

到了步行街，街道变得喧闹起来，艺人们的表演各有各的特色，引来不少人驻足观赏。其中有个吹泡泡的特别有意思，家长们路过的时候可以给孩子试一试，开心了尽兴了，往桶里扔些钱币表示感谢。这就是欧洲艺人的小缩影，给别人带去快乐或者惊奇，获得一点劳动报酬就行了。

此外，步行街还有边唱歌边卖自己的唱片的，刻文身的，乔装成历史人物的，在地上作画的，在卡纸上喷绘的，组织玩游戏的，跳街舞的，拉手风琴的……

简直就是欧洲卖艺博览会，有的声势浩大被游客团团围住，有的无人问津却依然投入……我虽然只是个过客，画画也不好，没什么杰出的才艺，却很想很想跟他们一样，忽然有了一种归属感，这绝不是"找到组织了"那么简单。他们里面，可能有人就是《泰坦尼克号》里面的 Jack，身无分文，环游世界。

我渐渐走远了，到了一个大公园里，夕阳西下，一切都金光闪闪的，忍不住拍下了几张照片。呆坐在草地上装模作样地若有所思，这是个藏龙卧虎的城市，每个人都可能是设计师。而我凌乱地做着白日梦……

手机突然响了，Ivan 他们已经回到家了，让我回去。

Ivan 住的那一片是富人区，街道都差不多，我糊里糊涂地迷了路。找了 40 分钟才回去，到的时候天已经基本黑了。Ivan 和 Frank 在大厅里看足球比赛，刚好是伦敦奥运会上韩国对战日本，两个人看得津津有味的，不时用韩语热烈讨论，我什么也听不懂。在后面陪他们一起看，心想远在亚洲的韩国人和日本人只能在凌晨爬起来兴奋了。

最后韩国以 2：0 的战绩完胜日本，Ivan 和 Frank 非常开心，顺便教我一首幼儿园级别的韩国钢琴曲，名字已经忘记了，在某部电影里似曾听过。反复练习很久才把那些音调都背出来，有些得意的同时，也深感自己不是学音乐的料。

Ivan 假装惊奇地说："Jack, You have a talent."

我可不上当，半开玩笑地说："Tell me the truth, please."

"Ok, Just so so. Haha."

洗完澡后，我一头扎进了梦乡。

The 59th Story
告别 Ivan

德国的夏夜寒气特别重，我体质又不好，身子容易发冷，而 Ivan 家又没有被子，他们俩可能都习惯了。不过我还是挺能忍的，况且房间里比在街头躺着暖多了，穿上两件衣服，睡着睡着就过去了。

清晨，突然感觉身体上有什么东西在动，我惺忪醒来，是 Ivan 在给我盖被子。这是他从杂物间里找到的，之前房东借给他用，他忘记了，直到今天早上才想起来。我手脚冰凉，连忙道谢，心里感动极了，从未想过远在地球的另一边还会有人给我盖被子。

Ivan 还小声地问我要不要多住两天，后天早上他会邀请几个朋友到家里来，其中有两个是中国人，我们可以一起吃个饭聊聊天。

我没有细想就爽快地答应了。

事实上，在这里住得太惬意了，我都没有想好什么时候离开，按理说斯图加特是应该多呆几天的。我躲在被窝里，再也睡不着了，琢磨着余下 20 天的路程，突然开始担心时间不够了，其实我都不知道去哪里，只知道下一站是慕尼黑，然后想去一下新天鹅堡。

之前从来都没有担心过行程的问题，一晃 10 天就这样过去了，是该好好计划一下了。越想越有一种紧迫感。开始有点后悔盲目地答应 Ivan 了，或许最主要的原因，是内心已经不习惯停留了，之前一直在路上奔波，从未想过会在哪一站舒服地停下。

还是和 Ivan 实话实说吧，我爬起来，跟 Ivan 说我可能时间不够了，需要再考虑一下。他倒是很能理解我的，说："如果今天要走的话就抓紧时间出发，不然时间不够，如果决定留下来就

再住两晚吧。"

　　我拿出地图，开始考虑接下来的方向，无论去哪儿，都是今天离开比较妥当。既要玩又要搭车，平均下来，每天只能移动100公里左右，太慢了，有些担心走远了就赶不回来，错过9月1日的飞机就麻烦了。

　　这种事情本来就应该斩钉截铁的，越想越担心作出错误的决定，就越不敢轻易抉择，折腾了一个早上，还是先离开这里再说吧。

　　今天的韩国菜跟之前的差不多，就是饭里加了些烤过的韩国海苔，吃起来酥脆，很香。如果没别的菜，给我米饭和海苔也满足了。

　　午后，就要离开了，我给他们录了一段钢琴合奏的视频。而Ivan给了我一本中文的宣教书，讲基督教的，大概有一百多页，让我路上看，还鼓励我建立自己的信仰。我欣然接过，但内心还是有些排斥种种信仰，以前也曾听说人活着要有信仰，可能是我太肤浅了，总觉得信仰总会带来太多的麻烦，还是无拘无束比较自在一些。

　　Ivan和Frank恰好也要出去，我们一起上了辆巴士，他们在市中心先下了车，两个可爱的韩国朋友就这样与我分别了。

The 60th Story
愧疚感越来越强烈

下一站，慕尼黑，距离斯图加特大约 250 公里。我在 A4 纸上写下了大大的 M，默默等待。不知从什么时候开始，搭便车好像隐隐地变得艰难了，我在路边等了两个小时，才停下一辆车。

司机是个帅气的青年，戴着墨镜，有点潮。他正要去参加一个朋友的婚礼，把礼服放在车后面，只穿着一件 T 恤，放着音乐驰骋在野外。我们喝着咖啡，欣赏葱郁广阔的田野，享受速度，心情大好。

遗憾的是他只能把我送到乌尔姆（Ulm），在一个路口告别了。我又开始了充满未知的等待，周围是一片小树林，而路上的车少得让人心慌。

1 小时过去了，太阳越来越低，离慕尼黑还有 150 公里，远倒不是很远，但如果搭不到车，1.5 公里对我来说都是个累死人的距离。

突然有辆车停下了，又是一个更帅气的男青年，说着乱七八糟的德语，听得我一头雾水。我就用英语跟他讲我要去慕尼黑，他英语一般般，时而点头或摇头，不知道他是真明白还是假明白。折腾了半天，还是我用蹩脚的德语给讲清楚了，他就让我上车了。

他说他刚才经过那里两次，看到我等了那么久还在原地，就停下车来搭我了。原本并不顺路，又担心我搭不到车，就把我送到高速公路的休息站再折回来。我估算了一下，这一来一回大概有七八十公里。实在很对不住人家，可是也没有别的办法，这路上车真的太少了，等一个愿意搭我的司机真不容易。

恕我见识太少，但我真觉得会这样帮助别人的，也许只有在德国才能遇到。在他们面前，甚至连感谢都显得有点儿自私了。

我还是一如既往地把司机的名字给忘记了，且抱歉地称他为 Bauer 吧，这是我学德语的时候听力中某个小孩的名字。我们上了高速，路上车也不多，他猛踩油门，那辆两厢的 polo 越来越快，我一看码表，指针已经顶到 250 了，天啊，再快就要爆表了。这是我搭过的最快速度了，难道是司机的见面礼吗？我又怕又爽，车要是翻了，就集体死翘翘了。

车声很大，说话已经有些听不见了，我用德语大声地问司机："你多少岁了？"

"&#……"

"什么？"

"十九岁！"

我惊了一下，他不会刚拿到驾照吧！速度这个东西能上瘾的，想让他减速又舍不得，下次可能没有机会这么刺激了。车子明显有些颠簸，每次前面有车我都得替他捏一把汗，开了条窗缝，风声像是恶魔的怒吼一样……我的心里也隐隐有了个声音——到德国工作吧，天天上高速飙车。

终于到了那个休息站，我下了车，而司机却没有告别的意思，问我："你饿吗？"

我自然是饿了，今天就吃了顿韩国简餐，已经过了将近十个小时。如果司机不问，我只会忍着，不去想就没什么感觉了，但是他这一问，我的肚子就被瞬间唤醒了。厚着脸皮答："Ja……"

快餐店里都是些稀奇的德国食物，这个好看，那个有意思，诱惑力都达到了邪恶的级别。不知不觉就拿了一份咖喱饭，几份不同的沙拉，一个烤鸡腿，一份肉饼……（除了鸡腿，其他菜式的做法我都没见过）都是 Bauer 推荐的。

两个人的菜式都差不多，只是我的量多一些。出于对饥饿的恐惧，我把鸡腿省下，打包了留作夜宵。这举动至今想来都是极其猥琐而不妥当的，可能当时脑袋确实抽筋了，真是丢人现眼。

接下来发生的事情更加让我羞愧不安，收银台上居然显示了四十几欧元的价格，我有点不敢看 Bauer 的眼睛了，有一种退货的冲动，尴尬得无地自容。

Bauer 好像看出了我的意思，微笑地跟我说："That's OK ！"

我不知道他是出自内心还是在安慰我，总之丝毫没有减轻我内心的歉意。我突然意识到，这次欧洲的流浪之旅，俨然成为一部不知羞耻的坑蒙拐骗史了。之前司机给我的钱还没舍得花出去，因为我知道未来的旅途充满变数，意外的支出也是要考虑的。而这样一种旅行跟我内心里面那种以物易物、或者用劳动换取食物的方式简直有些背道而驰了，而且越走越远。旅行的第 11 天，我怎么了？

我们坐下来吃晚饭，一起交流起各自的生活。我跟他说我在中国读大二，将来想在德国的大学学建筑设计。他则自豪地说他的女朋友也是在读大学，而他职高毕业之后直接进了一个工厂工作，那辆 polo 就是他自己的工资买的。我听着一阵感慨，10000 公里以外中国的孩子为了高考拼了小命啃那些可能一辈子都用不到的知识，而眼前这位 19 岁的德国少年已经可以通过自己的劳动过上小康的生活了。

我把一幅画交到 Bauer 的手上，他很开心地问了很多问题。而我则很凌乱，不知道自己是在表示感谢，还是表达歉意。

时间一分一秒地过去，我真想去他家看看德国人一天的生活，可是实在不好意思开口。我给他留下了 Email，希望有朝一日他会来中国，来我家。

临别时，他又送了我一罐红牛和一筒薯片，就这么在休息站的出口告别了。

欠大学一次

远行。

下午三点半了，
我走在滚烫的沥青路上，
举目无人，只有汽车咆哮而去。
路上有被汽车压死的蛇和刺猬，
路边是被人随意丢弃的白色垃圾，
草丛里传来类似响尾蛇那种
『嘶嘶』的怪声。

Chapter 09
一不小心搭到了意大利

061

The 61st Story

阴差阳错地闯入了意大利

又开始等待了，高速公路的车"嗖嗖"地经过，好运开始眷顾我了，不到十分钟就有一辆车停下，这是第 20 辆车了。没想到的是，这辆车彻底地改变了我的行程。

司机是个中年男人，这辆车的特别之处在于车后面拖着一个两个轮的小房子。他说他正要去意大利地中海附近度假，他的妻儿已经在意大利的 Grado 等候了，Grado 靠近威尼斯，从这里到那儿大概有 800 公里，沿途经过慕尼黑，所以可以送我一程。

而我一听到"威尼斯"这个词就有些激动了，再联想到"地中海"，脑海里马上浮现出一片日光下纯净美丽的浪漫海景和洁白的希腊式房屋（后来看地图知道意大利 Grado 离希腊还忒远的）。之前在海德堡的时候对德国的城市已经有些审美疲劳了，再去慕尼黑估计也没什么稀奇的看点和振奋人心的经历，去地中海无疑是一次更加奇妙的冒险，对我来说，那是另一个崭新的世界。最最重要的是，要碰到能送我这么远的司机可不容易，这可能是唯一的机会了。

我心里开始了激烈的思想斗争，虽然意大利明显占了上风，但是对我而言，越是关键的决定，越难以斩钉截铁地一路黑到底，非得让两个实力悬殊的家伙斗个你死我活，生怕将来会责怪自己的草率。

我一路挣扎，直到看到了慕尼黑的安联体育场，我才平静地跟司机说："你能带我去意大利吗？"

"Ja，Sure. No problem."

就这样，我一不小心，一头扎入了对威尼斯和地中海的憧憬里……

夜来了，远方越来越不清晰。由于他的宝马后面有个拖车，时速要控制在120公里，跟刚才的250公里时速对比强烈，显得有些缓慢，或许我太心急了。车里装满了各种食物，司机让我开了两瓶超级大的饮料对饮，放着音乐聊着天，开始觉得有点小资情调了。

司机的名字叫Marcus，住在斯图加特，这次趁着十几天的假期去意大利跟家人到海边晒太阳，估计天亮才能到Grado。很巧的是他从事的职业竟是从中国厦门运一些建筑石材到德国展卖。我们开始聊八卦。

直到夜深，我困了，迷迷糊糊地进入了梦乡。自从踏出国门就没有午睡的概念，要是在国内肯定很难受，没想到生物钟也知道入乡随俗。

去意大利的临时决定，彻底改变了我的旅行，我也因此错过了布拉格和维也纳，但是没关系，地中海就在前方。

午夜，Marcus把我叫醒："起来，我们就要出德国了。"

"到意大利了？"朦胧中，我有些欣喜若狂，老实说，对欧洲版图的了解实在少得可怜，因为带着地图，所以也没有任何压力，就是有时候显得有些弱智，意大利和德国是不接壤的。

"没有，我们准备进入奥地利，看。"他指着GPS导航，距离意大利还有很长一段。

我也不清楚在哪里进入了奥地利的边境，外面漆黑一片，没有任何检查，甚至边境牌也看不清，高速公路也没有什么变化，过了一会儿才收到一条我看不懂的短信。

Marcus在一家麦当劳停下，里面的装潢也没什么特别的，一点到达奥地利的感觉都没有。我要了个汉堡和咖啡，在一张高台上吃完又匆匆上路了。

好久没在车上待那么长时间了，还好没晕车，很快便沉沉睡去。

再次醒来，Marcus已经在一个加油站边的停车场停下了车。周围尽是些大卡车，地面只简单地铺了些细石块，显得有些荒凉，加油站的白色灯光投下了巨大的黑影，一个人也没有。看得我心里凉飕飕的，像置身于电影里的案发现场。

Marcus很疲惫了，说要休息一下。

我闭上眼，很快就忘记了周围的一切……

好像只眯了两三个小时，Marcus 就要继续赶路了。而我还是困，在车上继续沉睡……

等我醒来，天已经微微亮了，周围的景色跟德国境内截然不同，一座座褐色的石山高耸，隧道众多，高速公路是沿着山崖开辟出来的，壮观极了。

虽然用了一整个晚上去做心理准备，但看到这番新奇的美景时，仍不免惊叹，周围的一切完全不同于我的所有想象。

这就是我热爱的旅行方式……

过了一个很长的隧道，就进入意大利了，同样没有任何边境检查，迎接我们的是一个餐厅。自驾而来的人有二三十个，大家停车休息，小孩们忙着伸懒腰，大人们也疲惫了。

餐厅里面应有尽有，而 Marcus 似乎并不饿，只点了一杯咖啡提神，我也跟着要了一杯。意大利的咖啡很特别，杯子超级小，量也不多。Marcus 解释说，这一小杯的咖啡粉跟德国那种大杯的是一样多的。我慢慢品着这杯精华，确实浓烈许多。

就这样，我阴差阳错地闯入了意大利，满怀期待地投入另一番风景，偶遇另一群陌生人。

The 62nd Story
意大利星形城市 Palmanova

喝完浓缩版的意大利咖啡，我们继续上路，看着GPS的小三角慢慢移动，Grado 也不再遥远了。Marcus 好像也精神了些，提议带我去看一个古城——Pamanova。

汽车缓缓驶入城门，建筑跟德国的有些不同，我却无法用言语道明白。城门很小，有些残破了，只能通过一辆汽车。四周一片寂静，一个人影也没有，可能太早了吧，房子不像没人住的，有些门口还停着摩托车。

在Marcus的心里，这是一座很著名、很漂亮的古城，而我却闻所未闻，也看不出什么特别之处。他指着GPS，一个图案显现出来，是个 18 边的星星，田野和建筑都十分规整，很漂亮的城市规划设计。当我们就要驶入城市中心的时候，有个路牌拦住了，真是可惜。时间有限，我们也只能大略地看看罢了，在古城里确实看不出什么门道，要在飞机上才能领略它独特的几何之美。

The 63rd Story
格拉多的漫长等待

经过一条漂亮的乡间公路，我们驶上了一条很长很长的桥，桥的那一头就是格拉多（Grado）了。岸边停着很多游艇和帆船。这就是地中海吗？眼里的水域并没有太多的特别之处，可能吧，可能是那个耀眼的光环让我期待过多，毕竟它不是360度无死角的美女，总会有些平凡之处。

到达了Camping Site，我见到了Marcus的妻儿和父母，他们团聚的欢愉让我感到有些局促而多余，该离开了。

我跟他们告别，走到路边，写下"Venezia"的牌子，意大利语的"威尼斯"，信心满满地开始了去威尼斯的征程。

太阳越升越高，路上的车也渐渐多了些，我还沉浸在那一股新鲜的气息里，连对司机的微笑都是那么真诚而自然，即使一个多小时过去了，也丝毫没有因等待而产生厌烦。

事实上，我错了，之前在德国等车每次都有司机停下，让我盲目地乐观。意大利人跟德国人的差异慢慢显现，甚至让我渐渐产生了莫名的担忧。我跟路上的意大利人打招呼时，十个有五个是假装没看到，低着头或扭向一边去，一次次地让我感到心寒。如果在德国，可能是对方先向我打招呼，几乎每一个人都那么友好，让我慢慢也养成了跟陌生人问好的习惯，这对于意大利简直就是个坏习惯。

意大利人的冷漠让我开始有些着急了，走进露营地里打听着火车站的情况，万不得已的时候，只能坐火车离开了。最近的火车站都挺远的，要先坐公交才能到达。不到最紧急的时候，火车站还是留着做候选吧。

我不知道意大利的时差如何，顺便对了大厅里的表，跟德国的时间是一样的。露营地里渐渐驶出了很多房车，都是要去度假的，我琢磨着应该有去威尼斯的人吧，即使不到威尼斯，到高速公路入口也好。我壮着胆子问了几个司机愿不愿意搭我，结果都是很冷漠地摇摇头，这种无法真诚沟通的隔阂真让我难受。

有个好心的老头见我等了很久，就跟我说这里的人不习惯搭陌生人，劝我还是不要再等了。

意大利的太阳比德国的凶狠，渐渐地把我的热情都蒸发掉了。早晨初到意大利的那种兴奋感慢慢淡去，留下的是一个冷冰冰的现实。如果不是对这里的人产生失望，我想我会继续等下去，可是现在，从7点等到了11点，事实已经很明显了，我想我不该再浪费时间傻等下去，这里没有人会帮我。

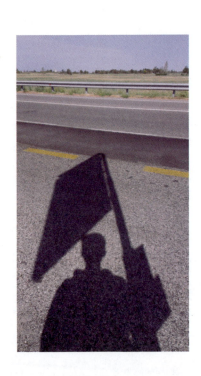

我开始查看地图，可以先搭巴士到 Monfalcone，再坐火车去威尼斯。

一个早上没吃东西，饿极了，我掏出昨天 Bauer 送的鸡腿充饥，等待 11:45 的巴士，这是我第一次投降，没办法。

班车晚点了十分钟，两欧元就这样没了。车上人很少，我挑了个靠窗的位置坐下，心里很不是滋味。意大利的田野是黄色调的，干燥，树也不多，大地也显得有些乏力，缺乏生气。

车上的沉闷气息让我很难受，唯一开口讲个不停的是两个皮肤黝黑的少年，五官并不同于印象中的黑人。

我扭过头去跟他们打招呼，他们回应了我，面面相觑，露出洁白的牙。我发现我跟那些十来岁的少年比较容易沟通。

"你们来自哪里？"我问道。

"摩洛哥。"他们英语还行。

"哇……那你们来这里旅游？"我记得似乎《谍影重重》有一部在摩洛哥取景，大概知道那个国家在北非，难怪长得不像黑人。

"不，我们在这里工作，现在正要回家。"

"你们住在这里？"

"是的，就在前面不远。你来自哪里？"

"中国。"

"噢，中国。"想必大部分老外都知道中国，同时他们脑海里估计会浮现一只大公鸡。

"我今天刚到意大利，现在想去威尼斯。你们知道火车站在哪里吗？"

"知道，在 Monfalcone 有一个。"

"离巴士站远吗？"

"不远。"

"那等下到了你们叫我下车吧。"

"OK。"

我突然不知道说什么了，只静静地望着窗外。到了市区，两个摩洛哥的少年叫我下车，就这样告别了。

而我突然不想坐火车了，可能被两个少年的热情所感染，不想就这样放弃，应该还是会有好心人的吧。

我决定再赌一把，搭便车去！

The 64th Story
Monfalcone 的希望

我逛了一下并没有什么特别的 Monfalcone 市区，向高速公路的入口走去。这地方整个看起来是灰色调的，房子显得有些陈旧，很少像德国人那样粉刷得干干净净的，几乎所有的店都关着门，街道掺杂着少量的白人和黑人，显得有些冷清。我心里也凉飕飕的，警惕心突然变强了，都不敢拿相机出来拍照。高大的植物很少，气温很高，干热让我有些急躁。我快步向前，看到有车从后面经过就举着 "Venezia" 的牌子伸出大拇指，可是没有车搭理我。

不知不觉走错了方向，到了一个机场旁边，离高速公路的入口还蛮远的，已经懒得走过去了，方向是威尼斯就将就着吧。

又等了一个小时，依然没有车停下来，看着这一片荒郊野岭，我告诉自己："再过五分钟没有车来就去坐火车。"等了一整个上午，突然第一次觉得等待便车是一件浪费时间的事，以前的那种享受感没有了，有些烦躁。

五分钟过去，我放弃了，连走去火车站的激情都没有，只想坐巴士尽快离开这里。走进机场，刚好有辆巴士停在前方，正要跑过去的时候有个轿车司机叫住了我，问："你要去威尼斯吗？"

"是的。你去威尼斯？"

"不，不……这里等不到车的，我带你去一个地方。上车。"

我钻进车里，连忙道谢。

这是老天爷的玩笑吗？偏偏在我已经放弃的时候这样捉弄我。

车子开到高速公路的入口，下车的时候，司机叹了口气，说："这里的人一般不会搭陌生人，祝你好运。"

"谢谢你！"我看着司机驶离我的视线，他的话让我感到压力"山大"。万一没有司机愿意帮我，我要去火车站就更难了。

不到十分钟，奇迹就这样发生了，有两个青年人让我上了车，终于上高速公路了。经历了这大半天的心酸坎坷，我高兴得好像有人从沼泽里拉了我一把，让我重获新生一样，对意大利人的负面印象都抛到脑后了，威尼斯就在眼前。

The 65th Story

065

Palmanova 的梦魇

历尽艰辛搭上了第 22 辆便车，司机不是意大利人，他们俩来自东欧的某个国家，一个我没有听说过的国名。最要紧的是，他们不是去威尼斯的。

最后，我被留在了一个熟悉的地方——Palmanova——今天早上的那个星形城市，孽缘啊……

幸亏还是高速公路的入口，应该不难搭到车吧。

我开始了烈日下的煎熬，车倒是挺多，却也不容乐观。两个多小时过去了，等待是那么痛苦，气温有 36℃ 以上，干燥得冒不出汗来。我已经不抱什么希望了，走到收费站下乘凉，把写着"Venezia"的牌子放在脚下，一辆又一辆车从我前方 3 米远的地方开过，我伸出大拇指。对方微笑地摇头，或者学着我的样子也伸出了手，或者假装什么也没看到……

不远处走来一个中年妇女，我拿着地图想问她火车站怎么走，没想到她摆摆手很快地钻进一个房子里，留下我一个人诧异地站着。

意大利人跟德国人怎么就差那么远呢？见惯了德国人的热情与友好，突然觉得意大利人有着另一套对待陌生人的思维方式。不知道那种排斥是不是针对华人的，因为之前听说过华人抢了意大利人工作的言论。

但不管怎么说，这一系列事情之后，我对意大利的好感消磨殆尽了，只想尽快离开这里，花多少代价都愿意。风景再美的地方，如果没有了人与人之间的那种相互理解和最起码的人情味，我只愿瞎着眼离开罢了。

那种失落感如洪水一般要把我淹没，有点后悔来到意大利了……

我拿起背包，走向城区，自己去寻找火车站。路上的商店都关着门，没有一个行人，只有呼啸而过的汽车，我想问人都不知道问谁——好恐怖的奇葩之地。

走了很远才见到三个正在洗车的年轻人，上前跟他们打招呼。对方还算热情，打听到火车站的方位后我便道谢离开了，并不奢望过多的帮助。

在星形城市的城门外，终于看到一间开门做生意的餐厅了，十来个男女老少在热火朝天地叫嚷着。我上前打听火车站的位置，可是能说英语的人实在太少，以至于可以成为小店里的名人了，几个店员都朝店里的一个男青年嚷嚷："××××，English。"

对方出来后，给我指明了方位，要绕过那座星形古城。我顿时感到一阵疲惫，今天走了多远了？我也不知道。

这线路指得有些不明不白的，离开了热闹的餐厅，我又走到一个庄园，对着一个干农活的老头用英语问路。得到的是掺杂着少量英文的意大利语，实在无法交流，便径直走开了。

太阳实在是太猛烈了，我卸下背包，拿出伞来"护肤"，怕自己中暑了，在这种地方中暑了可能都没人发现，即使发现了救不救我都不敢肯定，实在是失望无比。

下午三点半了，我走在滚烫的沥青路上，举目无人，只有汽车咆哮而去。路上有被汽车压死的蛇和刺猬，路边是被人随意丢弃的白色垃圾，草丛里传来类似响尾蛇那种"嘶嘶"的怪声。工厂和商店是关门的，著名的 IKEA 卖场也如倒闭了似的狼狈不堪。经过一排住宅的时候，几条狗冲着我狂吠，抬眼望去，只有白色的窗帘在随风飘荡，没有人，也看不到狗，跟电影《传染病》中的情景有几分相似。

这是在拍戏还是有丧尸扫荡啊？第一次遇到这样的荒凉情景，即使有汽车偶尔驶过，内心还是怕怕的，对意大利的失望在一分一秒地加剧。

埋怨完这不近人情的国度，我被孤独狠狠地掐着，开始迷茫了，这是我旅行中最难过的一段。

我突然不知道自己为什么跑到离家 10000 公里的地方，远离亲人和朋友；不知道自己为什么辛辛苦苦攒下一笔钱，出来受苦受累；不知道不知道……我到底怎么了，怎么会出现在这里。

我开始怀念德国热情的朋友们，怀念家里的床单、怀念爸妈和朋友们、怀念那个充满世俗纷争的小城……意大利并没有传说中的美好与浪漫，至少我没有遇见。这里只有冰冷的人们和荒凉的乡村，遍地的垃圾和可恶的烈日。早上那种初到意大利的兴奋感是多么无知和可笑，我要离开这里！

走了很远，终于看到铁轨了，可是铁轨交会的地方却让我大跌眼镜，本该是热闹的火车站，却只能看到一栋残破的老房子，门和窗都坏掉了，好像很久没人用了。

我该怎么办，突然没有了方向，好压抑。火车站也不开门，这地方到底有没有活人啊！为什么我一个都没见到！

我拿着意大利的地图，坐在地上发呆，各种各样的想法在脑海纠缠着，我感觉自己今天到不了威尼斯了。

越想越怕，鼓起勇气想拦一辆车问个究竟。过路的车并不少，我伸出手来示意司机停车，没有一辆车停下，我真想大声地冲他们喊"我不是搭便车的，我只想问个问题"！

看来这不是什么好办法，我手足无措，差点儿就想用身子去挡车了。对面有一辆车要从路口开出来，我眼疾脚快，跑过去挡在车头，车终于停下了，谢天谢地。

司机是一对老两口，打开了车窗。我几乎用半哭半诉苦的语气讲完了我的困境，他们英语实在差得要命，基本没听懂。我手口并用地花了一分钟才表达了"火车"这个单词，又拿地图给他们指出威尼斯的位置。他们用意大利语讨论我想表达的意思，最后似乎明白了，让我上车。第23辆便车就像救命稻草一样珍贵，虽然我并不知道他们会带我去哪儿，总算是离开这里了。

车子很快开到了一个真正的火车站，可惜里面依然空旷无人，大概只有100平方米大小。两位老人算是很热心的了，我恳求他们下车教我买票，只着急地想离开这里，似乎他们是茫茫意大利境内唯一会帮助我的两个人了。

他们在空荡荡的火车站里看着各种告示牌和时刻表，也像丈二和尚摸不着头脑，都不能理解为什么买不了票。可把我急坏了。

最后，他们商量了一下，无奈地看着我，走出了火车站。怎么走了？我怎么办啊？我死缠烂打地跟他们出去。

还好，旁边有一家小酒吧开着门，外面坐着一男一女两个年轻人。两个老人带我走过去问个究竟。

那两个年轻人的英语也是幼儿园托儿班水平的，根本无法与我交流，他们四个你一言我一语的。最后老爷爷来跟我解释，大概听出了"Sunday"、"Tomorrow"和"Open"几个单词，我猜到了：今天是星期天，火车站是不开门的，明天才开。

老人也表示爱莫能助，要离开了。我向他们表示感谢，也不知道他们听不听得懂。

只剩下我在酒吧外面跟那两个年轻人坐在一起，不知如何是好，要住在这里了吗？

我问他们有没有旅馆，他们用蹩脚的英语回答，大概意思是只有一家，在那个星形古城里，很贵，星期天也可能不开门。

如果贵的话我肯定是不住的了。

酒吧的装潢是深绿色的，特别有怀旧感，木头的吧台和凳子显示了意大利工匠的精湛技艺，可我实在没心情继续细看。老板是个留着胡子的中年壮男，一直在听我们讲话，英语也不是很好。我哀求他行行好，让我在酒吧里住下吧，我没钱住旅馆，外面很冷，如果不让我住这里我会被冷死的。后来才意识到意大利的夏夜很凉快，冷死这种事在德国倒可能，我还以为这里跟德国一样冷呢。

那个皮肤黝黑的老板说什么也不肯，一直在吧台擦杯子。

突然，他们三个商量了一下，好像说可以坐 Taxi。我诧异，从这里坐出租车到威尼斯得花多少银子啊。

可是他们一个个都说这办法可行。没办法，我掏出兜里的钱，说："我只有 25 欧元了，你们看着办吧。"其实还是私藏有一些的。

那个年轻人果断打了个电话，完了说出租车马上就来。

这等待简直就是煎熬，心里堵着一团乱麻，这点钱连去威尼斯的油费都不够，不知他们想怎么帮我，他们可不像雷锋，看样子也不会帮我垫付的，毕竟连在酒吧借个地方睡觉都不肯。我不知是造了什么孽了，惹出一大堆麻烦，之前在德国形影不离的好运难道入境的时候被意大利海关扣押了吗？

不一会儿那个年轻人就回家了。

大概等了半个小时，来了一辆淡黄色的保姆车，顶着一个 Taxi 的标识。司机是个小伙子，英语算是意大利人里顶呱呱的了，一时还不明白怎么回事，打了个电话，然后好像明白了什么，跟我说要 25 欧元，送我去有火车的火车站。

我可不傻，知道他打电话给刚才的年轻人，两人串通好要坑我身上"仅有的" 25 欧元。我肯定不能给他们白坑了，态度坚决："我只能给你 10 欧元。"

司机想了一下："Ok！Get in."

我跳上了副驾驶，跟酒吧的人道谢，离开了这个来不及欣赏的酒吧。不知道司机会带我去哪儿……

虽然我知道司机和那个年轻人在一定程度上是为了那 25 欧元才帮我的，但是心里并没有怨恨，毕竟如果没有他们我现在还在酒吧彷徨，所以我送给司机一幅简单的画。

我已经忘记了画的内容，但是司机甚是高兴，他说他也喜欢画画。我们就一直聊着些无意义琐事，在意大利遇到能用英文沟通的人都应该珍惜才是。

窗外的景色是那么熟悉，这条路就是早上 Marcus 带我走过的路，历尽艰辛奔走了一天，又重回故地。多像我们的人生啊，经历了那么多新奇与兴奋，等待与煎熬，失落与希冀，都不曾想过要放弃呼吸，最后荣归大地，化为尘土……于世界而言，好像并没有什么改变，可是于我们而言，这就是全部，姑且轻唤作——经历。

我忽然又觉得今天能到达威尼斯了。

司机知道我一路都是搭便车，就让我在高速公路的入口和火车站之间做一个抉择。天色渐晚，我曾经就站在高速公路的入口那里傻等，这次我不再倔强了。不知道放弃搭便车意味着什么，不管是另一番风景，还是自责、懦弱，我都不管了——我要离开这里。饱尝了意大利的各种友好与冷漠，我已经耗尽在德国那种走到哪儿算哪儿的心态了，只想摆脱这闷热的气息。

到火车站后，恋恋不舍地看着 10 欧元进了司机的兜里。他想离开了，我硬要他下车帮买火车票，万一这里也没有火车还可以转战高速公路。让我至今无法理解的是车站里只能用信用卡买票，我有些不安，信用卡的钱是救命用的，现在还不了解司机的为人，要是被他勒索了就惨了。出门在外的，谁都不能全信，时刻都要往坏处想。

我说："你用信用卡帮我买，我给你 10 欧元。"实际上票价只有 4 欧元多，但是为了保险，让他多赚一点也行，不能因小失大。

他说："抱歉，我也没有信用卡。"

我有点急了，想了一下，好吧，冒个险咯。就从肚皮处的暗袋里拿出了信用卡，他诧异地看着我，神情古怪。卡插进去了，却无法识别。我想惨了，这是我第一次用这张新办的信用卡，以后如果也用不了的话，这次真的没保障了。

也没空想以后的事情了，赶紧让司机帮我找人借信用卡。旁边的餐厅倒是挺热闹的，跟今天看到的那些小城氛围迥异。司机倒还蛮尽心的，帮我一个个人地问，可是每个人都摇头。

突然有个大妈说："你可以上车再买。"

"可以吗？"

"嗯，上车找工作人员就行了。"

"太棒了，还有去威尼斯的车吗？"

她看了一下时间："有的。"

司机有些不耐烦了，说："听着，我还有工作，我得走了。抱歉，伙计。"

我刚得到那么好的消息，也就不为难司机了，走吧走吧，谢谢啦。

随后的等待恍若弹指，火车很快就来了，站台上热心的陌生人叫我上了车。车子开动的那一刻，一整天的疲惫与绝望也永远留在了那个不知名的小镇，心里只是傻傻地高兴，终于真正地要去威尼斯了。

066

The 66th Story

苦尽甘来——到达威尼斯

　　火车上空荡荡的，每节只有一两个人。车窗外的景色还来不及去看，就想着去补票了。走到火车头的位置，我跟列车员说要去 Venezia，他反问我去 Venezia 还是 Venezia Mestre，我实在不知道他们的差别。列车员解释说 Venezia 是在岛上，旅游的地方，是最后一站，而 Venezia Mestre 是大陆上的，倒数第二站。我这才知道传说中的水城威尼斯是在岛上的，那就到 Venezia Mestre 吧，旅游的地方什么都贵，兴许 Venezia Mestre 更容易找到图书馆或麦当劳睡觉。列车员收了钱后递给我一张收据就算搞定了。

　　找了一个位置坐下，想找人聊天顺便扫扫盲，但是跟意大利人打交道这件事情似乎有些棘手，我心里已然有些恐惧。沉默了很久……

　　直到上来了一个面相和善的老头，我才敢走过去："Hello！"

"Hello！"他笑容特别亲切。

"Can you speak English?"

"Oh, yes."

"Great……"

之后我像被拔掉气阀一样，哇啦哇啦地说了一大堆，当他是亲人了，拿出相机给照片他看，把在德国的愉快经历和这一整天的坎坷都向他娓娓倾诉，狼狈得像个小孩。我也不知道怎么了……

他是个大学教授，是个特别优秀的听众，很有耐心地听我述说，偶尔问些问题。他名字叫Alessandro，意大利语的发音，但仍能听出是"亚历山大"，我不禁惊叹："The King？"

"Yep，yep，the king."他笑得特别开心。

随后我跟他学了"火车站"、"哪里"、"你好"、"谢谢"等简单的意大利语，还学到了如何逃票到威尼斯岛上，那里更容易找到地方睡觉。

Alessandro 在 Venezia Mestre 下了车，握手道别的时候感觉他的手特别有力，我好像重拾了一些希望。

谢谢你，Alessandro。

下了火车,我走出有点昏暗的大厅,橘色的夕阳正好照在河对岸那些古老的建筑上,漂亮极了。我到威尼斯了。

The 67th Story
威尼斯的夜

火车站外是熙熙攘攘的人群,我竟觉得有些"新鲜",这一整天见过的人加起来都没有眼前的多。从荒凉的下午来到如此热闹的黄昏,对比太强烈了,眼前的游人们虽看着同样的景色,却永远也无法理解我的心情。

重见天日的我不知去哪儿好了——又是一个崭新的城市,关于它的谣言太过丰满,让我舍不得一下子看完。

干脆就在门口的台阶上坐下了,我得缓一缓,生活的情节突然变得太过跌宕,我的心有些晕眩了。

周围的建筑想必都有几百年的历史了,却弥漫着一种低调的静谧,河边的码头赫然写着 Taxi 这个单词,有几分戏谑,这里没有汽车和巴士,只能用船充当 Taxi 了。原谅我不敢拿单反出来拍多点照片,只能用手机偷拍几张,因为意大利的小偷我在国内早有耳闻,不管真假,小心为妙,况且我不大喜欢拍照。

旁边坐着各色人种,但我最感兴趣的就是几个亚洲的学生,好像在念初中,跟着老师来参加欧洲夏令营,坐在台阶上打打闹闹的。我听不清楚他们说什么语言,但内心多希望他们是讲中文。一直盯着他们看了 5 分钟,最后才听到几句韩语,心里闪过一丝失望:哎,早该想到了,那番精致的打扮就只有韩国人才会。目送这群陌生的韩国人进了火车站,突然心里空荡荡的,开始游荡去吧。

今天几乎断水一整天了,又顶了一天的烈日,干渴难耐。火车站旁的厕所居然要收费,进意大利第一天就在交通上花了十几欧元,钱袋已经大出血,不能再"铺张浪费"了。我有点不自然地走进一家十分高档的意大利牛肉餐馆,径直走向了厕所。上完厕所后还不忘装了满满一瓶自来水,突然感到有些乏力,今天一整天就吃了一个鸡腿和喝了一罐红牛,肚子里好像填满了空气,也不觉得很饿。好奇怪,疲惫和恐惧居然也能使人忘记饥饿。事实上也舍不得吃上一顿好的,只喝了些水,恐怕我那颗倔强的心非得等到疼痛难忍才肯屈服,真把自己当成飘荡在人海中的鲁滨逊了。

走出餐厅的时候，大门的侍者微笑地向我鞠了一躬，我故作矜持地冲他点头回敬，走远了才敢笑出声来。上个厕所还有那么高规格的接待，未免也太奢华了，有些受宠若惊。

威尼斯地窄人多，房子也很高，普通的民用房都有四五层，形成很多窄窄的小巷子，有点阴森，而且显得有些脏乱。主干道倒也宽敞，走一段就会经过一座拱桥，站在桥上通常都能看到几只那种著名的小船——刚朵拉（Gondola）。商店里的东西琳琅满目，橱窗都堆得满满当当的，河边的餐厅里也都坐着很多光鲜端庄的游客，气氛似乎比小资情调又高级了些。

我的目的地自然是教科书里常提到的圣马可广场了，离火车站有点远。即使是主干道也都是有宽窄变化的，偶尔还会穿过几栋楼房的底部，走起来让人迷迷糊糊的，找不到方向，很有意思，永远也猜不到下一个转角会遇到什么。

从夕阳西下的黄昏，走到灯火通明的夜，偶尔倚着栏杆驻足发呆，大概闲逛了一个多小时。最后穿过几个窄巷，一不小心闯入了大片空地，看到一个高塔耸立在一角，这不是圣马可广场吗？这骤然出现的场面真让我振奋。

但我似乎来晚了，广场上早已热闹非凡，大多是成双结对的恋人，还有典型的一家 N 口。两边的高档餐厅各请了一支乐队唱对台戏，都吸引了不少游人，不时传来阵阵掌声。

我在广场边的台阶上坐下，看着来来往往的人们，又有一种跟白天全然不同的孤独。在德国的时候无论是一个人还是在人海里都很自在，从未有过如此强烈的感觉。今天的曲折经历实在让我有些承受不来，心里总有些小抱怨，真是个奇怪的国度。

我慢慢走到海边，凉风吹拂在脸上很舒服，看前方灯火通明，心情复杂。拿出了 Ivan 给我的那本关于基督教的小册子，可是什么都看不进脑子里。

旁边突然来了几个中国人，一家四口，让我感到一丝亲切。在威尼斯熙熙攘攘的街道上总能时常遇到中国人，虽然同在异乡讲着同样的言语，却不好意思去打招呼，一怕冷遇，二没必要，三是也不知说些什么。

这一家四口倒有些特别，挺和谐的一家子，我就跟他们攀谈起来。他们是台湾人，地方音很重，带着台湾特有的柔情调。内容倒只能是些家常八卦，暂时缓解一下在意大利的孤苦。聊了一会儿就分别了，他们要回旅馆去。

留下我坐在海边的小码头上，旁边的游船已经沉沉入睡，我不知今夜又将在哪里安眠。

068 The 68th Story

阴森恐怖的威尼斯

往回走，想找到地图上的麦当劳，希望它能收留我一夜。可是威尼斯的街道实在有些凌乱，我拿出手机想用 GPS 定位，可是信号干扰太严重了，指针不停地打转，我一会儿在这里，一会儿又在那儿，飘忽不定。只能靠自己的感觉走了。

已经接近凌晨 1 点钟，不知什么时候开始，街道上变得异常安静，想看到一个人都有些难了，只剩下我一个人背着包在乱窜。

最诡异的是走了半个小时又回到了原来走过的地方，我开始怕了。特别是经过那些两米宽的窄巷，只在巷头巷尾处有盏路灯，橘黄色的灯光苟延残喘般虚弱，路都有些看不清了，我总感觉某扇门后面躲着一个人，随时会跳出来，我几乎是飞奔而过的。

威尼斯的浪漫感完全没有了，深夜的它显得如此邪恶，或许大多数人永远无法想象她有如此恐怖的一面，我也不知是福是祸。

问了几个喝醉的年轻人火车站怎么走，他们倒没有发酒癫，给我指了个方向。我每走一段就要问一次路，尽量挑大道走，终于渐渐地能看到些人影了。有些酒吧是彻夜不眠的，但我也没有进去的打算，那种地方想必是睡不着的。终于看到了麦当劳，可是已经打烊了，我礼貌地问正在打扫清洁的工作人员能否进去上个厕所，得到一个同样礼貌的拒绝。又经过一家亚洲餐馆，营业中，残羹冷炙就不奢望了，以为凭着一副亚洲人的面孔可以进去上个厕所打瓶水，可是结果是同样地让人失望。唉，这种冷遇我倒也习惯了，特别在意大利境内，一点儿也不稀奇。

今晚只能投靠火车站了。

远处传来一阵久违的歌声，听不懂，但是能感受到其中的深情。我循声而往，火车站也出现在眼前了，没想到却关着门。我坐在来时坐过的台阶上不知去哪儿好，算是第一次真正地流落街头了，还得感谢地中海的暖风，让我不会太冷。

歌声传来的地方，是岸边的小码头，在宁静的夜里，坐着三个流浪在外的吉他手，没人欣赏，只有动人的旋律。我无法理解他们在想什么，不知道他们在唱什么，只是很羡慕他们。伴着这歌声，我坐了很久很久……更遥远的地方，家乡的天空已经亮了。

两点多的时候，我有些困了，走到火车站门口，跟几个背包客打了声招呼，扔下背包。拿出从中国带来的湿巾和餐巾纸把地板擦了三遍才敢直接躺下。周围那些带着睡垫和睡袋的老外们满脸迷惑地看着我的举动，却不好意思说什么。在欧洲旅行，没有睡袋和睡垫不是一般的奇葩。

疲惫占据了我的身体，来不及回忆和抱怨这一天的种种失落，我已沉沉入睡……

The 69th Story

心情一团糟

早晨五点就被吵醒了，火车站已经开门，我检查了一下行李，所有东西都还在。很奇怪，我醒来后想做的第一件事就是离开意大利，看来梦是无法洗去失落的。决定先去米兰随便看看吧，然后一路往西，到法国去。

早晨的威尼斯到底漂不漂亮我一点儿也不在乎了，心里的压抑还在，对于这座城市，就这样点到为止吧。

我整理好背包，到一棵大树下解手，却因此错过了第一趟便宜的列车，就差那么一点点就赶上了，命运真会捉弄人。

在火车站里等了很久才终于坐上了去米兰的火车，由于我不会在站内买票，上车才找乘务员，花去了17.95欧元，外加5欧元的车上购票费，这费用昨天搭车的时候是没有的，我很郁闷，不知道是乘务员坑我还是怎么的，十分无助。乘务员态度有些恶劣起来，说要么下车，要么交23.95欧元。我更加无语了，明明是22.95，怎么成23.95了？我提醒她算错了，她倒急了起来，以为我不肯买票，弄得我也很慌，想解释又总被她打断，花了老半天才让她明白过来，真想怒骂她一句"你小学没毕业啊"！

乖乖地交了钱，感到这个国家异常陌生，是我太不正常，还是意大利人对陌生人太过冷漠，我也不想深究，只是感觉自己误入深渊，想逃离都有些艰难。

昨晚才睡了两个多小时，火车上的我却无法再睡着了，不知是因为过于警惕，还是心情不好。

十点半的时候终于到达了米兰，火车站离景点还很远。突然有些迷茫了，我来米兰干吗呢？

想找地方解手，Burgerking 要钱，Mcdonald 也要钱，最后找到了一家酒店，一楼的客服终于允许我在酒店如厕，让我有些小感动，还送了一幅画给他。不知道德国的卡在国外上网费用如何，想借用酒店的 wifi 给老妈报声平安，客服却不肯给我密码了，还告诉我麦当劳和星巴克之类的公共 wifi 只能用意大利的土著卡，德国卡是没这福分的，真让人失望啊。

走到火车站前的广场上，烈日当头，我对米兰的了解仅仅局限在名字上，突然不想在这里待下去了，心情不好，看什么都觉得恶心。正所谓"恨屋及乌"，还是走吧。

我又果断地买了去热那亚的火车票，希望找到一个人情味稍浓的地方，其实对热那亚更没底，只是地图上那个地方的圆点比较大，最重要的是它更加靠近法国。

很快我就上了火车，迷迷糊糊地睡着了，也许只有这样才能不去想太多。

070 The 70th Story

热那亚

热那亚果然是热呀呀，下午四点多到了这里，还在车上认识了几个在当地工作的中国人，但出站后就分别了。眼前出现一座破旧的城市。

恕我眼拙，实在看不出什么有意思的地方，据说还是海上霸主热那亚共和国的国都，典型的意大利海边山地，盖着高高的房子，鲜艳的颜色带着些许灰蒙蒙的色调，汽车很多，走在路上都有一种不安全感。

我抱着最后一丝希望随意闲逛，希望找到个有意思的地方，补偿我对意大利应有的美好记忆。

肚子很饿，但是很听话，从来都不会叫，只是有些难受。今天在威尼斯醒来后都没有进食，我决定去吃点东西。

走到一个街道旁，有很多中国店铺，写着大大的中文，大多是卖衣服的。我走进位于街角的一家，也不知道为什么进去，就跟店家聊了起来。里面有一个中国女人，和一个正在写作业的小女孩，挂着各种各样的衣服。

我讲了在意大利的种种经历，她们倒没有什么兴趣，只是说起意大利的生意越来越难做，想回国也不知道能干吗。我想借她的电脑上网给妈妈报个平安，她好像有些不乐意，说了好久才借了手机给我上一下 QQ。我感觉不该太打扰，打了一瓶水暂时充饥后就离开了，去找麦当劳，因为在德国，麦当劳总能给我好运，希望意大利也一样。

　　走了很远，才在一堆商铺里找到了那个黄色的大 M。

　　我身心俱疲，很突然地，想直接离开意大利了，就像当初很突然地想跟 Marcus 来意大利一样。说走就走吧，我拖着疲惫的身躯走回车站，把舍不得吃完的薯条塞进了背包。

　　已经五点半了，这慵懒的国度很可能已经没有火车经过了，离开的欲望是那么强烈，我不由得小跑起来。

　　我临时决定去一个小小的国家——摩纳哥。在上海世博会的时候我曾经参观过它的场馆，只记得有一辆红色的 F1 赛车，对这个国家的了解仅仅是——很小，一直很迷惑这种小小的欧洲国家是如何生存下来的。

　　就要离开意大利了，竟一点惋惜的心也没有，也没有怪罪这个国家不好，是我来的时间和方式都跟意大利的节奏对不上。

　　以后会再来的，我想。

The 71st Story
滞留意大利

火车很快就来了。车上的人个个笑容可掬，气氛不错，我心情也跟着好了起来。

居然还有个老头主动跟我搭讪，问我要去哪里。我说摩纳哥，今晚在街头过夜。出门在外，把自己的处境跟当地人说清楚是个好习惯，一来他有极小的可能会帮助我，二来如果有什么要注意的事情当地人是最清楚的。

那个老头瞪大了眼睛，旁边的乘客也都感到很惊讶。我心里荡起几分自豪，可是随即老头摇摇头说："你不能在摩纳哥街头过夜，那里的警察不允许。"

"我睡公园不行吗？"

"你最好别这样，被抓到了很麻烦，那里都是有钱人住的地方，没有人敢在街头乱睡。"

"那怎么办啊，我票都买了。"

"嗯——你可以这样，在意大利的最后一站下车，文蒂米利亚，第二天再去摩纳哥。"

"那第二天还能用这张票吗？"

"当然可以，没问题。哈哈……"

"太谢谢你了。"我自叹无知，想象着自己抓着监狱栅栏大喊"放我出去"的情形就想笑，可惜没有被抓的机会了，我要在文蒂米利亚下车。

边境的火车站好像要忙碌一些，以前总讨厌人多的地方，经过了昨日的荒郊野岭，发现热闹也挺不错的。时不时地听到几句普通话，还有粤语，这里中国人还挺多的。

我跟一个中国人打了个招呼，想问她关于火车通票的事情，我对搭车已经有些绝望了，在欧洲旅行的年轻人十有八九是持有通票的。

她是在网上买的，在火车站购买通票的情况不是很清楚，倒是跟她一起的德国人给了我一张关于火车通票的说明。

他们在餐厅里点了些披萨和面点。我则囊中羞涩，只跟他们坐下来问这问那的。这两天在意大利游荡让我元气大伤，火车票都花去了六七十欧元，心疼又没办法，德国朋友们给我的那些钱所剩无几了。

最后那个中国人说她的披萨吃不完，是用手扯的，问我要不要。我也没想过什么面子不面子的问题，道了谢就接过来了。

不知道她是故意留给我的，还是真的吃不完。我过后就忘记了她的名字，老毛病了。

总之这件事情给我印象很深，第一次吃陌生人吃剩的食物。曾几何时，一直向往着自己能有这样的勇气放下所谓的自尊，洒脱地去做这样一件别人没有做过的事，我做到了，不管这件事情有没有意义，是对是错。摒弃了人类社会的种种偏见，回到人作为一种生物最基本的食物诉求，这欲望真实而质朴。我们都戴了太久的面具，脑海里填埋了太多的欲望，有时候连自己是什么时候迷失的都不知道。

The 72nd Story

海边烧烤

072

走出火车站的时候，街灯已经亮了，夜就要来临。我慢慢走到海边，海风刚好拂去我一天的燥热不安，心情前所未有地放松，明天会到一个新的国度，没什么好担心的。远处的星星点点就是法国了，我反倒不急于过去，在一块大石头上坐下，看当地人在海边悠然垂钓，任时光一分一秒地随风而去。

直到天完全黑下来我才起来，想找个超市买点便宜的食物填填肚子，明天要去的国家是消费不起的。

这里的夜生活十分地丰富，沿岸很多露天酒吧，夹杂着各色人种，有一种很"边境"的氛围，人们悠闲地过着度假般的生活。

可是沿着海边的街道走了很长一段，我要的超市依然没有踪影，倒是隐隐约约听到了中文，又想家了。我刚想走开，又听到熟悉的发音，伴着海风，让我不肯放弃。顺着声音，我走向沙滩上一堆黑压压的人影，有些嘈杂，在不远处停下脚步，希望能听到什么。

是中文，我有些小激动，走了过去。十来个中国少年在海边烧烤，不像是游客，倒有些当地学生的模样。我上去打了个招呼，他们一个个都看着我，回了一声，问我是谁。

我把在意大利的经历粗略地讲了一下，他们倒很热情，给我倒可乐，有几个人还围过来看我拍的照片。我感觉自己找到组织了……

他们是意大利的移民，祖籍是温州的，父母常年在意大利做生意，他们在中国念书念到一半就出来了，还不怎么会说意大利语，有的还打算在意大利继续读书，有的就直接跟父母做生意了。这算是一场异国的同乡会，他们来自意大利的各个地方，罗马、米兰、佛罗伦萨……言语里有一种稚气未消的情致，一种纯天然的友好与真诚。可能这就是我喜欢跟年轻人打交道的原因之一，很享受那种未经社会过度污染的信赖感，当然，我也肯定不会辜负这一份信任。

他们吃饱喝足了，就嚷着要游泳，有个不想沾水的家伙被同伴抬起来扔进了海里，也就顾不得那么多了，一起打水仗，像我小时候的样子。好有爱的场面，这群十来岁的少年在异域亲如兄弟姐妹，让我这个孤独的旅人也好像有了依靠。

可是他们无法让我依靠太多，我问他们有没有地方给我打地铺。他们只能表示爱莫能助，都是借宿在朋友家里的，诸多不便。我也就不勉强了。

倒是有个网名叫 Tourist 的同龄人听了我的故事很想加入，他跟我差不多大，是个资深的背包客。我正愁着没有人跟我一起受苦，便在他耳边煽风点火。可是他犹豫了很久，最终还是觉得太仓促，唉，可惜了。

夜深了，他们拖着烧烤的小推车离开，给了我几串烤肉和两瓶大可乐，让我有些招架不住。

其实移民的生活也并不如我们想象的美好，偶尔能聚一聚已经很好了，大多时候可能处在一大群白人间，无法真正理解周围的人，称得上朋友的是极少的，只是不停地赚大把大把的欧元，寄给远方的亲人。当然这个想法十分片面，实属我有感而发罢了，即使是移民也有千姿百态的生活，谁也无法说出全面的论断来。

不管怎样，真诚地谢谢他们，在意大利的最后一夜，给了我这么多无法用言语表达的温暖。意大利好像也没那么恐怖了，突然感觉自己错过了很多。

The 73rd Story
夜宿廊桥

吃了他们的烤肉，肚子并没有填饱，因为那十来串猪肉有一大半都焦掉了，根本没法吃。我也懒得再找超市觅食了，只想尽快回到火车站睡个好觉。

路上有两个十岁左右的黑人小孩跟我打招呼，还说要带我去火车站，被他们爸爸拉回去了，真有意思。

走进火车站的时候，看到几个背包客围坐在大厅里，我想都没想就打个招呼走过去坐下，好像我们之前就认识一样。

他们倒也很有欧洲青年的范儿，把我当作客人，问我从哪里来的，我说："China."

他们"哇哦"了一下，不知道是惊讶还是怎样的心情。

我倒是觉得很温馨，他们来自世界各地的不同国家，都是三两成群，结伴而行，只有我孤军作战，虽然第二天就各奔东西了，但至少今晚我不再是一个人。

大家聊得很 High 的时候，竟有两个 MM 拿出小锅来煮咖啡。我还是第一次见到这样的装备，原来背包客也可以过得这么惬意，再看看周围的人，都带着睡袋和睡垫，还有一大包食物，甚至帐篷，我感到一丝寒酸。我提起某个家伙的背包，很沉，他说有 40 多斤，天啊，这还走得动吗？我看着我 20 斤的"小背包"，窃喜，也不再嫌它太肥了。

咖啡煮到一半的时候，突然来了个保安，说着意大利语，像要把我们赶出去。MM 赶紧把火灭了，可还是被赶，周围几个躺在地上的意大利人却没关系。我猜是我们太吵了，毕竟大家都是大学生，年龄相仿，能聊的东西太多了。

我们只好悻悻地走出了火车站，在外面的花坛商量对策。正聊着，花坛突然喷起水来，把几个背包和睡垫都淋湿了，保安真是狠心，连火车站外面也不能待了。所幸大家的心情是防水的，乐呵呵地也没在乎。有个家伙把湿掉的衣服脱下来，站在水雾里对着保安秀肌肉，我们掌声一片。

最终还是要走的，我提议大家到海滩上去，一串人就说说笑笑着走了。想不到这个小小的边境城市竟聚集了这么多有意思的背包客。

我们走到一条桥上，都觉得"风水"不错，又不用担心涨潮，就地坐下了。当地人走过的时候我们就鼓掌高呼："Wellcome to Italy."弄得人家很囧，我们倒是开心了。

记不清太多的言语，只记得在那片阑珊的灯火里我们聊到很晚，两点多才舍得闭上眼睛睡去，气温又比威尼斯低了些，海风很大，四点多就被吹醒了。有个兄弟借了我一件外套，裹得我心里也暖暖的。

这一夜是我在意大利最开心的时光，也是我理想中背包客应有的际遇，可以形单影只，但是需要朋友的时候有一群陌生人陪伴，一起谈笑风生，一起享受还能够呼吸的时光……

意大利一度让我对搭车失去了信心，
又传言法国治安比德国差得多，
很多人不会说英语……
不知怎么的，脑子里全是些负面信息，
感觉我像在说服自己些什么。
其实，我胆子很小，真的很怕死，
还是刷卡买张铁路通票安全些，
就这样决定了。

Chapter 10

法国，法国

The 74th Story
摩纳哥——避说天堂

　　早上五点多，桥上的背包客们就陆续去火车站搭车了，正巧有3个德国人也要去摩纳哥，我就跟他们结伴同行。

　　天空还是深蓝的时候，我们就到达摩纳哥了。走在空旷的街道上，空气清新，环境比德国还稍好一些。他们告诉我脚下的路，就是F1的赛道，每年比赛的时候，摩纳哥人就可以在自家的阳台观看F1盛况，听着诱人的引擎声，真是一种享受。

　　海边停放着数不清的豪华游轮，时不时地看到路边停放着宾利和劳斯莱斯，山旮旯里土生土长的我实在想象不出这里的人有多么富有，竟有些拘谨起来，好在四人同行，有人做向导。

　　来到一片干净的沙滩，冷冷清清，只有两个头发花白的老奶奶在海里游泳，同行的A君说："就是这里了。"我还以为他们想干吗，原来一个个把睡垫拿出来，在沙滩上倒头就睡，说是要补觉。

　　想想也是，昨晚才睡了两个半小时，太不爽了，我也跟着在沙滩上铺了两张大地图睡下，接着就不省人事了⋯⋯

不知过了多久，被火辣辣的太阳晒醒了，第一次日光浴啊，真是受不了。好不容易才睁开眼睛，原来冷冷清清的沙滩竟躺满了人，吓了我一跳，像变魔术一样。

我看了下时间，已经十一点半了，我们足足睡了五个小时。我把 A 君叫醒了，心想着这么好的时光，不能都睡过去了。

他睁开眼的时候也吓了一跳，把 B 君叫醒了，只有 C 君还没睡够。A 君和 B 君随即换了泳裤就游泳去了，我不算会游泳，狗刨式的，看到这里的海如此漂亮，海水微微泛绿，清澈见底，我也忍不住下水刨两下。让 A 君在一旁跟着我，别让我溺水了。

两天不洗澡了，沾水的感觉真是舒服，把几天来的疲惫都洗去了，心情舒畅，从昨晚下了火车开始，旅行的快乐又回到了我身边。

我泡了半个多小时，就找淡水冲了个澡，C 君也跟着起来了。收拾了一阵大家就启程了，哪儿也不去，打道回府，这就是屌丝在摩纳哥的游览方式，钱包经不起折腾，连店里的价目表都不敢看。

下一站，法国尼斯。

由于走得匆忙，晾在沙滩的裤衩没有拿，也就意味着接下来的日子我有一半的时间是真空的，真倒霉。

The 75th Story
法国尼斯

从摩纳哥到法国尼斯并不遥远，出了火车站，又是另一番景象。人多而杂乱，车水马龙，繁华里有几分古惑仔的意味，看着就不是我喜欢的类型。

我们各自买了点食物，他们要去沙滩晒太阳，以把皮肤晒成棕色为目标。这让我不知如何是好，还恨不得把伞拿出来撑着，热都热死了，哪有闲情晒太阳。

不过，我还是陪他们到沙滩上去看了看，毕竟大部分旅游者都是冲着沙滩来到尼斯的，除了沙滩我也不知道去哪儿好。

过了一条繁华的马路就到沙滩了，眼前的景象让我难以置信，估计欧洲人晒太阳能上瘾吧，几公里长的海岸线密密麻麻地趴满了人，有点非洲蚁穴的感觉。同行的 ABC 君倒是兴奋，脱了衣服就跑海里扎堆去了，我成看行李的了。

虽然沙滩上净是些养眼的美男美女，可我实在热得难受，而且他们今晚要到露营地去，离这里还很远，我则打算随便找个地方躺一下就行了，迟早要跟他们分开的。等 A 君一上岸，我跟他讲明了情况，就此告别了，本以为能跟他们一路走下去，可是有些时候有缘分还不行，志趣迥异也很难厮混下去，还是形单影只的比较自由。

接下来便是无所事事的下午，我哪儿也不想去，不喜欢热闹的城市，所以尼斯（Nice）在我的眼中也没有它名字所说的那样 nice。我跑到游客咨询中心吹空调，让手机充充电，纯粹是打发时间。纠结的是之后要去哪儿，旅行到第 14 天，竟有些乏味，越来越不刺激了。

对我来说，旅行如果只是出来看新鲜会让我极容易厌倦，我最珍视的是经历，是人与人之间发生的事，这全凭命运的安排，总不能时时刻刻都跟人发生什么事吧，所以无聊的时光总是有的。

我拿出法国地图，往西去西班牙巴塞罗那，往北到达巴黎，脑海里蹦出两部电影——《情迷巴塞罗那》、《午夜巴黎》，巴黎是一定要去的，巴塞罗那去不去我实在拿不定主意。

越是想着出来一趟不容易，就越想去巴塞罗那看看，那里有一位我很喜欢的建筑师——高迪，还有充满迷幻色彩的圣家族教堂和米拉公寓……

最近这几天都搭不到便车，火车费大得惊人，搭便车去巴黎的距离有些太远了，意大利一度让我对搭车失去了信心，又传言法国治安比德国差得多，很多人不会说英语，不知怎么的，脑子里全是些负面信息，感觉我像在说服自己些什么。其实，我胆子很小，真的很怕死，还是刷卡买张铁路通票安全些，就这样决定了。既然有了通票，去巴塞罗那也就顺理成章了。

我作为半个欧洲盲，买通票什么的都太复杂了，在火车站折腾了很久，没有三天的通票，两天的又不够用。经过一阵口水和眼神的交流，终于刷了 250 欧元，买了西班牙、法国、比利时三国的五日通票。

跑到麦当劳上网解闷，时光啊，有时候很值钱，有时候又那么廉价……

The 76th Story
露宿广场
076

尼斯据说是仅次于巴黎的法国第二大旅游胜地，可我一点儿也不觉得，只是在麦当劳闲坐到天黑，想想都好奢侈。

可是没把心情养好，我哪儿也不想去。

尼斯的夜比我想象的要热闹些，虽然大部分店铺都关着门，可是步行街的餐饮业开始红火了，没有中国夜市的那种油烟味，空气里弥漫的是香水和酒的味道，客人们吃得很少，大部分时间都坐在店里聊得热火朝天，一杯酒就能坐一整个晚上。

不经意间又走到了海边，有两个女背包客坐在岸边弹吉他，我上去搭讪，很希望能找到几个同伴夜里在沙滩过夜，像在文蒂米利亚一样有个照应。找同伴也是不能随便找的，万一同伴太流氓就相当于自投罗网了，一个背包团队里有女性且衣着端庄的话，一般都不是坏人，而且会比较热情地欢迎外人加入。

两位女生倒也热情，但是今晚她们在街头卖艺赚到钱后就要去摩纳哥了，她们也是搭便车旅行，我说起在意大利搭车的沉重经历，她们则不以为然："在意大利搭便车很容易的，我们就是在那边搭过来的。"

唉，难道男的跟女的差别就那么大吗？看来以后还想到意大利搭车的话就得乔装一下，也可能南意大利搭车更容易一些。

不多久这两个搭档就到闹市捞金去了。我又碰巧遇到了两男一女的中国人，是在法国的留学生，一起沿着沙滩逛逛，聊以慰藉那一份远在他乡的孤独。在国外有人陪着讲讲中文真是舒服，时间也过得特别快。

他们也是住旅馆里，没有办法提供我住宿，陪我到火车站后就分别了。无奈火车站不开门，外面是一群黑人打打闹闹的，我感到很不安，急于回到沙滩上那一片热闹中去。

突然看到两个背包客的身影，便快步跟上去，可她们并不是流落街头的那种，直接就进了一家旅馆，我也跟了进去，如果便宜也就不在外面冒险了。一打听，要 30 欧元一个床位，简直是抢劫啊！

正要出去，又遇到一个亚洲人从旅馆出来，我就跟上去打招呼。果然是个中国人，他姓程，新疆人，在芬兰留学，准备第二天从尼斯去摩纳哥，手里拿着一台宾得相机正要去拍照。我又有同伴了，哪怕一会儿也好。

我成了导游，带他到我今天走过的沙滩。天啊，我已经是第三次逛沙滩了，一整天就走这几条街，居然也不腻。

我试着在沙滩上找背包客，今晚好歹有个照应，可是没有遇见。就让程跟我一起在街头晃荡，找地方睡觉。

他很喜欢摄影，大家聊得很开心。当他提到北欧的芬兰，我还真有种想去看看的冲动，那边夏季白天特别长，有些人天没暗就睡了，街道冷冷清清的，估计有些恐怖。

一直逛了两个小时，我实在困得不行了。走到一个空旷的广场，我往石椅上一躺："我今晚就睡这里了，你认识回去的路吧？"

"我应该认得吧，要不——我也来陪你一起睡街头好了。"

"啊——"我有些惊讶，但想想两个人有个照应也好，就说："你确定？你可是花了 30 欧才搞到那个床位的。"明显在勾引他睡街头，嘻嘻。

"钱没关系，反正都花出去了，主要是我想试试睡街头是什么感觉。"

"嗯，那你赶紧回去把行李拿出来吧，明天一大早我们就去赶火车，你去摩纳哥，我去巴塞罗那。"

他犹豫了一会儿："行，那你在这里等我。"

"那当然。你快点儿——"

他转身走了。想到今晚有人陪我流落街头，我心里突然有了几分安全感，可是来不及多想就已经沉沉睡去了……

不知过了多久，我被一个人叫醒了，迷迷糊糊地睁开眼，是程。"天亮了吗？"广场上的灯光太明亮了，有些刺眼。

"呵呵，没有。对不起，我刚刚在路上仔细想了想，还是睡旅馆算了，交了钱不睡白不睡，我怕明天没精神玩。"

晴天霹雳，不过说实话，人家都交钱了还让人家搬出来睡街头，未免有些太不人道了，我倒也随意："嗯，也是，没什么，要不——你帮我照张相？"

"好嘞。用我的相机？"

"行啊，你回头再传给我，就拍我睡在这里的样子。"

"嗯，纪念一下。"他端起相机退远了。

"记得拍下这个广场啊。"我又啰嗦了一句，闭上眼，用手盖住刺眼的光芒。

……

"喂，你醒醒。"突然我耳边有个声音。

我艰难地睁开眼，刚想问怎么回事，突然明白过来了："程，刚刚你是不是在给我拍照啊？"

"是啊。怎么了？"

"我居然睡着了，好神奇。你刚在那边站好，我就睡过去了。"

"我知道。你厉害啊，这样都能睡着。"他也乐了。

"那拍完了吗？"

"嗯，你看看行不行。"

"你赶快回旅馆睡觉吧，等下关门了。"我一看时间，两点半了。

"嗯，那你一个人没关系吧。"刚才的囧态让他有些不放心了。

"没事的，你回去吧。"

送别了程，我心里其实有些忐忑，赶紧调了闹钟，每半个小时响一下，然后又倒头睡下。

闹钟响了第一下我就不耐烦了，睡个觉都那么难，迷糊中直接把闹钟关掉了，睡得比猪还沉，还以为自己睡着家里的床上呢。

这一夜，有点危险，却也很刺激，都是些平平淡淡的琐事，却因为充满不定数而让我倍感珍惜。

受难立面那些锋锐的雕塑如同一个个刺耳的音符，刻刀的痕迹都显得有些残忍，划过的地方满是苦难的踪影，夸张的造型手法一下子就把我的内心抓住了，有些窒息。

欠大学一次远行。

Chapter 11

巴塞罗那，高迪，毕加索

The 77th Story

077

亚维农，火车，巴塞罗那

不知过了多久，好像听到些谈话的声音，我一下就惊醒了，摸摸背包，还在，检查里面的东西，也都在。周围的行人还是三三两两的，偶尔朝我这边看看。

空气里有些凉意，才四点钟，我只睡了一个半小时，却再也不敢睡了，如果有人趁我睡着的时候拿走我的包，我一点办法也没有，甚至记不得法国的报警电话，不能冒那么大的险。

走到火车站，五点才开门，只好蹲在大门等待。

火车站永远是有故事的地方，有两个一男一女的黑人好像是街上的流浪汉，脑袋似乎有些问题，举动怪异，时而抱在一起跳舞，开怀大笑，时而对着的士司机怒骂……

我们这些看客不敢张扬，只偷偷地笑。这愉快的气氛中，也认识了几个背包客，他们昨晚睡在沙滩上，遗憾没有遇见，今天倒是能一起坐火车。

火车旅行并没有想象中的那么舒坦，对我来说，只是一张能睡觉的座椅，我昏昏沉沉地补眠，坐着都能睡得很香。

同行的几个背包客不知在哪站下了车，我醒来的时候，已经是中午了，要在亚维农转车，火车临时管制，本来半个小时的候车时间变成了两个半小时。就这样，我索性开始了亚维农之旅。

对于亚维农，我只知道是一座古城，毕加索的那幅《亚维农少女》并非取材于这里，不过名字是一样的。

这里可以看到很多中国游客，而我却不想去打扰，旅游区的中国人戒心最重，不喜欢那样的交流。

老城的地面都铺着传统的小石块，被路人踩得光滑，周围暖灰色的老建筑简单别致，有一种宁静的美丽，而古堡倒是大得骇人。对这古城了解过少，只是看着喜欢，实在说不上有什么玄机，词穷了。

步行街不大，但是人气很旺，我在麦当劳里要了个套餐，顺便给手机充充电。走出麦当劳的时候有两个背包客也一起出来了，我壮起胆子上前攀谈。很巧，他们也是同一趟车去巴塞罗那的，看来法国的麦当劳也能给我带来些好运气。

他们是德国人，两兄弟，看起来一点儿也不像。弟弟比较壮，名叫 Julius，大学学计算机的，比较腼腆；哥哥叫 Philipp，话比较多一些。他们也是在欧洲旅行，却不打算在街头睡，已经订好了巴塞罗那的房间。

Philipp 还偷偷告诉我，虽然他们带着睡袋和帐篷出来玩了两周，却一次也没用过，每次都住旅馆，说完笑呵呵的。我无语了，这两个家伙每天背着没用的东西乱走，为了锻炼身体吗？

结伴而行的好处就是喜怒哀乐都有人倾听，这就足够了。从亚维农到巴塞罗那 400 多公里的铁轨也不再乏味，时间过得很快。

快到巴塞罗那的时候，我鼓起勇气："我想问一下，今晚能在你们房间打地铺吗？听说巴塞罗那很乱，我只是需要一个安全的地方睡觉。当然，如果不方便就算了。"

"我们刚才在你睡着的时候也在讨论这个问题，应该没问题吧，你跟我们好了。"Philipp 很爽快地答应了。

原来他们早就商量好了，德国人又一次给我深深的感动，总是能站在别人的角度去考虑，而相互之间的信任总是无价的。

我们夜晚才到巴塞罗那，大街上的人摩肩接踵，有些拥挤，很不喜欢这样的混乱。Philipp 给我们提醒："把包放在前面，相互帮忙照看好。"

看来巴塞罗那的小偷早已名震天下，我们吃了份麦当劳就回旅馆了，夜里哪儿也没去，洗了澡就睡下了。

今天基本都是在火车上度过的，本来会有些乏味，倒是遇到 Philipp 和 Julius 让我感到很欣慰，至少不再是一个人了，也不用担惊受怕。旅途中看到再多的美景，也不如结识一位好友。

想不到在人生的漫漫长路中，不用再流落街头，有个地方洗澡，竟能让我如此满足。不禁自问：那我之前都在追求什么呢？

The 78th Story

陌生人的礼物

在巴塞罗那的第一个早晨，我早早就起来了，因为听说圣家族教堂很多人排队，必须赶早。Philipp 和 Julius 则起不来，向来悠闲的两兄弟，自然也要睡得悠闲些。

早晨的巴塞罗那是另一番模样，人很少，安静得有些神神秘秘的，好像整个城市就是一间大夜店，仍需酣睡一番。旅馆的阳台可以看到一间耸着高塔的建筑，我以为那就是圣家族了，屁颠屁颠地跑过去，发现只是一个普通的教堂，郁闷，时间一分一秒地过去，拿着旅馆送的小地图，巴掌大，压根儿就不知道我自己在哪儿，更何谈圣家族。

我只好向旁边唯一的两个人求助，他们显然也是游客，但是问游客也有好处，一定不会被坑，顶多就是不知道。

他们像是一对情侣，对巴塞罗那倒是有些了解，手里拿着地图，跟我说要去哪里搭地铁，什么左拐到哪个路口再右拐的，我记起来很吃力。她倒是很热心："Ok，我们带你去吧。"然后用眼神征求她男友的意见，没问题。

我不胜感激，突然想到该不会又是德国人在帮我吧，打听一下："你们来自哪里？"

"他来自俄罗斯，我来自英国，你呢？"

"中国，昨晚刚到巴塞罗那，要在欧洲度过整个八月。"

"Oh, nice."

有时候提到中国老外总是觉得心驰神往，毕竟，一切都太不一样了。

走了十来分钟才到达地铁口，不得不钦佩他们助人的耐心，可是事情似乎还没完。刚想挥手告别，他们又递给我两张小票："我们就要结束在巴塞罗那的旅行了，这两张地铁票每张能用十次，只用过两三次而已，送给你吧。还有这张地图。"说着又把手上的地图给我了。

"你们不用了吗？"

"没事，我们要离开巴塞罗那了。"

我捏着地铁票和地图，有些感动，呆看了一小会："谢谢你们！"除此以外也不知道说什么了。

一大早就遇到那么好的人，带给我的不仅仅是两张车票和一张地图，还有一份难得的好心情，甚至对这座城市的印象都有些改变了。

079

The 79th Story

高迪梦里的圣家族

有些匆忙地赶到圣家族教堂，出地铁后，高耸的塔楼就在眼前，让人敬畏，散发出一种神秘的气氛。已经有人在排长龙了。我来得还算早，等了半个小时才开门。

学生是不能打折的，这价格恶狠狠的一点情面都不给，花了30多欧元，顺便买了高迪公园博物馆的套票，塔楼的电梯票，还有一个语音讲解器，以前无论去哪儿旅游都是舍不得的，这次是大出血了，高迪要是活着肯定要感动得满脸鼻涕。

心疼了好久，但是开始参观的时候就没心思去想了，简直有些着迷。

受难立面那些锋锐的雕塑如同一个个刺耳的音符，刻刀的痕迹都显得有些残忍，划过的地方满是苦难的踪影，夸张的造型手法一下子就把我的内心抓住了，有些窒息。第一次看到这样的雕塑，浑身麻麻的，那种神情太真实了。

乘电梯上了塔楼，又是另一番景象，整个巴塞罗那就在眼前，窄窄的螺旋楼梯充满浪漫的格调，不知绕了多少圈，一直盘旋到底。没想到石头也能打磨出这么丰富的曲线，像冰激凌一样冰凉却柔软。

大厅的彩色玻璃本身就是一个杰作，阳光透过五彩斑斓的玻璃，洋溢着孩童般的快乐，洒在每一个人的身上。我想用相机记录下来，可是拍了很多张都没有办法接近那种真实的光线和色彩，只能作罢。

在圣家族教堂待了4个小时才出来，肚子一直空着，有些难受，又欲罢不能。马上去隔壁的麦当劳填了肚子，不知什么时候开始，麦当劳简直成了我的御用餐馆了。

徒步走到了米拉公寓，门票10欧元，有点伤，咬咬牙还是买了，毕竟就是冲着建筑来到巴塞罗那的。我偶尔会想：如果没有来巴塞罗那，可能就会在某个法国小镇鼓起勇气继续搭便车，那又会是怎样的情形呢？

The 80th Story
再度流落街头

从米拉公寓回到旅馆，已经是六点钟了，一进门就听到 Philipp 传来的"好消息"："我女朋友今晚就要到巴塞罗那了。"

当然，对我来说，这并不是什么好消息——"所以，今晚她和她的一个朋友会来旅馆打地铺，恐怕你得自己找地方睡觉了。抱歉了，兄弟。"Philipp 有些不好意思地说完。

"Ok，谢谢你昨晚的接待。我没问题的。"离开是理所当然的，只是感觉心里有些空荡荡的，有点突然，倒也无所谓，本来就是流落街头的人。

我收拾完东西就离开了，一时间没有了方向，辗转于街头，不知道去哪儿好。

巴塞罗那的夜——浪漫是有的，却只存在我的眼里，目之所及都是热热闹闹的，不知道哪个转角又会突然出现几对喝得正 high 的年轻人。活跃开朗的人们沉浸在自己的生活里，仿佛我只是一颗微不足道的尘埃，没有人注意我的存在。

我在为今夜的安全担忧，火车站是不敢待的，估计有很多小混混，最佳的选择就是大学的图书馆了。

我捏着两张地铁票乱窜，花了两个小时才找到一所大学，古典的红砖建筑围在一起，很漂亮，里面却黑乎乎一片，没有人。那个想当然的幼稚计划提前破产了。

我已经不知道去哪儿了，在街头晃悠，陷入了深深的迷茫。

又熬过了一段时间，想想还是找个旅馆吧，一个床位大概二十几欧元，安全第一。虽然我并不了解真正的巴塞罗那到底有多混乱，但是听得多了，自然有些害怕。

找了家青年旅馆，正好在高迪的巴特罗公寓旁边，狠下心来住下了，反而心里舒坦很多。流落街头却以青旅为终点，心里多少有些不甘，可是关于这座城市的传言实在是让我惶恐，钱回国再挣回来都不要紧，若是被流浪街头的"勇敢"头衔所束缚，碍于面子不敢住店，未免也太幼稚了些，其实穷游也是一门"该出手时就出手"的艺术。

在我的辞典里，不开心不安心的旅行才是最浪费的，安全无价。

放下行李，洗了个舒服的热水澡，又把衣服洗了，却不知道晾哪儿好，欧洲人似乎并不习惯把衣服晾在天台上，要么室内有个晾衣的架子，要么就得另想办法了。我在楼顶找了很久，不知道其他的旅客到底把衣服晾在了哪里，就随便找了个室外的消防楼梯挂着，反正没人偷。

睡前闲来无事，在附近瞎逛到凌晨一点，心情格外爽朗，午夜的巴塞罗那凉风习习，大街上稍微清静了些，却依然有那种暧昧而洒脱的调调。

在我心里，它最美的一面不是风景，而是气氛。

The 81st Story
"遇见毕加索"

昨晚的舍友是五个印度尼西亚的学生，对于中国和印尼的那段历史我并不是很了解，但他们似乎比我知道得多很多，所以交谈起来仍然感到有一些小小的尴尬。还好我脸皮够厚，还是借了下铺的笔记本转存相机里的照片。

出国旅行，对于历史的恩怨，能忘记的最好还是暂时忘记。我始终相信人性是善良的，恶人都是源于成长环境的负面影响。

新的一天被我安排得满满当当的，巴特罗公寓、毕加索博物馆、高迪公园。其实背包客有时候也是跟一般的游客没什么区别，都是去看看，有的人看得深一些，有的人看得浅一些，我很无奈地属于后者。

既然订了线路，只好续订床位了，打死也不想背着个大包到处走了，这是在巴塞罗那的最后一夜。

第一站是巴特罗公寓，青旅出来后走几步就到了，排队买票的人只有十几个，我却打了退堂鼓，舍不得再花钱买眼福了，在楼下垂涎呆看了十分钟就走了。

第二站要去毕加索博物馆，说不上揭开立体主义的神秘面纱，也不是嫉妒他有三个老婆，我只是想去"会会那个老头"。嘿嘿！

　　这座城市是毕加索生活过的地方，我其实并不理解大名鼎鼎的毕加索博物馆为什么窝藏在一个小小的巷子里，找起来不容易，倒挺有韵味的。没找到博物馆，先是被小巷里面的加泰罗尼亚风情感染了，似乎还有那个年代的邻里气息，像是一场交响盛会的入场曲。

　　那小巷里很多私营博物馆，门票都不便宜，有些莫名其妙，这是拜倒大师的石榴裙下偷石榴吃吗？

　　博物馆是 15 世纪的宅邸改造而成的，从街道看不到博物馆的影子，大大小小的院子有点阿拉伯文化的烙印，又可以看出巴塞罗那的燥热。

　　博物馆展出的主要是毕加索少年时期的作品，越来越不写实了，越来越不循规蹈矩了，大多属于蓝色时期和粉红时期。

　　我在博物馆待了三个小时，可惜里面禁止拍照，看着一幅幅感情洋溢的画作尽是羡慕，又说不上好在哪里，十几岁的年纪就可以画出这么打动人的东西，不仅仅是牛逼。我十几岁的时候干吗去了呢？人与人之间真的不能随便比，但是了解大师的人生，对自己的未来多少有些影响。

　　当一个人知道自己想要什么的时候，其生活的热情是炽烈的，毕加索生平创作过大约 37000 幅作品，按每天一幅计算，得花 101 年的时间。这种近乎疯狂的沉迷正是我缺少的，我并不了解自己想要什么样的未来，而时间就这样随风飘逝，挣扎都是徒劳，我需要的是明白自己想要什么。

　　嘿，老头，我并非只能羡慕你。

　　谢谢你！

The 82nd Story
迟到的旅伴们

从毕加索博物馆出来已经四点多了，赶紧坐地铁到了高迪公园，生怕里面的高迪博物馆关门了。

说实话，高迪博物馆就是个鸡肋，只有一栋小小的房子，很多东西已经在米拉公寓见过了，不值得一看。

我扫兴地出来了，坐在门口啃超市买的面包。博物馆里走出来四个中国人，嘴里喃喃抱怨，都说是一座坑钱的博物馆。

我自己逛了一天了，实在无聊，便上前打了个招呼，没想到还挺聊得来的。首先介绍一下吧：土鸡，男，从业建筑师；小Y，女，从业建筑师。他们俩是一伙的，结伴来欧洲看建筑。

翠翠，女，巴黎的研究生，爱玩爱笑。

月清，女，华南师范大学的大四学生，就在我学校隔壁呢。

他们都住在同一个华人开的家庭旅馆里，那对老夫妇对租客们像对待自己的孩子一样，不仅陪他们聊天，还负责一日三餐，照顾十分周到，而且价格还更便宜。这浓浓的人情味是最难能可贵的，让我有些心动了，说："要不我住你们那边吧，回去问问旅馆肯不肯退钱。"

"可以啊，张阿姨人很好的。"翠翠为人爽快，她是那个旅馆的常客了，店主张阿姨跟她很聊得来。

"那我就跟你们混了。哈哈。"

"你还不去拿你的包，等下被人拿走了，竟然敢放在椅子上跑过来跟我们聊天，你也太放心了吧。"他们为我捏了把汗。

"不会那么危险吧。"才五米左右的距离，有那么夸张吗？

"真的，我前几天亲眼看到沙滩上有个人抢了包，就光天化日之下，巴塞罗那的贼很恐怖的。"他们三言两语的，加剧了我对巴塞罗那的不安全感，似乎危机四伏。

两位建筑师显然是他们的领队，踏着大师的足迹来看建筑。我跟他们一起游览了赫尔佐格与德梅隆设计的巴塞罗那普遍文化论坛建筑，那个巨大的深蓝色三角形建筑充满了奇幻色彩，可惜从外面基本想象不出里面的空间，倒是巨大的悬挑开辟了很多室外的活动空间，吸引了不少玩滑板的青少年。

终于不再是一个人在巴塞罗那摸爬滚打了，还有一个巨大的惊喜就是翠翠20号回到巴黎，可以给我提供沙发。何其幸运，居然能在巴塞罗那找到巴黎的沙发主。

我今晚会跟他们一起去看音乐喷泉，听说声势浩大，难得一见。但是我得回一趟旅馆看能不能退钱，能退钱就投奔他们的家庭旅馆，不能退钱就继续住多一个晚上就离开巴塞罗那了。

疲惫地回到旅馆，钱是怎么都退不了的了，只好再留一夜。想收衣服的时候，发现外面的消防楼梯居然锁上了，哪一层都出不去，让我有些心急，跑去问客服，说换班后才有钥匙，让我晚上再来问。只好作罢。

张阿姨的家离我的旅馆并不远，但是巴塞罗那的块状街区相似度太高，很容易走错，我也找不到门牌号的规律来，大概花了半个小时才找到她家，是一套位于二楼的小公寓。

里面的热闹景象让我有些惊讶，像个小私塾一样，有台湾人、香港人、广东人……好热闹，都十几二十岁的学生，出国旅行为主。有些窝在房间里，所以到底有多少人我也说不上来，目测有十来个，在这个临时的"家"里一点儿也不拘谨，好像张阿姨的孙儿辈一样。有个睡懒觉的家伙刚刚起床，还被张阿姨笑呵呵地批评一番。

这画面真是温馨！

正觉得有点格格不入的时候，张阿姨给我盛了碗饭，让我有些不好意思，毕竟不在这里下榻。张阿姨一直坚持着把饭放到我手里，旁边的孩子们也都叫嚷着："张阿姨都给你盛了，你就吃吧，不用跟她客气。"

我最终还是接过来了，连声说谢谢。之前只在旅馆啃了半块超市买的面包，没什么胃口，欧洲的食物还是有些吃不惯，更何况是超市的廉价面包呢。跟米饭久别多日，今日重逢，怎么吃都是香的，但还是有些拘谨，可能面对这样的盛情款待，觉得有些突然。

晚上要去看音乐喷泉的时候，张阿姨和张叔叔再三叮嘱我们相互照顾，注意小偷，看来巴塞罗那的危险不是传言，天使与魔鬼在这里共生。

下了地铁，人又多了起来，远远看到五彩的水雾，两列小喷泉把我们引向了一片人山人海，中央的主喷泉甚是壮观。一个月前还在杭州观赏过西湖音乐喷泉，可以直接用"没意思"来概括，由此对"音乐喷泉"这个名词免疫。而眼前这个喷泉的气势出乎我的想象，水汽喷射出几十米高，体形巨大，伴着交响乐的节奏，时而轰轰烈烈，时而温文尔雅，不禁感叹：原来喷泉也可以这样。

旁边就是密斯·凡德罗设计的德国馆了，这个著名的小建筑是一定要去看看的。可惜晚上并不开放，我跟保安苦苦央求，希望能站在平台上看看，最后没能进，只好在下面瞅瞅。出发前功课做得少，看也看不出什么门道，可惜了。

12 点后，我必须跟他们告别了，因为午夜的人会变很少。

夜晚的街道多了几分凉气，有些恐怖，还好零星有些行人走过。独自漫步在安安静静的巴塞罗那，心里也收获了久违的宁静……

The 83rd Story

还我衣服来！

回到旅馆问客服拿钥匙收衣服，说，还得等到三点换班后。我上去躺了一下，三点半下楼再问，说快换班了，再等等。我急了，第二天还想赶早去坐火车去巴黎，这样闹下去，不知道什么时候才能拿到衣服。

我索性在大厅的长椅上躺下了。一直到四点多才换了班，可是对方给我的钥匙依然打不开，害我换了几次钥匙，楼上楼下跑了三趟。我让她自己去开，她捣鼓了半天也没能打开，说没办法，等天亮再找人。

一套衣服害我一宿没睡好，可是如果拿不回衣服，我接下来的十几天就只能穿着身上的衣服了，想想都觉得痛苦。

不管了，什么时候去巴黎都无所谓了，先睡个好觉。我躺在床上死死地睡去。

第二天早上十点才爬起来，昏昏沉沉的，却不敢忘记衣服的事。又让客服上楼帮我跑了一趟，依然开不了，这次说周一才有人去开那扇门。

今天才周五，怎么可能等到周一？把我急得脑袋发涨，他们不明白这套衣服对我有多重要。我赖在那里哪儿也不去，一边想办法，一边催促两个客服帮帮我。

既然是消防楼梯，应该能通到一楼室外，我想从旅馆外面的一楼上去。他们又说到不了内院，也就到不了楼梯那里。

我也没辙了，劝自己接受现实，未来的十几天，真的是流浪汉了，估计会臭得没人收留我，没准空姐还不让我上飞机回国……多惨！

正想上楼收拾行李滚蛋的时候，他们好像想起了什么，带我到二楼的餐厅找了个厨师，那个穿着白大褂的叔叔擦了下手，拿了串钥匙，一下就把门打开了……

我有一种被拯救的感觉，连忙道谢，直奔我的衣服。他们笑着摇摇头，估计在纳闷中国人为何喜欢把衣服挂在消防楼梯里。

我这辈子再也不把衣服挂楼梯了，让人哭笑不得的经历最终喜剧收尾，我惊魂未定，暗自叫骂——同志们，这楼梯能消防吗？

跟所有城市一样，
早晨总是安静的，房子差不多都一样高，
灰灰的色调很有怀旧感，显得井井有条，
但每一栋又都不一样。
马路上有清洁车，也有流浪汉；
有脏兮兮的垃圾桶，
也有历久弥新的雕塑。
很喜欢这样的城市，
这样的时刻。

Chapter 12
巴黎爱我

The 84th Story
火车开往巴黎

经过一番波折终于坐上了开往巴黎的火车，沿途要转很多趟车，有些麻烦，倒也习惯了，经过大大小小的火车站也是蛮有意思的，里面有城市文化的缩影，可以目睹人间百态，有一种莫名的真实感，其实也混杂着虚伪的人。

由于出发太迟，能不能到达巴黎就很难说了。八月是旅游旺季，总有很多背包客上上下下，只要脸皮够厚，找个同伴不难。

我有幸认识了一个慕尼黑男生和两个美国女生，聊天的时间过得很快，不用管火车开到哪里。

慕尼黑的男生独自在欧洲畅游，正要回德国慕尼黑，买了一等舱的欧洲火车通票，显然是个高富帅的玩法，为人十分开朗，像个大哥哥一样照顾我们。

两个美国女孩还在念高中，从西班牙马德里出发，正前往捷克首都布拉格。勇气可嘉，两个女生拖着大大的行李箱就敢在欧洲独自游玩，嘴里吐出的每一个单词都洋溢着旅行的快乐。

可是乐极总是容易生悲，女生们突然发现行李架上的行李箱不见了，两人被吓坏了，急得面红耳赤，那种洒脱的成熟感没了，竟哭了起来，一边哭一边不停地翻找、问人。闹了几分钟才回过神来，原来行李箱窝在一个角落里，虚惊一场。

随后我们就分开了，检票的时候居然发现我的 Reservation 居然是一等舱的，我占了别人二等舱的位置，只好跟慕尼黑的男生回一等舱去。心里暗自责备售票员：没看出我没钱嘛，还直接给我出了一等舱的票，连问都不问一下，真是祸不单行，又浪费了一笔钱。

到法国里昂的时候，慕尼黑的男生和两个女生就要下车了，我只能和他们作了浅浅地道别。

一等舱里又有幸结识了邻座的犹太裔老太太，她曾在巴黎、法兰克福、摩纳哥等地定居，目前旅居美国拉斯维加斯，正陪着唯一的儿子和未来的女婿去巴黎，再转飞机回以色列举办两人的婚礼。不知怎么的，儿子和女婿坐在了另一节车厢，不过人逢喜事，怎么都是开心的。老太太皮肤黝黑，体形稍胖，脸上总是带着笑容，十分健谈。

我跟她讲了旅行的故事，她则告诉我关于她儿子的故事：老太太独自一人把儿子拉扯大，儿子13岁就开始自己赚钱，16岁那年，看到妈妈太辛苦，突然说不读书了，因为学校里教不了他谋生的本事。从此他便开始在社会闯荡，很快就有了自己的事业，转眼儿子已经23岁了，在美国开了一家化妆品连锁店，过上了十分富裕的生活。

听起来如同一段振奋人心的男人奋斗史，而老太太满心的自豪感溢于言表，我相信，无论何时何地，儿子永远是母亲这辈子最深切的牵挂。

　　不管是关于奋斗、还是关于母爱，我都被这位母亲的言语深深地感染了，好像看到了我母亲的影子。从小到大，我学习成绩一直都不错，每次考试总能拿个体面的分数，高中和大学都拿了奖学金，从未让母亲失望。高考那年得了全校第三名，我自觉牛气了一阵，很快便投入了大学的空虚里。而母亲的骄傲远未止步，她总喜欢拿我的经历跟她的学生讲，名为激励学生，实际上连外人都能看出她那份自豪，仿佛胜过了她人生里的每一次满分，每一次荣誉。

　　快下车的时候，我送给老太太一幅画，以作纪念。而老太太却坚持给了我10欧元作为报酬，让我想起了司机们也是同样地慷慨，好像欧美的人不喜欢白白接受陌生人的礼物，又或者他们真心想帮助我顺利走完这段漫长的旅行，不管怎样，我都心存感激。

　　到达巴黎里昂火车站的时候，已经是深夜十一点半了，他们三人行李太多，请了个搬运工，还剩一个拉杆箱没法运送。而他们两手空空，完全可以腾出一只手来拖着，却说要雇我帮他们拉行李。我拉着箱子走了十来米就到了火车站大门，老太太的儿子塞给我10欧元算报酬，我有些不好意思要了，老太太叫我拿着：这是你应得的。西方人向来都有给小费的习惯，餐馆的服务员经常能得到客人的小费，不知是出于礼仪还是出于对劳动的尊重。当然，我也知道老太太一家确实是想帮助我。

　　初到巴黎就遇到热心人，让我对这座传说中的浪漫都市凭空增添了几分期待，不知道这里又将带给我什么样的故事。

The 85th Story

夜色巴黎

　　告别了老太太一家，我开始寻找麦当劳的庇护，期待它能带给我一个暖夜，虽然不知道巴黎的麦当劳是不是24小时营业。在巴塞罗那认识的翠翠要20号才回到巴黎，我还有两晚无家可归。

　　火车站外，橘色的灯光迷离恍惚，一片繁华，路比较窄，的士和私家车挤作一团，显得有些凌乱。老实说，巴黎的初印象，并不是很好。

　　问了几个人，走过一条桥，终于找到了一家麦当劳，可惜即将关门，我进去坐一下就离开了。走在大街上，行人很少，远处可以看到埃菲尔铁塔，高高耸立，说不上有多远，单单看着就觉得很美好；近处，是几个流浪人的身影，在河边的树丛里裹着衣服，忍受着夜的微凉。

　　看来没有任何一座城市能用"美好"去概括，就像再开朗的人也不能用"开心"去形容，有光亮的地方总会有阴影。很庆幸，我能以一个流浪人的身份，看到巴黎的亮面和暗面。一时间没了方向，只好返回火车站，希望它不会关门谢客。

The 86th Story
躺在地图上的人

十二点多了，火车站已经停止运营，里外的商店都关上了大门，所幸候车厅还是开的。我在一张长椅上坐下，周围有二十几个跟我一样的"乘客"，引人注意的是一对亚裔的母子。我花了半天时间还是观察不出他们是不是中国人，便走过去用打招呼："Are you Chinese？"

"呃，我是。"男的很爽快地回答了，一脸严肃，不知所以。

经过我长篇大论地解释，气氛变得轻松了。他叫小翔，工作两年后又来巴黎读研究生，即将入学，和母亲一起来报名。他们正在等第二天六点的火车，准备前往尼斯玩两天，反正就几个小时，就懒得住旅馆了。

早在浦东机场的时候就听一个法国人说巴黎也是个犯罪率挺高的城市，法兰西岛还算安全，仍不能掉以轻心，周围的片区有很多贫民窟，治安很差。

还好三个人在一起，安全就有保障了，我铺了几张地图，垫着背包睡下了。虽然条件不是很好，注定只能睡几个小时，但是多亏了这对中国母子的照顾，睡得特别踏实，说是享受都不过分。

其实一个人如果想得到满足，找个更差的参照就好了。可惜日常的生活里，我们都习惯以更好的东西作为参照，向着参照靠拢的种种行为，都名正言顺地统称为"努力"，从某种意义上说，我们都在"努力地"沉浸在不满里。宏观地说，人类的文明是在不满里慢慢向前推进的。

孤独的苦旅或许正是以这样"邪恶"的手段，让我满足，让我享受，让我沉迷，让我无视更好的参照而对每一次的安睡说谢谢。

The 87th Story
属于我的巴黎记忆

早晨五点，不知怎么地自然醒了，看来即使有同伴在，警惕心理还是有的，从意大利开始就没有忘记过自己一个人置身欧洲，无论什么时候都不敢太大意。小翔和他母亲六点就要上火车了，我也没了睡意，不多久就相互告别了。

里昂火车站外，凉气有些重，巴黎还没有醒来，天空只有些微亮，昏暗暗的让我有些惶恐。并没有什么计划，只看着地图找最近的去处。万神殿和卢森堡公园并不是很远，而我却不急于抄近道，拐了一个大弯，相对于地图上那些红字标出的景点，我更想看看巴黎的街道，巴黎的生活。

跟所有城市一样，早晨总是安静的，房子差不多都一样高，灰灰的色调很有点怀旧感，显得井井有条，但每一栋又都不一样。马路上有清洁车，也有流浪汉；有脏兮兮的垃圾桶，也有历久弥新的雕塑。很喜欢城市里这样的时刻，无论哪座城市，清清静静的早晨总能让我心情舒畅。

走了很远才到达卢森堡公园，里面更安静了，晨练的人寥寥无几，大树整齐地排列着，很典型的法国园林风格。最吸引我的不是那华丽丽的宫殿，而是中央水池边摆放的椅子，被刷成解放绿，乍一看有几百张。可能为了防盗，椅子特别沉。我终于能好好补个觉了，抬了两张做床，把衣服盖在脸上就睡着了。

大概过了两个小时，自然醒，周围还是那么冷清，突然来了一支中国的旅行团，熙熙攘攘，乐呵呵地拍照。

万神殿很近，关着大门，周围一个人影也没有，我就是最早的游客，拍了几张照片就走了，朝着巴黎圣母院的方向。

路上的人越来越多，到达巴黎圣母院的时候，人多得熙熙攘攘的，想找个地方坐下都难。建筑跟我想象的差不多。最有意思的是一个喂鸟人，拿着一袋面包，有小朋友过来就把面包给他喂鸟，父母则会给喂鸟人几个硬币作为答谢。小鸟已经被宠得不怕人了，在小朋友的手上啄食，在场的人都乐了。

我在那里看了十几分钟就走了，像巴黎圣母院这种著名的地方，到此一游足矣，也不知道进去要不要钱。

不多远就到了蓬皮杜艺术中心，这个建筑最早是在一本书里看到的，书名叫《建筑师的二十岁》，看这本书的时候，我才16岁，初中毕业，我只身到杭州学画画的时候买下了这本书，那时已经决定将来要学建筑设计了，现在想来真不知是孽缘还是佳缘，然而对艺术的喜爱是不会变的。不经意间21岁了，岁月真是一把杀人刀。

睡懒觉也是个省钱的方式，我背包里还有巴塞罗那买的饼干，早餐和午餐一并解决了。便径直进了蓬皮杜，门票10欧元，我想

想就心疼，够我买 10 包饼干吃 10 顿撑 5 天了，就跟卖票的老头说我是学生。

"把你护照拿出来给我看看。"老头还蛮讲理的。我就把护照给他了。

"抱歉，只有欧盟国家的学生才能免费，你办的是旅游签证。"他摇摇头，表示没办法优惠。

我不想就此放弃，其实少收一个人的钱对他一点影响都没有。我用蹩脚的英文跟他理论："Come on，I don't have enough money to finish my travel. Anyway, I just want to learn something, please."

他沉默着。

"Please！"我皱起眉头，眼睛直直地看着他。

"Ok！"他好像妥协了，但是我不确定这个 ok 的含义是放我进去还是放弃谈话。

"You mean，I can take a visit for free?"

"Yeh, sure."他顺手撕了张票给我，"Enjoy！"

那一刻，我比预想的要激动，本来以为老外办事都很按规矩，没想到法国人还是挺通情达理的。

蓬皮杜的建筑本身就是一个艺术品，从外部的扶梯慢慢往上，巴黎逐渐展现在眼前，原来这个建筑比周围的楼房高出了这么多，怪不得当时众多巴黎人反对。不过在这个满身钢管的家伙身上钻来钻去是一种前所未有的奇妙体验，结构和设备外露是这个建筑最独特的地方。但是玻璃包裹的扶梯管里存在温室效应，长波辐射扩散不开，热得像蒸笼一样，挺难受的。

里面的艺术品就不一一说明了，因为我也是个凑热闹的外行。

The 88th Story
088 又被德国人收留了

其实在蓬皮杜里我一直考虑今晚的住宿问题，里昂火车站很远，而且没有人看行李，不见得安全。天色渐渐暗下，离开蓬皮杜的时候，我决定找一家青旅再撑一夜，翠翠明天就回巴黎了。

我参照着地图，寻找一家最便宜的青旅，大概要 20 欧元一个床位。巴黎的街道名字让我很头疼，找了半天还是没有找到，停下来问了几次人，最后很巧地遇到了三个德国人，他们也不懂青旅在哪儿，倒是跟我聊上了。

他们三个是同学，其中有个人在这里工作，在城郊租了间房子，其他两个是到巴黎旅游的。攀谈了半个小时，我鼓起勇气问他们愿不愿意收留我，屋主点了点头，跟旁边的朋友商量了一下，说没问题，应该能腾出个地方。

我就跟他们上了车，他们说要去酒吧喝一杯再回去。我有些害怕，毕竟没怎么进过酒吧，听起来就是个惹是生非的地方。

还好最后在一个露天的地方小坐一下就走了，贪玩的年轻人又说要顺路去看看红灯区，也就是那个著名的红磨坊，沿路夜店众多，喧闹无比。

他们谈得热火朝天，都是些听不懂的德语。我累得不行了，很快就在车里睡着了，也不知道车开到哪里。

醒来的时候周围已经是另一片天地，低矮的别墅排列在路旁，外面黑乎乎的，让我有些不安，脑里突然蹦出一个想法：如果他们是坏人我肯定完蛋了，赶紧用GPS定了位，好歹知道自己在什么地方。

他们住的地方是一套别墅的客房，带着一个小阁楼，超级窄，厨房兼做客厅，卧室其实就是一张床，阁楼上还有一张床。

我洗了个澡匆匆睡下，根本没地方打地铺，只好跟一个大汉挤一床，还好床比较宽敞，睡得也还安稳。

回想这个奇妙的夜晚，心情复杂，有反省，有感慨。一方面，自己实在太大意了，居然在陌生人的车里睡着了，还不知道去了哪里，想想都有些后怕；另一方面，三个德国青年实在是太好人了，明明挤得都没有地方打地铺了，还愿意大老远地接我过来，让我跟他们一起睡床上，而我显然无法报答他们。

我也不知道自己哪辈子修来的狗屎运，总是能遇到贵人相助，又或许，人与人之间本来就是这样的，只是种种不好的事情在这个世界上不停地发生，让我们彼此不再信任。

何其幸运，能在旅途中遇到这么多好人。

The 89th Story
萨伏伊不开门吗？

今天本来计划着跟三个德国人一起去玩，没想到他们只想宅在房子里，我可不愿用这种方式浪费时间，可我真的做了件非常浪费时间的事。

现代主义建筑的鼻祖柯布西耶设计的萨伏伊别墅在巴黎城郊一个叫 Poissy 的小镇，一度想亲眼看看那个传说中的白色建筑，路途有点远，咬咬牙决定今天就去了了这个心愿。

他们把我送到了火车站，合影道别。说来也挺奇怪，我连他们的名字都不知道就在他们家住了一晚。我的名字记忆障碍越来越严重了，即使问了对方名字也只是个形式，省了也无妨。不过他们叫我 Jack 的时候，我蛮开心的，不需要友谊长存，彼时彼刻感觉到一种别样的友情就挺好的。我也希望自己有一天能大声叫出对方的名字，相信对方的感觉也和我类似吧。对我来说，有些东西想记却很难记住，正如有些事情，想忘，却很难忘记。

火车站里我又耍嘴皮子了，说我是有通票的，拿出通票凭据给售票员看。她连翻都不翻，就直接撕了两张印着 0 欧元的票给我，还给我讲解去 Poissy 的线路，非常有礼貌。

按理说通票用一次就要消掉一天的，这种做法纯属投机取巧，因为我发现某些售票员、甚至检票员都不会仔细翻看，所以就冒险一博了。

通过这种不良方式，我去 Poissy 相当于免费。可是，俗话说白捡的瓜不甜，我捡到的瓜却有些苦涩了。去到 Poissy 才知道萨伏伊别墅周一闭门谢客，被我赶上了。建筑被树木和围墙挡住了，连一片墙都看不到，白走一趟，来回浪费了两个小时，真够奢侈的。

萨伏伊别墅离火车站大概有两公里路。在萨伏伊门外的时候，碰巧遇到了两个学建筑的学生，特地让朋友开车送过来的一睹芳容，也跟我一样扫兴而归。

我幸运地搭了他们的便车回到火车站，这是第 23 辆便车，虽然只有 2 公里，但是坐在车里却有些激动，因为我已经 7 天没有搭过便车了，那种熟悉的感觉突然造访，令我情不自禁地怀念起在德国搭车的日子。

如果我没有离开德国，现在又会怎样呢？我想我会一直搭车走下去吧。

不经意间，我的旅程好像又被什么束缚了，先是谜一样的意大利，再到魂牵梦绕的圣家族教堂，现在又到了巴黎、萨伏伊别墅……我似乎变得贪婪起来，太多太多舍不得错过的坐标，很多都仅仅是到此一游的景点，可我却放不下。这些被冠以"著名"的一切把我极热爱的经历方式给取代了，不知道得失是否平衡了，大抵是众多的一念之差把我带到了这里。

其实都没想过我会在欧洲坐上火车，何况还坐了那么多天，这不是我想要的旅行，所以走得特别累。

The 90th Story

090

香榭丽舍大街

回到巴黎的时候，晴转小雨，一片朦胧，路人打起了伞，地上是油亮亮的倒影，让我想起了那些关于巴黎雨天的油画。雨很奇怪，下了 20 分钟就草草收场，好像只为了让我亲眼看看雨中的巴黎。

　　走到杜乐丽花园，太阳又凶猛起来了，游客却越来越多，我在树荫的长椅坐下，有些疲惫，不知道去哪里。电影里的巴黎是美好的，可是亲身到了这里，又不知怎么去发现这份美好，跟着地图的景点走，只会让我越走越累，不喜欢这样的旅行。我似乎在无所事事地等待傍晚，翠翠会回到巴黎，我就可以卸下这沉重的背包了。

　　卢浮宫就在杜乐丽旁边，可是我却懒得走过去了，今天的时间不够了，我在博物馆里总是能泡上大半天，如果进去两三个小时就关门很浪费钱。

　　碰巧遇到了昨天在蓬皮杜艺术中心打过招呼的六个中国人，便跟他们进了一个像博物馆的地方（写这篇东西的时候才知道那是橘园美术馆，莫奈的《睡莲》就躺在里面）。已经把书包都寄存好了，由于我办的不是留学签证，欧盟学生免费这一条对我没用。而我实在不想交这笔钱。

　　我好不容易把一个帅气的工作人员说服了，他说可以让我进去。等到购票时要查证件，我又被另一个大妈拒之门外了，怎么哀求都不行。我回去找帅哥帮忙，他上前跟大妈商讨，似乎要帮我拿一张票。可是他回来的时候摇了摇头，无奈地说："She can recognize you. Sorry！"

　　我只好跟那帮中国人告别了。帅哥把我送到了门口外面，指着旁边的一个小建筑说："那里有个免费的摄影展，你可以去看看。"

　　我谢别帅哥，并不因被拒之门外而失落，毕竟我都不知道里面有什么东东，何来失望。反倒有些感动，只有一面之交的陌生人居然会这么尽心地帮我，实在难得，但愿他没有冒犯到他的同事吧。

　　那个小的展览馆里摆放着一个韩国摄影师的作品，全是我最喜欢的自然题材，一下子就能把人的内心抓住。身边一个打扮讲究的老奶奶突然转过头来对我说："It's beautiful, isn't it？"我点点头表示同意，老人又陷入了那一片光影里。

　　出了展览馆，我的心情好像也有了些变化，没那么消极，接下来朝着凯旋门走去。

　　香榭丽舍大街并没有想象中的宽敞，但是名店云集，卖艺的人也不少。路边停着很多"超跑"，看着就丝丝心动，不知道在巴黎开着超跑听着引擎声吹风又是什么感觉，屌丝的情怀永远炽热却又烧不起来。

　　穿过一条隧道到了凯旋门下，高耸的体量大得让人有些无所适从，一副可远观不可亵玩的姿态。周围的车来车往跟我想象的凯旋门有些不一样。

　　结识了两个留学英国的中国学生，得以留下几张不算完美的照片，聊了几句就夕阳西下了。

　　下一站是翠翠的家，走了将近一个小时才到，我扯着嗓子在楼下大喊："翠翠！"

　　她从顶层探出了头："来啦！"

　　我感觉自己熬出头了，终于有个暖窝睡个好觉，而且不用再背着所有家当到处走了。

游荡了一整天，迷茫与新奇交替浮现，"巴黎"这两个字眼能给人太多的遐想，期望值过于丰满，景色也显得差强人意，不知道好评率向来拔尖的巴黎遇到这个评价会不会太伤感。不算差评，但是总感觉少了点什么。好像这一整天游荡的不是这个城市，而仅仅是"巴黎"这个名字的横撇竖捺，欣赏的也只是这个名字的美丽，内心的愉悦或多或少地来自于一个无可厚非的想法——噢，我在巴黎！

The 91st Story
091
不属于巴黎的夜

翠翠的家其实就是她留学期间租的小公寓，她开口闭口地就提到自己的家。换做是我，可能只会说："嘿，这里是我的房间。"可能女生总是喜欢一些温馨的字眼，毕竟她常年在巴黎，这确实也算是她的家了。

房间有些凌乱，堆满了各种小玩意儿，还有衣服、帽子、鞋子……我好像进到了购物狂的小仓库里，东西多得可以开一家服装店了。在窗边的地板上铺一块毯子就算是我的小窝了，夜里的寒气吹进屋里，凉飕飕的。

我们一起去麦当劳吃了个套餐就回去歇着了，今天走得太累，本想看看夜里的巴黎，可实在没有力气了，只好在房间里宅着，外面的街道静悄悄的，唯一的一家小店也早早地关了门。我在翠翠的"小仓库"里给她画了幅肖像，这里的夜，仿佛不属于巴黎，倒像在某个老朋友家做客。我花了很长时间，又画得很差。她倒不在乎，我却有些不好意思了，索性另外送了两张漂亮的小画给她。

晚上睡觉的时候我们又聊了很久，挺开心的，原来留学生活也是充满酸甜苦辣的，但在翠翠的世界里，快乐永远多一点。她一到假期就能在欧洲到处玩，这个月她还要跟朋友去意大利的西西里岛，听着就令人羡慕嫉妒恨。

突然我感到鼻子有些痒痒的，我问翠翠："这里为什么有这么多细毛啊？"

"哦，是我养的猫总是掉毛，它刚刚去世了，还来不及清理干净。"

"那你把它埋哪里了？"

"没有，我花了好多钱把它火化了呢。那个骨灰盒我要带回国去，现在就放在你床头的地方。"

"啊，你开玩笑的吧？"

"真的，你自己看。"

"……"真的有个黑色的小盒子在窗下，不会成猫妖了吧。好恐怖……

The 92nd Story
埃菲尔的"裤裆"下

今天八点多才起来，风尘仆仆赶到了 Poissy 的萨伏伊别墅。有些东西错过了，就越觉得可惜，就越想挽回，凡人大抵如此吧。

买票的时候又遇到老规定——欧盟的学生免费，非欧盟的票价 5 欧元。我用三寸不烂之舌跟售票员讨价还价了，最后她还是坚持让我掏钱。我只好从口袋里拿出了一张 10 欧元，恋恋不舍的递过去，还不忘指着钱说了一句："My last money."

没想到售票员心软了，把钱还给我，撕了张 0 欧元的票。我的心情却变得复杂，为节省了资金而高兴，为自己的狡辩和逃票有些愧疚，这种事情讨论起来就可小又可大了。

萨伏伊别墅只是一栋小小的建筑，我却在里面待了两个多小时，没想到现实里的萨伏伊比书本上的图片更加美好。很喜欢里面的黑色坡道、白色楼梯、简简单单的屋顶花园，不期而遇的天井让我小激动了一下。我想象着自己在这里生活的情景，白日梦也做得有滋有味的，一直都觉得萨伏伊之行是个正确的选择。

可是回到巴黎的时候，不幸再次降临——卢浮宫周二闭馆，又是晴天霹雳，本想着参观了卢浮宫和埃菲尔铁塔之后第二天就去比利时了。现在一时间又拿不定主意了，要么再呆一天，要么就这样和卢浮宫错过了。下次再来，又不知道该是什么时候了。

走去埃菲尔铁塔的路上，心情自然有些糟糕。糊里糊涂地来到了奥赛博物馆，只听说过卢浮宫，对奥赛不甚了解，但是看到外面很多人在排队，想必是个有意思的地方，就尾随队伍。

轮到我的时候，我依然老实地拿出护照表明我的年龄，声明我是非欧盟的学生，请求对方放我一马。这里的工作人员比较通情达理，基本就没跟我计较什么，可能看我面善，直接让我免费参观了。

博物馆是由火车站改建的，许多精美的雕塑摆在高敞明亮的大厅里，其中有送给美国的《胜利女神像》、罗丹的《行走的人》和《巴尔扎克》，周围的小展厅里则存放着梵高的《自画像》、德加的《舞女》、莫奈的《睡莲》、马奈的《草地上的午餐》……众多书上经常见到的作品都一一展现在眼前，这感觉太奇妙了。

博物馆里是禁止拍照的，可展品实在太漂亮了，我还是忍不住偷偷拍了几张，结果被工作人员逮到了，警告一次。

突然发现有几个亚洲人时不时转头过来看我，弄得我极不自然，英文本来就烂，嘴巴也不听使唤了，我很不解地说了一句："What？"

他们有些不好意思地摇摇头，转身走了。

我很想弄清楚怎么回事，便上前打个招呼："Hello，你们来自哪里？"

"泰国。你呢？"

"中国，你们是不是以为我也来自泰国啊？"我猜度着他们的想法。

他们相视而笑，点点头……

果然被我说中了，难道我真的有这么像泰国人吗？

他们是欧洲的交换生，非常有礼貌，相互聊了几句，其中一个还会用中文说"你好"，最终因道不同而各奔东西了。

走出奥赛博物馆之后，街头恰好有一场轮滑表演，卖艺的人被观众团团围住了，精彩至极。我琢磨着：巴黎的艺人很高深，巴黎的城管很善解人意。

前往埃菲尔铁塔的路上，我挑了些小巷道走，行人寥寥无几。没想到迎面而来的一个醉汉把我拦住了，挥着一个酒瓶子，用手比划了一下，很有礼貌地说："Can you give me some money？I want to buy some beer."

我第一次遇到这样的情况，醉汉的礼貌言语让我稍淡定了些："Sorry！I don't have any money."这回答显然不是很专业，讲完之后我不知道会发生什么，捏了把汗。

"Ok. Man, have a nice day！"说完他就走了。

还好虚惊一场，酒瓶子没砸下来。我也偷偷地笑了，这是怎样的文化啊！或许真的会有陌生人拿钱给他买酒，就像有陌生人拿钱给我买食物一样。不知道那个喝醉的家伙身上发生了什么事，其实他也没有恶意，只是上演了一场黑色幽默。

埃菲尔铁塔越来越近，广场上有持枪的警察踱步巡逻，游人也一下子多了。来巴黎肯定要看看埃菲尔铁塔的，就像进卫生间一定会洗洗手一样。

可是对于如此关键的见面，我脑里并没什么预演，也不曾想过要摆怎样的姿势拍张照向未来的儿子吹牛，最终只默默地从埃菲尔的"裤裆"下钻过，竟一张合影也没有。

来过了看过了就够了，人总有很多想去的地方，可是去到了，也就仅此而已。

或许将来我会让我的孩子爬过埃菲尔的"裤裆"，然后给他拍张照，让他给我孙子吹牛去。

回到翠翠的家后，她带我去一家中国餐馆打包了几个好吃的菜，辣辣的，够我回味好几天的了。翠翠对我真的太好了，真想多住几天，可是行程太赶，明天就要走了。听喵说比利时的布鲁日非常非常不错，可是我只听说过比利时有个尿尿的小孩，没听说过布鲁日，仍犹豫着要不要去，还是决定先到布鲁塞尔再作打算。

我忙着收拾东西，翠翠自娱自乐地看起了《康熙来了》。过了今晚，不知道以后又会睡在哪里了。想着还来不及体验一下巴黎的夜色，有点可惜，抓起相机拍下了街对面的一个阳台，算是对巴黎夜印象的纪念。

再多的猜测也只是猜测，没有什么意义，

对我而言，

我只铭记在比利时的一个叫布鲁日的地方，

有一个老头邀请我进入了

童话般的世界里，

给我一份恐惧，一份感动，

一份珍贵的记忆。

Chapter 13

微笑的鱼

The 93rd Story
遇到伊莎贝拉

好不容易能有个好地方睡觉，自然起不了早，九点钟才匆匆忙忙起来。吃了点儿冰箱里的饭菜，算是早餐了，味道依然很棒。

起床困难户翠翠还在床上酣睡，我把她叫醒了："喂，我走啦。"

"嗯——一路顺风啊，祝你玩得开心！"

"必须的，谢谢你的招待啊，拜拜。"

"拜……我再睡会儿。嘿嘿。"

我走下了木头楼梯，才想起好像还没来得及仔细看看这栋房子，应该有一百多年了吧。

在巴黎北站坐上了去比利时的火车，风景很不错，不知不觉就过了边境。身处比利时，即使风景没什么变化，感觉都会有些不一样。

在某一站转车的时候，我按计划上了一辆开往布鲁塞尔的火车，把未干的衣服晾在窗边。心里七上八下的，因为这里离布鲁日更近，如果从布鲁塞尔再去布鲁日的话就绕了一大圈了，可能就不会再去了。

最终毅然决定下车，改去布鲁日，到了站台的时候才想起衣服没拿，差点又弄丢一件衣服。

在去布鲁日的火车上，认识了邻座一位比利时的姑娘，名字跟一部香港电影一样，叫伊莎贝拉，她是一个大一的学生，英文很好，正在搭火车回家，可惜她家在布鲁日的前一站，否则就有个向导了。我跟她讲了一些旅行中发生的故事。她则告诉我，很多比利时人都会几种语言，因为紧邻德国、法国、荷兰，贸易频繁，而且这个国家治安很好，布鲁塞尔除外，那里贼和流氓特别多，大城市都有这个特点……

有人聊天的时光流逝得飞快，她就要下车了，我匆匆忙忙从背包里掏出了一幅画送给她作纪念。

她很开心。

The 94th Story
最美丽的城市

　　布鲁日的车站外，人不算多，看不出是个旅游城市，我没有城市地图，只径直往前走。

　　穿过一条马路，遇到一条特别漂亮的街道，行人很少，没有游客，气氛刚刚好，散发出我最喜欢的那种平静的生活感。石头马路上被磨得光亮，房子有些被粉刷过，有些还是保留了红色的清水砖墙，很多房子都在朝街道的窗台上放置了艳丽的鲜花，好像进入了一个童话般的世界里，走过那么多城市，这条街道无疑是我最喜欢的。

　　有个大爷在刷门漆，我跑过去跟他聊了起来，可惜他英语不是很好。我跟他说："让我帮你吧。"他好像听不懂，只是笑笑，彼此都能感受到对方的友好。无法交流，我只好走开了，想不到这里的人也是那么友善，跟这座美丽的城市联系起来，几乎完美了。

　　我走进了一个音乐厅，里面空荡荡的。只有一对情侣坐在地上画画，女生是学室内设计的，

男生已经工作了，也拿起笔陪她画画，好温馨。他们也说布鲁塞尔不是很安全，让我留在布鲁日过夜好一点。

最后音乐厅要关门了，我们不得不离开，告别……

我又去了一条步行街，游客变多了，那些欧式家居杂货让我心动，看上了一个真皮做的背包，想送给我妈，可惜要 80 欧元，实在贵得不堪承受，拿在手里端详很久，还是放下了。

蹦出一个卖艺的念头，如果我的画有人买，只需要卖出 10 张就可以赚到了。可惜我的背包里没什么现成的画，若是非得在这么迷人的小镇赚钱，必须待到后天了。我马上到街头留意卖艺人的生活。

有一个在桥头表演鼓乐，乐器像一个大锅，我还是第一次见到，他表演太过投入，丝毫没有留意来往的行人。

还有一个老爷爷在街角卖自己的画，并非真迹，只是画的扫描照片，但是价格也在 10 欧元以上。他说他正在联系美国的画廊，准备去纽约办一次画展，非常开心。我拿出我的画给他看，他一个劲地夸我有天赋，我也只当他客气罢了，连人的比例都还没有找准，实在不敢把画摆出来卖。我问他有没有地方给我打个地铺，他说他也是在这里租房子住，并没有多余的地方。只好作罢。

后来在一个很漂亮的餐馆外又遇到了两个华人，荷兰籍的，跟我一样也是建筑学专业的，他们都不会说普通话，其中一个会说粤语，交流起来感觉很奇怪。好不容易遇到志趣相投的人，我一直陪他们逛到了深夜，看漂亮的红砖建筑、看流水小桥、看美丽的白天鹅……

他们在旅馆合租了一间房子，可是实在不好意思带我回去，便在深夜 11 点的时候分开了。

The 95th Story
《微笑的鱼》—— 我在幾米的故事里

　　游客们都回去休息了，我一个人游荡在这个沉睡的小城，感觉如在童话里梦游一样，不禁想起了幾米的那本《微笑的鱼》，房子、灯光、街道的尺度都如出一辙，好梦幻。

　　可是睡觉问题还是很严峻的，我只好默默走向火车站，那是我最后的阵地了。不知道火车站开不开门，有没有醉汉。路边的树丛特别自然，特别漂亮，真有一种想在树丛里酣睡的欲望，那又会是一种什么样的感觉呢？

　　走到火车站的时候，零星地有几个行人，唯一的一辆汽车停在路边，走下来一个矮胖的老头，可能是接亲友的。

　　我在火车站的大厅里坐下，一个人也没有，真清静，又有点害怕。刚才遇到的老头蹒跚进来，坐在我的旁边。我们都沉默不语。

　　我看了下列车时刻表，下一站去布鲁塞尔的火车在凌晨四点四十分开，在这里躺这么久真让我不安，不知道会不会突然有坏人进来，我四下观察，基本无处可躲，只有一个厕所开着门。

　　"×××……×"老头突然对我说话了，似乎是比利时语。

　　我摇摇头，表示听不懂："Can you speak English？"

　　他耸耸肩，貌似不会，继续冲我说比利时语："×××……×"

　　我猜他在问我什么问题，然后指着列车时刻表，说："Bruxelles."然后指着椅子做出一个睡觉的动作。

　　"Aha！"他好像明白过来了，表情有些惊讶，随即皱了皱眉表示在这里睡觉很不舒服。

　　然后双方实在无话可说，又恢复沉默，周围太安静了，气氛有些奇怪。

　　过了五分钟，他还在原地，也不急于去站台看看情况，似乎不是来接亲友的。突然转过身来，做了个睡觉的动作，说："Come，My home."

　　这句我倒是听懂了，他想让我去他家睡觉。

　　我犹豫着，一直想不明白这个老头为什么要来火车站，散步？吹风？失眠？寂寞了？我看他还挺面善的，如果真打起来也不是我的对手。"Ok！"就傻乎乎地跟着他上了一辆微型车。他也不急于启动，给我递了根烟。

　　我可不会上这个当，必须警惕，而且我本来就不吸烟的，果断拒绝了。

　　他倒自己抽了起来，周围静悄悄的，灯光昏暗。我心里乱成一团：下车、不下车、下车、不下车、下车、不下车、下车……火车站也不见得安全，可实在想不通这个老头到火车站的动机。

我有些冷静不下来，虽然他打不过我，万一他来阴的就没辙了，烟里不会有迷药吧？可是这样又挺刺激的，不知道接下来会发生什么，从小学三年级开始就没怎么打过架，试试手脚也不错。甄子丹的动作片一直看得我手痒痒，今天玩命一试不知会怎样，接下来我几乎都在纠结怎么对付这个老头了……这根烟抽得很久很久。

我想还是安全第一，别冒这个险了，正想下决心开门下车，他启动了。我咬咬牙，放手一搏，随他去吧。

车子驶入了一片黑暗，周围的路灯时有时无。我的心紧张到了极点，赶紧拿手机出来GPS定位，不知道自己会到哪里去，突然后悔极了，我怎么会那么傻呢，可是下车已经是不可能的了。

五分钟后，车子停在了一栋小别墅旁，周围都是居民区，一个人影也没有，路灯有些昏暗，还算看得清楚状况，如果使劲叫唤周围的居民应该能听得到。

还没进门，里面的狗先叫了。他把狗狗安抚好。开了灯，才看得清是一条棕色的腊肠狗，超级可爱。楼上似乎并不属于他的家，住着另外的人家。我就稍微放心了一些，房间里的布置很温馨，不像坏人的家，而且这样的行骗方式也太低级了。

房子里摆着一张照片，上面有三个人，老头、一个老奶奶、一个男青年，我想应该是他的家人吧，可是我并没有看到这里有别人，也没办法询问他。

除了一条腊肠狗，房子里还有一只彩色的鹦鹉、一缸金鱼。他看着鱼儿的眼神特别有神，特别亲切，还拿着小鱼网捞起一条给我看。

我突然又想起了幾米《微笑的鱼》，漂亮的鱼缸、胖乎乎的独居者、深夜的街道、昏黄的灯光……这一切跟幾米的漫画实在是太像了。再回忆着火车站里不符合现实逻辑的搭讪，我惊呆了，这简直就是误打误撞地闯入来了幾米的绘本里，好神奇。

他拿了一包已经开封的饼干给我吃，我自然不敢，但是又有些饿了，要了另一包没开过的薯片，喝自来水。

他打开电视，放着一个音乐节目，似乎并没有睡觉的意思，我就在沙发上躺下了，眼角留意着他的举动。童话毕竟是童话，在感动的同时，警惕心理还是要有的，仅仅是安心了许多。腊肠狗躺在房间的角落里，特别乖。

这一夜，我几乎没有睡着过，躺在沙发上迷迷糊糊的，也没有精神再去深究这件事情的前因后果了。

他也不曾合眼，一直盯着电视机。我转过去看他的时候，他也笑笑问好。真是个奇怪的老头，我们之间的语言障碍实在太大，几乎没有任何交谈，他竟然会让我借宿他的家，这个问题估计永远也没有答案。

但是我看得出来他是高兴的，甚至有些洋洋得意。不知道他的家人都去了哪里，但是在他微笑的背后，我能看到他深深的孤独感，虽然养了这么多小动物，但是怎么比得上亲人的陪伴呢？

可能他也是因为太孤独了，无法入睡，跑到火车站前的广场去抽烟，然后遇到了我。也就没在乎我是不是会说比利时语，至少我是个人，虽然跟他的儿子长得不像，但是年龄相仿，那种安慰也许正是他迫切需要的。

再多的猜测也只是猜测，没有什么意义，对我而言，我只铭记在比利时的一个叫布鲁日的地方，有一个老头邀请我进入了童话般的世界里，给我一份恐惧，一份感动，一份珍贵的记忆。

他四点多的时候叫我起来，然后开车把我送回了火车站。进站的时候，我怕赶不上火车，急急地走在了前面。本以为他会跟着我走到站台，没想到他进了火车站的大门就冲我叫了一声："嗨——"然后微笑着挥挥手。

我知道他要走了，冲他挥挥手："Bye! Thank you! "

他似乎不习惯这样的场面，快快地转身走了，没有再多的言语，也没有回头……我一直看着他出去，总感觉告别不应该就这样简单地结束的，我还不知道他的名字，也不知道他的联系方式，至少，我还欠他一个拥抱和一句寒暄。

突然心里隐隐地难受，空荡荡的，我其实很想对他说，我不想走了，我要留多两天，卖画，你有空的话可以带我去玩的。

可是这么复杂的句子，要怎么让他明白呢？

坐在前往布鲁塞尔的火车上，天还没亮，窗外黑沉沉的……

096

The 96th Story

布鲁塞尔好像少了什么

到达布鲁塞尔的时候，我困极了，天还没亮，室外的寒气重得我都不敢出门。昨晚一整夜的警惕让我没能睡个好觉，可是布鲁塞尔的火车站连个能睡觉的长椅都没有，只好在大厅里坐等升温。

过了一个小时，人渐渐多了起来，天亮得也很快，我循着地图找那个尿尿的小孩。这几乎是我对布鲁塞尔唯一的期待了，其他的景点都不曾听过，本以为小孩会被安放在某个广场的正中央受众人景仰，没想到只是安然放置在一个不起眼的街角，差点没注意到，雕塑很小，栅栏还把游人拦在外面了，看不清细节。这难道就是我来布鲁塞尔的目的吗？未免有些落差。不了解一座城市，真不知从何下脚，只能随意晃悠……

后来知道这儿有个比利时连环画中心，原来著名的《丁丁历险记》诞生于比利时，里面大多是关于《丁丁历险记》的画册和雕塑，可惜要买门票，我只好在外面看看。

剩下时间参观了一个音乐博物馆、比利时皇家美术馆，其中不乏漂亮的作品，可是我做的功课太少，无法领会其中的美妙。

下午五点左右，我结束了布鲁塞尔之行，却仍然沉浸在布鲁日的奇妙经历里。布鲁塞尔固然不错，可惜太过繁杂，游客也特别多，不是我喜欢的地方，总感觉缺少了一点该有的氛围。

于是，我果断地坐上了开往荷兰的列车。

这个加油站很小，车也不多，

太阳越来越低，

等了一个小时还是没有司机愿意带上我。

加油站的厕所干净极了，

散发出一股淡淡的清香，

我进去喝了几口水解渴。

如果今晚非得留下，

在里面打地铺也不错。

Chapter 14

重返搭车旅行

The 97th Story
逃票被抓了

097

由于我一时糊涂，只买了法国、西班牙、比利时的三国通票，如果要去荷兰还得补一次票，后悔极了。我琢磨着有什么办法偷偷混过去，可是对欧洲的列车不甚了解，没有什么好主意。

过了边境的时候，检票员走了过来，看到我的通票之后一下子就发现了问题。

我问："如果我在下一站下车多少钱呢？"

"下一站已经是荷兰了，你要补 10 欧元。"

"如果我去阿姆斯特丹呢？"

"30 欧元。"

30 欧元，这也太坑了，去还是不去呢，既然都已经到荷兰了，不去阿姆斯特丹说不过去啊。

只好掏出 30 欧元交上了。离开巴塞罗那之后，除了食物的少量开销，几乎没怎么花过钱。而且以色列的母子又给了我 20 欧元，涵盖巴黎的所有支出之后仍有盈余，坚持了四天，今天算是大出血了，希望阿姆斯特丹能给我别样的经历吧，接下来的日子，又将回归我最喜欢的搭车旅行了，想想都有些等不及了。

The 98th Story

毁三观的阿姆斯特丹

傍晚时分，列车终于到达了阿姆斯特丹，街道很热闹的，中国人也很多，我打听了一下，这里最繁华的地方是市中心的红灯区，吸毒、赌博、嫖娼在荷兰是合法的，实在让人有些不能理解。

官方的旅游地图上，红灯区几乎占据了所有版面，想必来到阿姆斯特丹这是必去参观的"景点"。红灯区里有我前所未见的繁华，街道虽然很窄，自行车却超级多，河道四通八达的。一群群少男少女在街道里散步、聊天，甚至乔装打扮组织一些活动，整个街道都闹哄哄的，整个城市也因此显得年轻。

街道显露出脏兮兮的灰调子，小巷里满是酒吧、旅馆、餐厅，大片的玻璃橱窗里摆满了各种充气娃娃、假阳具、大麻药片，还有穿着内衣内裤舞动的小姐们，朝着街道的人们挥手招揽生意。整个片区都是这样的气氛，简直难以置信。

在这样的地方露宿街头无疑是个噩梦，我必须找到一家便宜的旅馆呆着。按着地图问了两三家旅馆，价格贵得离谱，普遍都在 50 欧元以上，床位价也要 30 多欧元。实在无法承受，可能要去火车站借宿了。

走在路上的时候，有个老奶奶突然摔了一跤，在路人的帮助下很久才爬起来，膝盖都擦出了血。我赶紧从背包里拿出创可贴给她贴上，看她基本没事之后，又把剩下的创可贴都留给了她，然后继续寻找我的廉价旅馆，希望她没什么大碍。

我一直都觉得在别人需要帮助的时候能够伸出援手是一件很幸福的事，每每如此，心里总是能不要脸地荡起那么几分自豪感，心情也会变好。

这一路走来，我不知得到了多少人的帮助，总想找个机会帮助身边的某一个路人甲，算是另一种报答方式，心里也会平衡一些。如果社会上的每个人都能受到良好的教育，都能推己及人，热心帮助别人，我想，这比任何奢华的享受都更能让人感到幸福。

The 99th Story

以画易宿

就在我继续寻找廉价青旅的时候，遇到了一男一女两个背包客，他们衣服全都脏兮兮的，头发凌乱，背包下挂着锅碗瓢盆，典型的乞丐装扮。

　　我觉得自己遇到真正的高人了，急忙走过去打招呼，希望他们能给我些露宿街头的秘籍。换做以前，我肯定敬而远之，现在对流浪人的看法已经完全改变了，甚至有些憧憬。

　　那个男的倒是挺有礼貌的，像个受过良好教育的人："我们今晚不住在阿姆斯特丹，你如果想睡觉的话，可以到楼上的阁楼里。"他随便指着周围的楼房，好像房子都是他的一样。

　　"怎么上楼啊？楼下都上了锁的。"

　　"你得自己想办法了，比如爬墙啊……"他显得十分专业的样子，有些得意。

　　我瞬间石化了，睡个觉还得爬墙，摔下来不就玩完了，这家伙的游戏太高端，我可玩不起。

　　问了几个人，终于找到了一家 Hostel，18 欧元一个晚上，可是店家说没有床位了。我不肯放弃："有没有块空地给我打地铺啊？楼梯间也可以，帮个忙，我只是想要一个安全的地方睡觉。"

　　"好吧，你可以打地铺，在房间里，15 欧元一晚。"

　　"什么！太贵了。你意思是 15 欧元还得睡在地上。"我觉得店家实在是太过分了。

　　"你可以选择离开。"她态度强硬，一点人情味也没有。

　　我真不甘心被人这样坑，坐在门厅里不走了，权当休息，突然感觉好疲惫。这座醉醺醺的城市彻底颠覆了我对荷兰的印象，风车很遥远，美丽的田野也很遥远，城市里只有荒诞的夜夜笙歌，这不是我要的荷兰。

　　我想到了一个节省资金的办法，走到柜台："我给你 10 欧元和一幅画，你让我住一晚，可以吗？"虽然 10 欧元打个地铺还是有些贵得离谱，但出于安全的考虑，吃个亏也忍了。

　　客服拿过我的画看了看，开心地笑了："Ok，把护照给我。"

　　我感觉到她的态度发生了 180 度的转变，难道这就是绘画的魔力吗？我确实用心挑了张挺有意思的小画，能抵得了 5 欧元我也知足了。

　　就这样，我在阿姆斯特丹的青旅度过了不算太美好的一夜，但至少说明"以画易宿"的方式还是可行的，只要对方喜欢，就什么都好说。

　　第二天 10 点半才爬起来，狠了心要把这 10 欧元睡足。我有些迫切地想离开阿姆斯特丹了，还没有亲眼看到风车和雏菊，有些遗憾，但是阿姆斯特丹无法给我内心片刻宁静，搭车的欲望在日渐膨胀，我已经脱离最初的旅行设想太久了，是时候回归了。

　　走到前台的时候，昨天的女客服指着我的画说："你自己画的吗？"

　　"嗯，当然啦。"我猜不出她想干吗。

　　"那等你成名了，将来可能会变得非常值钱。"

　　我晕，原来是想着这个，我能出名才怪！但是嘴上还是很客气地笑着说："是的，是的。"

　　她也笑了，不知道是觉得有意思还是看到了金子的幻象。早知道她那么喜欢，我昨晚一分钱也不给她得了。

The 100th Story
荷兰是个搭车的好地方

走出 Hostel 之后，去超市买了三块超大的面包，每块能吃三顿，才 1.5 欧元，性价比超高。

重新踏上搭车的旅程，前途未卜，心情却格外好，阳光明媚，出了红灯区，那种肮脏混乱的市容也有所改观，居民区的街道还是挺整洁的。

还没走到郊区，我就忍不住朝着街道伸出了大拇指，写上了 "Den Haag"，海牙，从那里可以去鹿特丹，沿途的风光应该不错。

奇迹发生了，在路边等了不到十分钟，一个女司机停下了车，没想到第一次在荷兰搭车就那么顺利，这是我的第 24 辆便车，好开心。

我高兴得言语都有些激动，从背包里掏出一张画送给她作为报答，还跟她分享了旅途中的种种开心和失落。

她听得都有几分羡慕了，看看画，淡定地说："你知道吗？ Jack，你画上的日期，正是我的生日，8 月 8 日。"

"真的吗？你开玩笑的吧？"

"我是认真的，真的是我生日。"她笑得很开心。

"生日快乐！太难以置信了，我包里还有许多其他日期的画，可是我偏偏就抽到了这一张，太神奇了。"

"哈哈——"她高兴极了。

"快看，飞机要过桥了。"她指着前面的大桥。

有一架客机正从桥上缓缓开过，太壮观了。她介绍说，阿姆斯特丹的机场是荷兰最大的机场，飞机要开过一条桥到跑道上起飞。

她是一名电影工作者，负责安排演员，筹划工作。一路上，她还给我看了几架荷兰风车，讲解了很多关于荷兰的事情。她说，荷兰是个很容易搭车的地方，经常可以看到背包客在路边等车。

可惜她只能把我带到海牙，帮我选了个高速公路的入口，还塞了 10 欧元给我。能遇到这么好的司机真是旅途上的一大幸事。

我在白纸上写下了 "Rotterdam"（鹿特丹）——我的下一站。十五分钟后，旁边的一栋办公楼里开出了一辆车，停在我的前面。就这样搭上了第 25 辆车，司机的高鼻梁很有军官的范儿。

荷兰跟德国的区别在于一马平川，在车里也可以看得很远很远。景致如此多娇，时间也过得很快，不多久就到达鹿特丹。本来还想去看看北海，看看鹿特丹巨大的港口，可是心里隐隐有些害怕那种在市区搭不到车的感觉，每次都要拖着疲惫的身躯走到郊区，我的身体已经透支了，还是趁热打铁，尽早回到德国为妙。

十来分钟后，又搭上了一辆雷诺，司机是个爱聊天的生意人，一路把我带到了布雷达（Breda），还特地把我送到了高速公路上的麦当劳。以我的经验来看，高速公路的休息站永远是个搭车不用愁的地方，我在麦当劳休息了一段时间才动身。

下一站是比利时北部的安特卫普，不用等多久，就有一对情侣停下了车。我不得不说在荷兰搭车似乎比德国还要容易，黄赌毒的合法化并没有污染到荷兰人纯朴善良的情怀，这真是难能可贵。

司机和他的女友正要去卢森堡的山区度假，他们将在山上人迹罕至的小别墅里度过一段时间。今天人品爆发，我不用在安特卫普下车了，可以跟他们一起去卢森堡，预计傍晚时分到达。

他们是有意思的一对，路上为了解闷，邀我一起玩起了游戏，规则就每次看到高速公路的出口就大叫一声："Ausfuhr！"也就是"出口"的意思。他们在前排占据了天时地利，每次都是我输，倒也无所谓了。他们笑得很得意，似乎这个无聊的游戏有什么来历。

越往南，植被越茂密，地形也变得起伏，一大片针叶林沿山蔓延开去，时而会看到麦田和农舍，跟我脑海里设想了很久的欧洲森林如出一辙，漂亮得不行了。

我们进入德国又绕了出来，最终他们在卢森堡和德国边境的一个加油站让我下车了，离卢森堡的市区还有一段距离。而我信心满满，搭了一天的车，快乐比疲惫多一些，好久没那么过瘾了，搭车的感觉总是让我热血沸腾，除了有司机的陪伴，路上的风景也是在城市里看不到的，那种人迹罕至的郁郁葱葱总是能激起我内心的无限遐想，似乎一停车就可以穿越回原始的世界——我们只是大自然里普普通通的动物，没有名利和等级，生存是所有生物共同的终极梦想。

这个加油站很小，车也不多，太阳越来越低，等了一个小时还是没有司机愿意带上我。加油站的厕所干净极了，散发出一股淡淡的清香，我进去喝了几口水解渴。如果今晚非得留下，在里面打地铺也不错。

牛群在一旁的农场里悠然自乐，却看不到农民。时间一分一秒地过去了……

我决定主动一些，问了好几个司机，可还是没有结果。一个红头发的大妈主动跟我打了个招呼，可惜她不怎么会说英语，勉强让她明白我想搭车去卢森堡市区，可她似乎没有搭我的意思。过了不久，他儿子从便利店里出来了，他们商量了一下，终于决定带上我。

我看着GPS，离市区越来越近了。这里的乡间小道蜿蜒曲折，两旁大树参天，非常自然，像在森林里开辟出来的。

司机是住在德国的，她儿子比我还小，却已经是幼儿园的老师了，看起来一点儿也不像，倒像个运动员。

我用掺杂着英文的德语跟他们交流，可是有点吃力。他们讨论着各个英文单词的含义，最终也不知道是不是真的明白了。不过丝毫不影响大家的心情，我能体会到他们遇见我的那种新鲜感：地球另一边的一个中国人不好好在家呆着，跑到这里搭车，算怎么回事儿啊！

卢森堡的领土很小，也是个十分富裕的国家，别墅区一片一片的，房子比德国的还要精致。车子停在了市区里，他们想给我找旅馆，为此还问了几个穿制服的警察，可是警察也不知便宜的青旅在哪里。

我战战兢兢地问起警察："火车站里能过夜吗？"

他们显然有些吃惊，却也不太认真地笑了笑，说："你可以去看看。"

那对母子说要带我去一个地方，不多远走到了一个游乐场，里面灯火辉煌，摩天轮高高耸立，下面则人山人海，绝对是我在欧洲见过的最拥挤的场面。

可我心头还是挂着睡觉的事，就斗胆问了母子俩可不可以跟他们回家，回到德国去，反正我也没地方住。他们也没多想就答应了。我都觉得有点儿意外，不用露宿街头真好。

我们挤入人群里，小小的游乐园夹杂着刺激的卡丁车，疯狂的海盗船，香艳的小吃，激情洋溢的 Living Band……

可是母子俩并没有一展身手的意思，那位母亲中途说要上厕所，让我在原地等着，儿子则走开了，不知道要干吗。我担心走丢了，便到厕所外面候着……

一分钟，两分钟，五分钟，十分钟，二十分钟，三十分钟……我等得焦头烂额，一个个大妈在厕所进进出出的，我站在外面确实不像样。似乎有些不对劲，这么长时间能把肠子都拉出来了。

我感觉我被忽悠了，他们或许是不好意思拒绝我，想着法子来甩掉我吧。唉，实在不方便就直接说好了，能把我搭到市区已经让我很感激了。

我拿起背包走了，在游乐园里闲逛。周围人声鼎沸，大家都是三五成群有说有笑，而我形单影只，感觉"快乐是他们的，我什么也没有"。没有旅伴有时候真的会无聊，即使在最喧嚣的游乐场。

The 101st Story

101   卢森堡——第一次乞讨的地方

我逛了一圈就出来了，看着打了鸡血的人们，突然心血来潮想画点什么，果断掏出炭笔，在画纸上胡乱画些有意思的小玩意儿。也许我太浪漫主义，总想画些跟现实不搭界的东西，那种画境催促我想象生活中跟往常不同的另一面。

画画的时候，心情格外放松，不再有一种被人抛弃的感觉，反而觉得很自由。索性拿出一张 A4 纸，写下了大大的 "SALE"，然后把之前的画作全部拿出来摆在路边，希望会有人赏识。

看到没人光顾，我又想到了一个鬼点子，折了个纸盒，在里面撒了几个硬币，希望能有人施舍几个零钱。

可是走过的人挺多，假装看不到我的人也一样多。

是不是纸盒太小了？我直接在 A4 纸上放了几枚硬币，这样应该明了多了，我又继续埋头画画。

过了五分钟，终于听到钢镚落地的声音了。我心里乐开了花，忙抬头说了声 "Thank You"。

这才是我严格意义上的第一次乞讨吧，可能没有任何一个人，甚至没有任何一个乞讨的人能理解我内心的兴奋，仔细想来似乎也没什么，可毕竟是我的一个心愿吧。我曾经设想着这辈子能够尝试世界上所有合乎道德准则的职业，那又会是什么样感觉呢？或许只有这样，才能更好地理解这个社会，理解人。

开了个好头，接下来相继有四个人给我投了硬币，还有一个年轻的小伙子很喜欢我的画，问我多少钱。

"10 欧元。" 我有点没底气地说，还记得韩国人 Ivan 的建议，在欧洲卖画不应该低于 10 欧元。

"太贵了。" 对方有些不好意思地说，言语里流露出一丝可惜，但绝不是那种商人的狡诈，甚至都有些腼腆。

"那你觉得 5 欧元怎么样呢？" 我试探着，其实无论他给多少钱我都不会拒绝的，甚至觉得如果他实在没钱免费送给他都可以，毕竟碰到一个喜欢我这些画的人就挺开心了。

"等等，我看看。"他在口袋里掏了半天，一共拿出了7个1欧元的硬币，竟然全都给我了："这些给你，我想要哪一幅都可以吗？"

"当然。"我有些受宠若惊，明明说5欧元就可以了，他还给我那么多。

他随便挑了一幅画就高兴地离开了。我突然觉得这个没有星光的夜晚格外美好，有100%的自由，有充满欢乐的游乐场，有收入也有画画的时光，还有喜欢我画的人。

凌晨两点的时候，游乐场要关门了，警察来维护秩序。几个喝得醉醺醺的年轻人晃悠着走上街头。我可能高兴过头了，跟他们打了声招呼，然后很随意地说："嘿，兄弟，我是来旅游的，你们能给我个地方睡觉吗？"

"对不起，我家地方太小了。你坐巴士到火车站附近看看有没有旅馆，午夜巴士是免费的，你在这里等等。"他醉得迷迷糊糊的，但逻辑还算清晰。

"谢谢啦！"

不多久，真的来了辆巴士，上面坐着的大都是游乐场出来的年轻人，竟然还遇到四个中国人，两男两女。

我跟他们在火车站附近下了车。他们听了我的旅行故事之后，喃喃感叹："真不知道欧洲有什么好的。"

第一次听到这么消极的评价，我都有些迷糊了。原来他们是在附近的城市打工的中国工人，享受不了当地人的福利，似乎工作也不太顺利，衣着跟国内的农民工差不多，日子过得并不舒坦。再美好的地方都会有些不如意的事情发生，这个世界有阳光，也有阴影，但是这样消极的心态我倒不是很赞成，我相信命运可以通过努力去改变的。

火车站没有开门，他们也不知道去哪儿好，我则独自到 Quick 餐厅里趴下睡了，顺便还能给手机充充电。

四点多的时候被吵醒了，那几个中国人也坐在附近，似乎刚吃完几个套餐。我走过去坐在他们旁边，有同胞在身边总是让人欣慰的。

一个大叔给我递了半杯饮料，我忙说："不用了。"

"不是，你没点东西，他们可能会赶你出去。"大叔解释道。

我都睡了两个小时了，要赶也许早就赶了。我还是接过了杯子，心情复杂，看来这几个打工的同胞在欧洲的日子真的有些提心吊胆的，既然如此，何不回家呢？亲人在身边就什么都好。还是因为没赚够钱没脸回去？

没有勇气改变生活的，又何止他们呢？

可能我没走过他们的路，确实无法真真切切地理解他们，但我以为，既然自己不喜欢现在的生活，总得做点什么吧。日子周而复始，过一天就少一天，我们能做的，就是努力让生活向我们希望的方向前进，而不是在原地叹气。

The 102nd Story
偶遇法国小镇——科尔马

昨晚在 Quick 我只能睡两个小时，脑袋昏沉沉的。火车站开门后，我恨不得在里面睡上一整天，可是那样太奢侈了，我又眯了两个小时便坐上了南下的火车，前往法国的米卢斯。

我的通票并不包含卢森堡，但我也偷偷上车了，毕竟卢森堡境内只有一两站，被查到的几率很低，纯属侥幸心理。

车上认识了一个德国人，是做保险行业的，年龄与我相仿。回想一路上碰到的德国人真不少，

得到德国人的帮助也不少，无论是旅行的，还是做生意的，他们似乎已经遍及欧洲大地了。

后来又在车上认识了一个中国人，名字叫Anusman，是一个法国的留学生，漫画专业硕士，刚刚毕业，连发型都有些漫画风格。遇到会画画的高人了，自然聊得挺好。他正要去科尔马（Colmar）看一个展览，反正我也没什么打算，就决定跟他去了。

科尔马之前倒未曾听说，可是看起来就充满旅游气息，可能是靠近德国的缘故，房子跟德国传统的民居很像，街边的小院子充满欧式生活的调调。

科尔马老建筑的窗户都很小，有的只跟拳头一样大，甚至还有被封起来的。Anusman解释说：“古时候这个地区是按窗户的大小来征税的，窗户越大，屋主纳税就越多。”

好奇怪的政策，却也很有道理，越有钱的人，房子越大，需要的窗户就越多，最终导致这一带的窗户越来越小，甚至还有被封起来的，里面阴森森的，住起来很不舒服。

Anusman和我去超市买了瓶啤酒和一些零食，坐在公园里享受起来，好像我们一直都在这里生活一样。

第一个去的博物馆貌似是纪念自由女神设计者的，Anusman还帮我付了门票，看了老半天，出来的时候他居然淡定地说：“好像不是这家。”

“啊！”真是浪费。

辗转到另一家博物馆，规模比较大，似乎是某个贵族的宅邸改造的，里面摆着各种雕塑、陶器，还有战士的铠甲，依然熠熠生辉，周围满是一片物是人非般的安静。

离开博物馆后，大家都不赶时间，便在一家咖啡店坐下聊天。Anusman刚出版了一本无字漫画书，挺有意思的，可是受众较少，只印了500份，还跟我讲了很多出书的事。我越来越希望我的游记某一天也能一字一句地出现在纸上。

要分别时，我给Anusman拍了张照，因为关于Colmar的一切，都跟他有关。

下一站，米卢斯。

The 103rd Story
他的旅行就要结束了

之所以会来到米卢斯，是因为它在地图上的字比较大，而且靠近瑞士——让我魂牵梦绕的中立国。

刚下火车就遇到一个很热心的背包客在帮助一位残疾的老爷爷，我便跟他打听起在米卢斯睡觉的学问来。他是个法国人，背包上挂满了各个国家的火车票，酷毙了，但他也只是来米卢斯转车，并不知道这里的情况。即便如此，他仍很想尽一己之力帮助我，甚至到街头上问当地的法国人是不是沙发客的会员，结果显而易见，在街头找到沙发主是很难的，人与人之间的信任还没达到那种程度。

火车快到的时候，他在街头随便找了个背包客帮我问睡觉的问题，对方是个德国人，也是初来乍到，恰好跟我一样流落街头。还没能弄清楚去哪里睡觉，倒是找到一个旅伴。

临走时，这个热心的法国人把背包里的食物都塞给了我，有肉片、香蕉、面包，还有一大包糖果。我还不敢接受，他解释说："拿着吧，我的旅行就要结束了，准备回里昂，这些东西我用不着。"我一阵感动，慢慢接过了那包糖和一个面包，肉片留给了他。

得知我没有睡袋和睡垫，他甚至还想把自己的睡垫给我。这已经是第二次有人要送我睡垫了，我自然不敢收下。他也没勉强，给了我一个黑色的大塑料袋，说晚上睡在里面可以保暖。我觉得也不是太贵重，便拿着了，或许能派上用场。

告别时，我一如既往地连对方的名字都不知道，但是今天屡屡遇到热心人，让我在旅行接近尾声的时候，心里尽是不舍。

真不知道结束了这难忘的一切，我又该怎样面对从前的生活。之前在荷兰那种想匆匆回国的心情不知什么时候消失了，突然觉得"回家"这个既定的事实特别残酷，我有些不知所措。甚至连旅行途中的倦腻感都让我觉得羞愧，我怎么会倦腻呢？这不正是我梦寐以求的经历吗？

不管我如何挣扎，终究会在既定的时刻坐上既定的航班离开。越是让人珍视的东西，消失得越快，越让我感到窒息般的无助。也许最有意义的，是淡忘它会消失，尽情地沉浸其中。

他的旅行就要结束了。

我的旅行，继续下去，好不好？

The 104th Story
三个旅人

只剩下我和德国人了，天色渐晚，我们必须尽快找到睡觉的地方。

我的旅伴必须隆重介绍一下，他叫 Johanmes，也可以叫他 Hans，是德国柏林人，21 岁，跟我同龄。鼻子和嘴巴上都穿着铁环，头发弄得像稻草一样，又长又乱，如果在中国绝对是古惑仔级别的。但是真实的 Hans 却是个很有礼貌又乐于助人的大学生，并不像他看起来的那么凶煞，甚至有些单纯，稚气未消。他绝对是"人不可貌相"的极品佐证。

我们在大街小巷四处张望，希望能找到一个遮风挡雨的地方睡觉。可这里的商店林立，全都闭门谢客，公寓楼下又锁着大门，实在没有可以待的地方。

Hans 想到了一个办法，在一张 A4 纸上写下了 "Please give me a place to sleep"，他曾在某个城市见到有人这样做，他自己倒没有成功过。可能因为是傍晚时分，街上行人寥寥无几，那块写好的牌子始终没拿出来摆。可我一直相信，如果在 Hans 的国家，这个方法会很管用，尽管需要一点勇气。

走着走着，Hans 在街头跟一个老头聊了起来，貌似说的是德语，我还以为是问路的。Hans 解释说，这个老头也是个德国人，退休后住在西班牙的一个岛上，而退休金突然不发放了，他就回德国询问清楚，在慕尼黑的时候行李被偷走了，钱也没了，只能搭便车回西班牙，花了 10 天才搭到米卢斯。

正说着，老头从口袋里掏出一把硬币，说："刚才有个女士给了我 10 欧元。"他乐呵呵的，一点也没有怨天尤人，似乎还很享受这个奇怪的旅程。老头只背了个小小的书包，什么装备也没有，比我还潇洒。

我琢磨着，如果是我从慕尼黑不停地搭车，到米卢斯顶多需要 3 天，看来老头中途也玩了不少地方。

这个 65 岁的背包客随即也加入了我们中，一起找地方睡觉。从傍晚走到天黑，总感觉这个城市是设计好不接纳流浪者的，到处都严严实实，雨棚也都是小小的。

在空荡荡的广场上很意外地遇到了几个中国人，说着中文大声地嚷嚷。我壮着胆子问他们有没有地方给我们打地铺，结果自然是没有的，只好作罢。

我们仨商量了一下，打算在一个公寓楼的入口睡一觉，面朝一个大广场，外面的人看过来一目了然，是挺不舒服的。

睡前大家把食物拿出来分享，刚吃完，看到广场上的警车闪烁着红蓝色的灯光，我想：坏了，不会是楼上的人报警了吧，门外恰好有个摄像头照到我们，弄得大家都有些紧张。警车缓缓驶过，好像是巡逻而已。但是睡在这里是有些不妥，倘若有人进出一定会被我们吓到的。

晚上9点左右，我们在广场边的教堂外找到一个临时搭建的小棚子，挡不了什么风，正好可以容得下三个人，便躺下了。教堂的大台阶上有几个喝酒的年轻人，吵吵闹闹的。即便如此，我们也很快睡着了，可能大家都累了。

12点的时候，我被冷风吹醒了，他们两个也相继醒来，看来大家都睡不好。"咱们换个地方睡吧。"我说。其实心里倒也很想逛逛午夜的城市，街上一个人也没有，路灯安静地看着我们。

又走了一个小时，在街边的一个车库一样的地方睡下了，依旧好冷，我把地图盖在身上挡风。那个黑色的塑料袋送给 Hans 了，而 Hans 则拿了个毛毯给老头。

就这样勉强熬到了4点钟，又是我第一个被冷醒了，大家起身去火车站。Hans 找到了一间小小的候车室，里面超级暖和，简直就像开了暖气一样。我像发现新大陆一样开心，Hans 也看着我笑了，我想他一定充满自豪感吧。

我会永远铭记这个狼狈的夜，三个素不相识的旅人，和一座冷冷清清的城市。

在这个世界上，我们都只是过客，在一个地方停留太久，我总觉得生活灰蒙蒙的，好像少了点什么。唯有在异国他乡，生活的颜色才能如此饱满，每一个场景对我来说都是鲜活的，周围的一切都有了生命，张牙舞爪地向我扑来，与我嬉笑，与我同眠。

苏黎世最迷人的当属穿越市区的利马特河，这是我见过最清澈的河流，一直延伸到苏黎世湖，虽然她深居这座古老的城市，下游却依然清澈见底，煞是难得。

Chapter 15

白天鹅对我说

The 105th Story
搭车去瑞士

天亮后，我们从火车站出来，要坐电车到高速公路的入口，他们要一起搭车往南去法国里昂，我要往东去瑞士苏黎世。

老头掏钱买了三张电车票，真是个乐观又大方的人，自己没什么钱还抢着帮我们垫付车费。

"你是不是每天在西班牙的岛上钓鱼？"我笑着问老头，这样的生活对我来说太梦幻了。

"差不多。"老头也笑呵呵的。

我们三个男人等车把司机都吓跑了，只好分头行动。我独自在不远处举起写着"Basel"的牌子，那是瑞士的边境城市。

清晨的凉气逼人，车辆还很少，并不敢抱太大希望。看到有人陪我一起伸大拇指，等待也不觉得乏味，无论谁先上车，都是件值得高兴的事。

大概半个小时后，一个老司机把车停在我的前面，似乎不怎么会说英语，但还是能听出"Basel"的发音，不管怎样，看到牌子停下的车方向都是对的，便直接上车了。

在车里跟 Hans 和老头挥手，应该算是永别了。

司机的英语果然不行，说着一口正宗的德语，我们勉强可以交流。他的络腮胡子围了下巴一圈，好像漫画里的形象。

车子很快就开到了 Basel，我进入瑞士边境了，这是个瑞、德、法三国交界的地方，众多的古堡只能在远处看看了。

下车后，等车又有些不顺利了，看热闹的多，愿意载我的人却没有。终于有个司机肯跟我搭讪，他却说方向不同。我很担心搭不上车，便拿出地图死缠烂打地问人家去哪里，搭到半路也行。司机人很好，终于肯载我一段。看来瑞士搭车不算容易，这是个十分富有的国家，大抵有钱人都会防着点儿吧。

碰巧司机是个德国人，在瑞士经商，我隐隐感觉到跟德国人的奇缘还会持续下去。

很多国家的旅游宣传图片跟实际情况相比都要打个折，就像看到一个美女的图片跟真人相比要打个折一样，但瑞士的美是真真切切的，可谓 360 度无死角，即使是普普通通的乡村，都布满葱葱郁郁的针叶林和稻田，精致的小别墅镶嵌其中，视野里尽是那种水嫩嫩的绿色，跟其他地方的绿色都不同。

我最想看的就是瑞士的雪山，可司机说阿尔卑斯山脉只经过瑞士的中南部，而我旅行的时间不够了，恐怕此行是去不成的了，有些遗憾，不过我感觉我还会再来瑞士的。

司机要去机场接女朋友，路线不符，只好在高速公路的加油站让我下车，临走时居然还给我25瑞士法郎，感激之余，我还问司机："瑞士不用欧元的吗？"

"不不不，瑞士用法郎的。"

我还以为申根国家都用欧元，要不是司机给我点零花钱，恐怕中午就没东西吃了。昨天基本把食物都吃完了，只剩下几包软糖，类似于中国的QQ糖，还蛮好吃的，好像欧洲的大人小孩都喜欢这玩意儿。

继续等车，这里离苏黎世很近了，看着一辆辆豪车经过，我隐约感觉到了瑞士的高傲和冷漠，结果依然不容乐观。

又过了好久，一辆保姆车停下了，车里是一个亚洲人的面孔，没等司机说话，我就开口了："你是中国人吗？"

"我是。"司机一脸疑惑，怎么有个中国人在这里搭车呢。

"我是来欧洲搭便车旅行的，你愿意搭我到苏黎世吗？"我就直说了。

"上来吧。"

第31辆车居然是中国人开的，惊讶之余也有几分亲切。车上挂着红色的中国结，可能是从国内带来的。

可能是第一次搭到中国的背包客，司机也觉得挺有意思的。他是某个跨国金融机构的职员，要去火车站接同事，正好可以把我带到市中心。

临别的时候司机还给了我一瓶矿泉水，喝了那么久的自来水，也不知道矿泉水有何不同，不过换个瓶子装水也好。

火车站外有一家挺大的麦当劳，我揣着司机给的25法郎上了二楼，也不知道瑞士法郎跟人民币的汇率是多少的，一个普普通通的套餐就花去12.5法郎了，还送了一个麦当劳杯子，我在德国的时候也得过一个。

吃饭的时候看到旁边有个亚洲人，便过去聊天。他是个日本人，说是来欧洲购物的，霸气外露，却也笑容可掬，十分友好。

我说："这个杯子送给你吧，反正我拿着太重了。"

"不了，谢谢，我也有一个。"他笑着从书包里拿出个一模一样的。

"好吧，那我这个就留在台上了。应该有人会拿的。"背包已经很重了，再带个玻璃杯又重又不安全。

我们又聊了一段时间。他突然有些不好意思地问："你还愿意把杯子给我吗？"

"当然，我不要了。"心想这个日本人还真搞笑，刚才明明想要又不好意思，我有点儿不敢想象他的行李有多重。

他英文不是很好，笑着点点头。我提议一起逛逛苏黎世，他又笑呵呵地点头。离开麦当劳的时候，他拐到火车站去了，我说："方向不对。"

他好像明白了什么，又笑呵呵的，用蹩脚的英文说："我逛过了，现在要坐火车——去法兰克福。你好好玩。"

"哦，好的。一路顺风！"原来他刚才听不懂我的话。又剩下我一个人闲逛了……

The 106th Story

天鹅留恋的城市

苏黎世的街道十分干净，建筑也不算很高，尺度宜人。恰逢星期天，行人不多，正是我喜欢的氛围。商店都关上了门，橱窗里尽是高档的服装、手表……标价倒没兴趣看，心里知道贵就行了。

苏黎世最迷人的当属穿越市区的利马特河，这是我见过最清澈的河流，一直延伸到苏黎世湖，虽然它深居这座古老的城市，下游依然清澈见底，煞是难得。

阳光下，河里的天鹅白晃晃的，任由路人观赏，甚至还可以去岸边跟它们来个亲密的贴面礼，它们已然成为城市的一员，利马特河是它们的，河边的绿树是它们的，蓝天白云也是它们的。倘若我是天鹅，我想我也会留恋这座城市，气氛宁静，恍如隔世。

中午的时候，原本白云朵朵的天空不知不觉暗了下来，没多久，淅淅沥沥地下起了雨，不算大，也够把地面淋湿。路人匆匆跑到商店门外，我倒挺喜欢淋雨的，只拿出雨罩把背包罩上。

不到五分钟，雨停了，太阳也冒出头来，是恶作剧吗？真奇怪，这雨跟巴黎那场一样，七分戏谑，三分幽默。

这是我在欧洲遇见的第四场雨。回忆起来，四场雨洒落在四个不同的城市，其中有三场都未

超过 15 分钟。我不想知道科学的解释，倒愿意相信这是老天爷的玩笑。

有谁曾想过世间的每一场雨都有原因，恐怕只有我这种痴人深信。

雨后的苏黎世更加纯净，不知美丽的白天鹅是否也跟我一样喜欢淋雨？我倒跟它们一样，留恋这座城市。

可我必须离开了，因为有些担心这座富有的城市跟摩纳哥一样不欢迎露宿街头的旅人，尚不知从这里搭车到法兰克福机场需要多少天，还是提早动身为宜。

The 107th Story

逃离苏黎世

下午 2 点左右，我带着诸多不舍走向了高速公路的入口，准备搭车前往德国。地图上有三两处高速公路的入口，我也说不准哪个容易搭到车，选了一个最近的，碰碰运气。

走了好远才到了搭车的地点，这里恰好是三岔路口，旁边的红绿灯或许能让停车等候的司机看清我写的牌子——"Direction，Germany"，车来车往的很多，是个好兆头。

瑞士果然是个富得流油的国度，每次红灯总会拦下两三辆豪车，除了兰博基尼、保时捷、法拉利、劳斯莱斯，我最喜欢的玛莎拉蒂也出现了七八辆，那低沉的引擎声让我的心都酥麻了。

　　偶尔出现车牌上带 "D" 的德国车，可都是呼啸而过。两个多小时过去了，我还在原地晒太阳，那种看豪车的新鲜感也都消磨殆尽，越来越烦躁，再次觉得瑞士不是个搭车的好地方。咬咬牙，换了个搭车的地方。

　　另一个高速公路的入口更加奇葩，是条下沉的快速路，车根本没法停下，我在附近路段举着牌子干着急，时间已是五点半了，太阳越来越低。

　　又查到了另一条路，车倒很多，依然没有司机愿意停下。

　　我对苏黎世的美好记忆渐渐变成了梦魇，已经有点想放弃了。但在这里过夜已不是首要考虑的问题，我更担心的是如果这个时间点搭不到车，第二天也不见得能搭上，若被困在此地三两天，恐怕飞机都赶不上了，过了签证期限以后想来欧洲就难了。为此我焦虑极了，不得已在牌子旁边加上 "求助" 二字，希望能有好心的中国人解救我，虽然可能性极低。

　　大概六点半的时候，终于停下了一辆银色的标致车，挂着德国牌，我成功了……前后经过了四个多小时的漫长等待，我总算可以离开了，所有的顾虑都烟消云散。

　　德国，我回来了。

　　这是一辆双座的硬顶敞篷车，可惜顶被盖上了，不然就可以尝尝在车里吹风的滋味了，我还没坐过敞篷车呢。

　　司机是一位叫 Gabriele 的女士，心肠极好。她信奉佛教，一有时间就飞到印度跟佛学大师静心养生，已经 48 岁了，看起来像 30 来岁的样子。

　　我夸她年轻。她很开心，"是的，很多人都说我看起来更年轻，因为我有一种特殊的药方，一个大师给我的。"说得神神秘秘的，我却愿意相信，因为心态乐观平静的人会显得年轻一些，她所谓的药方估计是精神上的涵养吧。

聊着聊着就 8 点钟了，本想再搭车去斯图加特找 Ivan 借宿，已然不易。Gabriele 也不忍心把我扔在加油站等车，就干脆收留我一夜，第二天再送我去搭车。

欠大学一次远行。

Chapter 16

谢谢你，德国！

The 108th Story

我在德国有个家

司机跟我聊得很开心，索性带我到德国康斯坦茨的一家餐厅，我要了一杯红茶，喝起来甜甜的，难道老外喝茶都放糖的?

她好像也不赶时间，陪我到博登湖边散步，给我讲这个城市的故事，说那个著名的妓女雕塑，说这里密密麻麻的二十几座教堂，说街边那些神奇的中国牌楼造型的公交站……

聊着聊着就 8 点钟了，本想再搭车去斯图加特找 Ivan 借宿，已然不易。Gabriele 也不忍心把我扔在加油站等车，就干脆收留我一夜，第二天再送我去搭车。

她的家在一栋三层的小楼里，租了顶层的木阁楼，48 岁的她一直未婚，平常都是一个人住。房间十分宽敞，显得有点儿杂乱，但木头的坡屋顶和地板让人觉得很温馨。这里就是我今晚的家了。

洗完澡后，Gabriele 打开电脑给我看她去印度、美国、瑞士旅行的照片，大多跟她的佛学修炼有关，她经常去找她拜的印度师父提点，其中也不乏聚会之类的活动。而我则给她看旅行的照片，在 google 地图上看我的家乡。可能我们两人都需要一个听众，一直聊了两个多小时才肯罢休。最后大家互留了邮箱和地址，希望未来的日子还能再遇见。

Gabriele 知道我第二天要搭车，还拿水彩笔帮我写下搭车需要的牌子，太体贴了。

快睡觉的时候，Gabriele 到房间里给我道晚安，神神秘秘地走过来，说："我想给你这个。"递过来 15 欧元和一张写着 "20" 的纸币，不知道是哪个国家的。

我感到有些奇怪，忙问："这是哪个国家的?"

"美国的，你说你没见过美元，我就送一张给你作纪念吧，剩下的给你在路上买点儿吃的。"Gabriele 说完开心地笑了。

我惊讶地道过谢，看着 20 美元，觉得好新奇。

躺在床上回想着今天的跌宕经历。被窝暖暖的，让我觉得很踏实，什么都不需要担心，就像在自己家一样……

The 109th Story
告别礼物

Gabriele 早晨要去给幼儿园的小朋友上课，我早早地就被叫醒了，睡眼惺忪地看到她忙碌的身影，赶紧起床。

今天的最大惊喜就是 Gabriele 为我准备的早餐，是我这么多天以来吃过的最丰盛的一顿，有温热的咖啡，新鲜的番茄三明治、杏仁、饼干、李子、菠萝。

由于要赶时间，都被她打包得漂漂亮亮的，算是告别的礼物吧。Gabriele 阿姨永远都对我那么体贴，如果长期住下去恐怕会被惯得无比慵懒了。

最后她把我送到了高速公路的入口，大家的言语里尽是不舍。可能因为长期一个人住，她确实需要一个朋友陪伴；而我也是，一个人走了那么多天，如果没有朋友，不知道会有多惨。

太阳已经升起，我看着 Gabriele 的车很快消失在微凉的晨霜里。

The 110th Story
坎坷的慕尼黑搭车之旅

Gabriele 离开之后，等车不算顺利，或许太早了，路上的车不多。我开始享受美味的早餐，嘴里和心里都美滋滋的，还舍不得吃完，留了一些做午餐。

清晨霜气很重，阳光又被山上的针叶林挡住了，我连打了很多个喷嚏，有点儿怀念昨夜的被窝了。

今天的目标是去到我妈妈的学生小琳家里，在慕尼黑附近。她来德国已经十几年了，自家有栋漂亮的别墅，我可以去那儿休养几天。

大约一个小时之后，终于停下了一辆车。司机是个年轻的小伙子，可能没载过搭便车的人，一路上他都显得高兴又激动，聊了很多中国的事情。

最终还是由于路线不合在一个加油站告别了，临走时我送了他一幅画，他很开心地说："我要把它挂在卧室的墙上。"

对我来说最欣慰的莫过于此。

司机走后不久就搭上了一位老爷爷的车。他是一名大学教授，平时最大的爱好就是去瑞士狩猎，简直令我神往到不行了。我想象着他拿着猎枪在森林里驰骋，有点儿海明威的感觉。

送了他一幅画之后，我们也在一个加油站告别了……

烈日当头，等车都有些痛苦。所幸在加油站的出口居然遇到了另一个搭车的背包客，真是难得，他只伸着大拇指，连目的地都没有标示出来，似乎比我专业多了。

我走过去跟他搭讪："你好，你准备去哪里呢？"

"慕尼黑。"他好像有些木讷。

"我也是。呵呵！"我挺高兴的，似乎找到一个旅伴了。

他勉强地笑笑，并没有像我一样感到高兴，似乎我的存在会抢了他的好运一样。

我觉得有些尴尬，只好识相地走开了。

说来也奇怪，他连目的地都不写，居然有一辆大货车停下来把他带走了，而我搭了那么久还没有搭过大货车啊。我不好意思过去蹭车，因为位置可能不够，也因为我相信我很快就能搭到车了。

我实在是自信过头了，等了一个小时，还是搭不到车。倒是有辆不起眼的汽车停在了不远处，下来一男一女叫我过去，我完全不知道怎么回事。

随后他们拿出了警徽，我才知道是便衣警察。男警官让我把护照拿出来，我老老实实地照做了，他接过后拿到车里检测。我不小心瞄到他腰上的手枪，竟有点儿紧张兮兮的。

一旁的女警官则问我："你介不介意打开你的背包让我们检查。"

我能说介意吗？真是搞笑，但是被她这么一问就不紧张了，略带微笑地打开背包掏出我的家当。

还没有拿完出来，她好像也不想仔细看了，又问："没有什么危险的工具吧，比如枪、刀之类的。"

我觉得越来越荒谬了，就说："我有一把刀，削铅笔的，拿出来给你们看看吧。"

"不用了，一切都好。旅途愉快！"他们乐呵呵的，就这样开车走了……

我一边收拾行李，一边情不自禁地笑了，这就是德国的安检吗？

警察走后，我又苦等了半个小时，实在有些烦躁，干脆走到了便利店外，坐在一个男青年旁边对他说："Hallo，你要去哪里呢？"虽然问得有些突然，但是他看着我的背包应该懂的。

"Augsburg（奥格斯堡）。"

我没听说过那个地方，索性拿出了地图让他指给我看，正好是慕尼黑方向。我仿佛看到了一线希望，忙跟他解释："我想搭车去慕尼黑，可是我等了两个多小时，还是没有人愿意搭我，我可以跟你去吗？"

"可以啊，没问题。"年轻人好像更容易沟通，想都没想就答应了。

终于启程了。

　　司机好像比我更兴奋，更开心。他是做音乐方面的工作的，有一种吊儿郎当的感觉，曾经偷偷在德国的火车车皮上肆意涂鸦，这显然是违法的。"我不明白为什么政府每年要花那么多钱去洗掉那些涂鸦，然后再给我们喷上，火车皮太无趣了，生活需要一些新鲜的东西，不是么？"他显然乐在其中。

　　我偶尔也能看到喷满各种图案的火车，个人觉得欧洲的车皮涂鸦还是非常酷的，即使无法理解其中的含义，依然可以看到青春的缩影，那种狂躁不安的成长，看着时光分秒流逝，就像一列火车飞速驶过，随时随地有一种不知为何而活的烦恼，最美好的岁月永远也留不住。

　　一路上，我们谈了涂鸦、那一带的恐龙化石，还有各种无聊的话题，司机好像舍不得我了，我也搭过了头。他说他能找到好地方给我搭车，结果却把我放在了奥格斯堡，正好在两条去慕尼黑的高速公路的中间，走哪边都有点不顺。

　　我站在一片稻田旁边等了一个多小时才终于搭上一辆车，司机是个中年男人，不懂英语，但还是能理解我想去的地方。最终由于路线不合只能搭我二十公里左右，在一个荒郊野岭让我下车了。

　　周围几乎没有什么车，我更加慌了，可是没有办法，这次只能主动出击了，被动地等待是行不通的。跑到一个停车场问了个司机，司机了解我的处境后答应送我到高速公路的加油站里。就这样，我又拐回了原来的方向，因为加油站在来时的路上。

　　这一程真是一波三折，我随时做好了在加油站露宿的打算。可是还想放手一搏，争取能到慕尼黑就好。

　　我问了八个司机，无论是慈父型，还是少年型，抑或是绅士型的，都不曾拒绝我，只是路线不合，我再次感觉到这个国家的温暖，仿佛即使要睡在无边的旷野，我也不会孤单。

　　最终，一对德国少年帮问了一个车牌是字母 M 开头的宝马车司机之后，我终于上路了，后座上还坐着司机的两个孩

子，一个女孩和一个男孩，四五岁的样子，我送了一个中国结给他们，小女孩吵着要和她妈妈打电话，真可爱。

经过漫漫长路到达慕尼黑的时候，天色已晚，再搭车去我妈妈的学生小琳家已经是不可能了，司机送了两个孩子回家，又换了台奥迪 Q5 把我送到了市区。司机的车似乎是涡轮增压的，起步加速的时候竟有狠狠的压背感，弄得我心跳加速，像坐过山车一样，太爽了，不由自主地大叫一声，司机乐呵呵的。

在市中心和司机告别了，终于开始了我的慕尼黑之旅。

今天搭了一天的车，从天亮到天黑，等待的时光很苦，可终究到达了目的地，脑海里除了刺激，还有热情友好的司机们。

我久久怀念那个奥格斯堡的加油站，竟没有一个司机拒绝搭我，真是奇迹。

The 111st Story
遇上"二战"炸弹

天已经完全黑了，但路边还有几个卖画的艺人，打着闪亮的灯光，摆着一幅幅油画，很有味道。

不经意间看到街角的一端聚集了很多人，我也过去凑热闹。警察围了整个街区，不让人进去，可是街道上什么都没有，很奇怪。我问了旁边的一个中国留学生，原来有人发现了"二战"时候留下的炸弹，整个街区都被封锁了。

我听了怕怕的，看了几分钟就走了，不想在旅途的最后时刻因为围观送了命。

（题外话：第二天，也就是8月28号晚上，警方成功引爆了那枚重约250公斤的"二战"炸弹，火光升至几十米高，好壮观，好在疏散行动很成功，没有人员伤亡。）

（据英国《每日邮报》8月28日报道，德国慕尼黑一家夜总会地下发现一颗"二战"遗留炸弹，专家准备将其拆除，附近数千人已经撤离。

这颗炸弹是1944年或1945年投下的，拆弹专家担心炸弹复杂的化学引线可能导致2010年惨剧重演，当时3名拆除专家被炸死。为此他们决定不拆除引信，用木头和沙土建造防护壳，现场将其引爆。

附近地铁站和慕尼黑最繁忙的利奥波德街部分被封闭。现在还不清楚这枚炸弹是英国还是美国的，因为两个国家都用同样类型的250公斤炸弹，铁锈已经将炸弹上的标志腐蚀。"二战"期间，盟军曾向慕尼黑投下5万颗炸弹。慕尼黑官员认为，大约有2500颗未爆炸弹依然埋在该市地下。）

The 112nd Story
又得找地方睡觉了

离开那枚恐怖的炸弹，我就得找地方睡觉了，糊里糊涂地进了一个图书馆。

恰好在门厅遇见一个中国留学生，我主动上去搭讪，希望能借个宿。可惜他说他是和女朋友住在一起的，不太方便收留我，就帮我把书包寄存起来，带我到图书馆自习室里睡觉。

图书馆 12 点就关门了，也就是说，我只能睡一个半小时而已，也罢，总比一直驮着背包四处走好，先休息一下再另找地方睡觉。

趴着睡很不舒服，但还是很快睡着了，似乎做了很多梦，但只能记得最后一个：那个比利时布鲁日的老头也跟着我回国了，我们坐在飞机的机翼上，他抱着鱼缸，我背着背包，那条腊肠狗不停地叫，老头突然捞起那条金鱼，抛向了空中……然后我就醒了，图书馆要关门了。

在门口和中国留学生告别，我走向了火车站。

还好火车站还是开着门的，大厅旁已经躺了好些无家可归的流浪人，其中有一男一女特别面善，我便走过去在他们旁边展开地图躺下了，还不忘搭个讪，相互有个照应。

他们来自土耳其，很巧，也是建筑系的学生，从北欧一路来到慕尼黑，脸上尽是开心而自豪的笑容。确实不容易！

外面寒风凛冽，火车站里却暖融融的，和两个土耳其的学生虽然算不上认识，但是总觉得很亲切，也很踏实。很快就进入了梦乡……

The 113rd Story
搭到第一辆大货车

早上起来和一个刚结识的希腊裁缝在慕尼黑市区瞎溜了一圈，一直走到了 10 点，算是参观完毕了。

很奇怪，留在慕尼黑不到一天，离开时并无遗憾，看过了它的白天与黑夜，虽如管中窥豹，但旅行不都是这样的吗？只是程度不一而已。谁能在短短的行程里了解一座城市？

沿着伊萨尔河往北走去，河水湍急，我也跟着有些急了，没走到郊区就迫不及待地举起了牌子，牌子上写着"Regensburg"，全程 100 多公里。

　　走走停停，累了就举举牌，还是上午，搭车也没什么压力，只要今天能到达雷根斯堡，我妈妈的学生小琳就可以开车来接我了，我的欧洲之旅也将告一段落了。

　　突然，一辆绿色的大货车远远地就减速了。我以为大货车是要临时停在路边休整的，不料稳稳地停在了我前面，司机乐呵呵地伸出头来跟我说德语。我估计是要我上车了，毫不客气地爬了上去。

　　第一次搭上货车，感觉就是不一样，霸气。

　　车里还有个八九岁的小孩，是司机的儿子，并不会英语，总是笑容灿烂的，好奇地盯着我，非常可爱。我送了幅画给他。

　　他们无法把我送到雷根斯堡，只好在一个小镇让我下车了，他们父子俩的笑容深深地烙在了我的脑海里。

　　之后的搭车都不太顺利，我顶着烈日等得焦头烂额，还跑到附近的麦当劳去问司机，可都没有顺路的，当地的人坐在路边喝啤酒，乐呵呵地看着我。

　　两个多小时过去了，我还在原地。直到两个十来岁的青年开着汽车经过，探出头来看我的牌子，然后摇摇头。我心急如焚，赶紧追上去，打算先离开这里再说。

　　司机见我追来，减速停车了。我问他们能不能带我离开这里，到一个更好搭车的地方去。都是同龄人，说话也爽快，直接就让我上车了。

　　原来他们要找朋友去游泳，玩充气皮艇，问我要不要一起去。我心动了，真的很想很想去，可是我时间很紧，而且不太会游泳，万一在旅途结束前溺水就倒大霉了，只好作罢。7米宽的乡间小道蜿蜒盘旋，他们竟然开到 130 公里时速，太刺激了。

最终，他们在一个路口放我下车了，这里更加荒凉，但总算离开刚才的困境了。

过了 20 多分钟，终于盼停了一辆车，车里是两个阔气的老头，顺道可以把我带到雷根斯堡，我成功了。这是我的第 41 辆车，也是最后一辆。

很快到达了雷根斯堡的一个停车场，我突然觉得一身轻松，挥手作别了最后一辆车，我的欧洲搭车之旅算是结束了。

我通知了小琳来接我，坐在停车场静候，已经 6 点了，微风清凉。

这短暂的 28 天，竟然就这样过去了，记忆力只剩下一大堆片段，在等我一点点拼起来，身体的疲惫也不觉得了。隐约觉得我已不是原来的我，甚至不曾是原来的我，我在另一个生命的躯壳里度过了 28 天，那个沉重的躯壳即将要把一切都带走，只肯给我留下零散的记忆，就像一份死亡契约，我无力挽回，只能努力去过好余下的几天，可是，怎样才算过好呢？最终还不是什么都没有？

"这不公平！"我高喊，可是没有人听得见——我在麻木的躯壳里瞎喊。

The 114th Story

黄昏，烤肉，小别墅

小琳一家四口全来了，她老公 Karl 驾车，后面坐着大女儿 Anika，还有一个刚出生不久的小 Baby，真是太麻烦他们了。

夕阳西下，我们的晚饭是 Karl 亲自做的烤肉，倍儿香，再配上慕尼黑的上等啤酒和沙拉，是我吃过最可口的一顿西餐了。

Karl 也很喜欢旅游，有一辆大排量的摩托，平时上班也不开奥迪，骑摩托去，时间允许的时候会一个人驾着摩托一直开到挪威，他最快可以开到 250 公里时速，想想都觉得很过瘾。

Anika 已经 4 岁了，偶尔有点儿任性，听得懂中文，但是太久不用了，不太敢说，张嘴就是德语，小琳都拿她没办法了。

九点多，天才完全暗下来，也该睡觉了，德国的居民区几乎没什么夜生活。这套别墅地上两层，不算大，但是带着半个篮球场大的花园，很有家的感觉。我的房间在二楼，超级温馨，斜屋顶，开着两个小窗户，刚好可以让晨光倾泻向下。

我在这个温馨的家度过了宁静的两天三夜。

The 115th Story

我的夏天，终于结束了

8月31日下午，我作别了小琳一家，坐火车到了法兰克福，还在火车站外给搭讪的陌生人画像，赚了2欧元。到达机场的时候才夜晚8点，我要在这里等到第二天的中午1点，好漫长。

我在麦当劳旁的游乐场躺下，时间过得很慢很慢。看着机场的天花板，听一架架飞机起飞、降落，想想这些日子还真够疯狂，如果当初不是因为青春期的那份冲动，我想此时应该在老家的夜宵店里吃肠粉吧。

一直不太喜欢那种千篇一律的大学生活，整天被无意义的作业包围着，隔三差五去考试，每天都像机器人一样生活在程序里，日子也都一样一样的，俨然我已经循环往复地活过很多回了。

生命里终于有一次，能够突破重重困难，走一条不一样的路，虽然吃尽了苦头，但这漫漫的几十天是我活得最充实的日子，真有点不知怎么再面对大学的生活了。

9月1日，晴，法兰克福国际机场，我的夏天就此结束了。

你的呢？